地球之歌

FALL OF CIVILIZATION

— 宝 树等—著

台海出版社

图书在版编目（CIP）数据

地球之歌 / 宝树等著． -- 北京：台海出版社，
2020.6
ISBN 978-7-5168-2503-7

Ⅰ．①地… Ⅱ．①宝… Ⅲ．①幻想小说-小说集-
中国-当代 Ⅳ．① I247.7

中国版本图书馆 CIP 数据核字（2019）第 278481 号

地球之歌

著　者：宝　树等
出 版 人：蔡　旭　　　　　　　责任编辑：武　波
策划编辑：李　雷　刘　琦　　　封面设计：天下书装
出版发行：台海出版社
地　　址：北京市东城区景山东街20号　　邮政编码：100009
电　　话：010-64041652（发行，邮购）
传　　真：010-84045799（总编室）
网　　址：http://www.taimeng.org.cn/thcbs/default.htm
E－m a i l：thcbs@126.com
经　　销：全国各地新华书店
印　　刷：三河市嘉科万达彩色印刷有限公司
本书如有破损、缺页、装订错误，请与本社联系调换
开　　本：880毫米×1230毫米　　　　1/32
字　　数：230千字　　　　　　　　印　张：10
版　　次：2020年6月第1版　　　　印　次：2020年6月第1次印刷
书　　号：ISBN 978-7-5168-2503-7
定　　价：45.00元

科幻火星编年史

文／宝 树

火星崛起

如果在 19 世纪中叶，让一位有想象力的作家—比如儒勒·凡尔纳—预测哪颗星球将成为未来科学幻想中除地球外最重要的舞台，他大概压根不会想到火星。

事实上，在之前的两千年里，人们寄予最多想象的是月球—虽然太阳更明亮耀眼，但看上去是一团火，不容易设想可以在那里生活。但月球就不一样了，人们很早就认识到月亮是一个"浮岛"，也常常设想在那里生活着奇妙的居民。从古罗马普鲁塔克的《论月面》（2 世纪初）、琉善的《真实的故事》（2 世纪中期），到近代开普勒的《梦》（1608）等等，关于月球的一个个或神秘或怪诞的故事层出不穷。到了凡尔纳的名著《从地球到月球》（1865）及其续篇《环绕月球》（1870），提出了用大炮把人打到月球的奇思妙想，将人们对月球的兴趣推到了顶峰。

不过从那以后，月球就开始走下坡路了。人们一直猜测月球上可能也有"人"存在，但随着天文望远镜倍数的不断增加，19世纪的人们已经能够很清晰地看到离地球只有三十八万公里的月球表面，那里只有坑坑洼洼的环形山，没有任何文明甚至生命存在的迹象，月球故事也就后继乏力。

虽然月球没落了，但似乎还轮不到火星。凡尔纳在写完月球后意犹未尽，写了一部人类搭着彗星漫游太阳系的《太阳系历险记》（1877），主角们拜访了金星、木星乃至土星，却完美避开了火星。大概因为火星既没有金星的明亮，也没有木星的庞大，更没有土星的美丽光环，怎么看都乏善可陈。

但风水轮流转，天文观测的进步让月球有生命的幻想濒临破灭，却给了火星意外的机会。1877年，恰逢火星大冲期间，意大利的天文学家斯基亚帕雷利（Giovanni Schiaparelli）用他的望远镜在火星表面看到了几组纵横交错的奇怪线条，他认为这些是"水道"，并绘成图形。他的研究很快引起了其他人的兴趣，各国天文学家一一跟进，并相继"证实"了斯氏的发现。特别是美国天文学家皮克林（William H. Pickering）和洛威尔（Percival Lowell）更具影响力的报告，把学界对火星"水道"的兴趣传播给了大众。

有一个广为流传的说法，说洛威尔等人将意大利语的"水道（canali）"翻成了英语的"运河（canal）"，引起了火星有生命的误会。这其实并非决定性原因。从科学的角度看，自然形成的河流只可能顺着地形构成平行或交汇的形态，而不可能有交错结构。这种宛如蛛网的水道应该至少部分是"人"造的。因此火星存在智慧生命是非常自然的推论。加上火星上有一些神秘的黑色区域，当时猜想是大片植物覆盖的地貌，更佐证了火星有生命的理论。

洛威尔在19、20世纪之交，连写了三本书《火星》《火星及其运河》《火星：生命的居所》来鼓吹这一观点。在这些著作中，洛威尔将火星的运河和大气层、极冠等自然现象联系起来，以丰富的想象力勾勒出一幅火星的生态全貌：北半球夏天时，北极冰消雪融、极冠缩小，水流沿着河渠流向赤道，滋润北半球的植物生长；半火星年后北半球陷入冬季，南极的冰雪又融化，南极流出的河渠水位上涨，令南半球的植物繁盛，火星人因地制宜，将河水通过运河引到农田中，灌溉了一个个绿洲……

今天很难想象，这些形如科幻小说的描述，却是认真的科学假说。科学家既然都这么认为，群众当然也就深信不疑。因此出现了人类史上前无古人，后无来者（至少现在还没有）的奇特局面：从19世纪后期到20世纪中叶的大半个世纪里，从普罗大众到知识阶层大都相信，我们的邻居火星和地球一样，是有人居住的世界。火星上有人存在！每次当人们抬头望见悬在夜空的红色光点时，好奇、向往与恐惧的交织情绪都会在胸中翻腾不已。

大战火星人

火星文明的存在一经科学"认证"，自然成了方兴未艾的科幻小说的热点，火星主题的科幻也就像雨后春笋一样冒了出来。早期的作品，如波西·格雷格（Percy Greg）的《越过十二宫》（1880）、罗伯特·克罗米（Robert Cromie）的《跃入太空》（1890），仍然只是相对简单

地球之歌

的讽刺或浪漫故事，火星人是和人类大同小异的小精灵。不过威尔斯（H. G. Wells）的石破天惊之作《世界之战》（1897）却开创了完全不同的另一类主题：故事中，火星人是从外形到内心都和人类完全不同的异种，他们跨越太空，对地球发动了残酷血腥的侵略战争，几乎灭绝了人类。

故事的主题和时代背景息息相关。世纪之交，未来新科技战争的不祥之光已经闪现，科技本身也变成了强力意志的表征。如果外星人的科技远比人类先进，他们对待人类难道不能和西方人对待印第安人一样？从火星人开始，威尔斯开创的外星人入侵主题成为长盛不衰的科幻热门。又因为火星人本身的疑似现实存在，读故事的时候就不只是看小说的乐趣，而不无纪实文学的恐惧。1938 年，美国一家电台广播《世界之战》所改编的广播剧时，甚至让许多听众误以为是真的外星人入侵新闻，忙不迭携家带口逃难。据说影响范围达百万人之多。

不过也有轻松香艳的，如美国作家巴勒斯（Edgar R. Burroughs）的《火星公主》（1912）及其续集，讲述美国南北战争时的军官约翰·卡特凭借神奇的精神力量"穿越"到火星，和美丽的火星公主相爱的故事。火星有好几个种族，从恐怖怪兽到性感美人应有尽有，令大众喜闻乐见。巴勒斯的火星综合了科学家的假想、美国西部的莽荒以及埃及、巴比伦等东方文明的神秘，创造出一个濒死、危险又充满异域风情的世界。这个苍凉而又神秘的火星奠定了此后半个多世纪火星科幻的基调。

"巴勒斯的火星公主"系列小说连载了二十多年，一直进入到美国科幻的"黄金时代"。20 世纪三四十年代，新一代科幻作家在威尔斯和巴勒斯的影响下也开始在廉价杂志上撰写火星故事。当时比较靠谱的宇宙飞船的概念已经出现，人们去火星有了实际的工具，也就不用

004

靠神秘的"穿越",这大大鼓励了火星科幻的发展。杂志上关于火星的故事差不多每期都有。一个科幻作家如果不写几篇过得去的火星小说,都不好意思见人。

随着时代发展,对火星和火星人的想象也有了新的演变。具有里程碑意义的是维斯鲍姆(Stanley G. Weisbaum)的短篇《火星奥德赛》(1934),讲述了地球人乘坐核动力飞船到火星探险,和奇异的火星生命"第一次接触"的故事。其中描绘了好几个火星种族:如鸵鸟一样的外星种族、岩石组成的纯硅基生物等,还讨论了如何通过科学公式和外星人沟通的问题。

对今天经过无数科幻小说影视洗礼的受众来说,《火星奥德赛》显得平平无奇,但在当时是非常超前的概念。实际上,今天读者觉得不稀奇,本身就是因为《火星奥德赛》的深远影响所致。维斯鲍姆意识到,科幻应当深入描述陌生奇妙而又不妖魔化的外星智慧,艾萨克·阿西莫夫称赞他"第一个赋予了外星生物以存在的价值",可惜此君天不假年,小说发表后第二年就因癌症去世,被认为是史上最令人惋惜的科幻作家。

此后几乎所有作家都在模仿《火星奥德赛》,也涌现出不少佳作,比如著名科幻编辑兼作家约翰·坎贝尔(John Campbell)就写了一篇《火星上的思想剽窃者》(1936),设想出一种可以变成人形、读取人类思想并冒充人类的火星人,令人毛骨悚然。大名鼎鼎的"三巨头"也都写过关于火星的故事。阿西莫夫有化名写的少年冒险科幻"太空游侠大卫·斯达"系列和一些短篇,算不上太突出,但对亚瑟·克拉克和罗伯特·海因莱因来说,火星更具有决定性的意义。克拉克早在21岁时就写了一篇《我们是怎么来到火星的?》(1938),对太空旅行和火星人进行了一番畅想。后来他写下了更多的火星传奇，其中最为重要的是《火星之沙》（1951），以写实的笔触讲述了未来人类探索火星和改造火星大气的事迹，这是他出版的第一部长篇小说，开创了"技术派"的火星故事。

如果说克拉克是技术派，海因莱因就是社会派。在海因莱因的"未来史"系列中，火星占有极为重要的地位，几部长篇小说《红色行星》（1949）、《双星》（1955）等都重点讲述在火星上的殖民生活。当然他也有好几部关于月球的作品，但月球上没有智慧生命，就难以寄托海因莱因的理想。他的理想中，古老的火星人是人类的精神导师。写于1961年的《异乡异客》是海因莱因的最高成就之一，讲述了一个火星人收养的地球孩子回到地球传播火星文明的故事。书中通过火星文明的透镜重审和批判了地球上的政治、经济、宗教、社会风俗等方方面面，讽刺辛辣，鞭辟入里。书中还提出了富有争议的性解放观念，被很多人抨击，不过它不但得了雨果奖，而且畅销千万，成为20世纪60年代的嬉皮士运动的指路明灯。

这一时代还有一部不能不提的作品，雷·布拉德伯里（Ray Bradbury）的《火星编年史》（1950），由一系列写于20世纪40年代的系列短篇连缀而成。在一系列清冷感伤的故事中，古老善良的火星人被地球人带去的细菌所灭绝，地球也在新一轮世界大战中化为废墟，仅存的人类逃到火星，追忆和反思地球往事，在火星运河的水上看到了自己的面容，发现自己变成了新的火星人……这部作品中没有太多社会理念，也没什么硬科技描写，但却预示了未来冷战岁月里人们心底的恐惧与哀愁，成为超越科幻的一代文学经典。

新火星时代

生于 1948 年的乔治·马丁（George R. R. Martin）是读着黄金时代前后的火星小说长大的，他回忆自己的青少年时代时，曾怀念地说："比起穿过曼哈顿只有十五分钟的纽约，火星才是我更常去的地方……我彻彻底底了解的火星！……火星大陆上满是陌生狂暴的野兽、呼啸的风、高耸绵延的山脉、广阔的红色沙海上干涸的运河交错，神秘古堡里每个角落都值得去冒险。"千变万化又不离其宗的古老火星，几乎可说是一个"火星宇宙"。

但这个火星在 20 世纪后半期化为乌有。人类一进入太空，猜想有智慧生命的火星自然成了宇宙探索的首要目标之一。20 世纪 60 年代，苏联和美国连珠炮似的向火星发射了许多个探测器，大部分都失败了，但在 1965 年，美国"水手 4 号"终于成功掠过火星，传回了 20 张分辨率为 1 公里左右的照片，比地球上最好的望远镜观测到的还要清晰得多。70 年代，一些探测器相继泊入火星轨道，甚至在火星登陆，这些太空探索让人类对火星的认识丰富了千百倍，但也宣告火星"运河"纯属人的错觉，什么绿洲城市，也是子虚乌有。火星表面没有任何河流和生命的迹象，百年的火星人传奇，终归虚幻。

如此一来，火星在科幻中的地位不免下滑了许多，但并未一蹶不振。一方面，火星和火星人的概念经过大半个世纪无数科幻作品的熏陶，已经成为大众文化的一部分，当时因为剧情需要得设置一个外星人的时候，说"火星人"比说"木星人""金星人"要顺口得多；另一方面，虽然太空探索发现的真实火星与想象相去甚远，但它仍然是地球之外已知最适合人类居住的地方，不太热也不太冷，表面有大气和水（南北极冠），重力是地球的一小半，一天和地球上长度差不多，比起毫无大气和水的荒凉月球，紧邻太阳而极度酷热的水星，布满岩浆和硫酸的地狱般的金星，重力极大而永远风暴席卷的木星、土星等巨行星……都要"舒适宜人"多了，更不用说距离很近。

因此，火星科幻的主流转向了如何探索和征服这个科学认知的火星。20 世纪七八十年代，火星科幻相对处于低潮，代表作有波尔（Frederick Pohl）的《超越人类》（1976），讲述为了殖民火星，人用机械改造自己身体的故事，是科幻的赛博格主题的名作。到了 1989 年，NASA 宣布开展载人登陆火星的计划，再次勾起了一轮火星热，此时涌现了一大批名家名作：福沃德（Robert L. Forward）的《火星彩虹》（1991）、本·波瓦（Ben Bova）的《火星》（1992）和《重返火星》（1999）、威廉森（Jack Williamson）的《抢滩登陆》（1992）、巴克斯特（Stephen Baxter）的《远航》（1996）、兰迪斯（Geoffrey Landis）的《穿越火星》……基本都是硬科幻设定下探索和开垦火星的技术派作品。

这个主题当之无愧的最高代表作，毫无疑问是罗宾逊（Kim Stanley Robinson）的《火星》三部曲，即出版于 1992-1996 年的《红火星》《绿火星》《蓝火星》三本巨著，这三部曲从头到尾极其详实地描写了人类从探索到改造火星的全过程，是一部跨越两百年的未来史诗，被誉为硬科幻的标杆之作。唯一问题是有点过于冗长枯燥（几位科幻作家跟我私下坦承，他们从来没完整看完过这三部曲）。

《火星》三部曲之后，技术派的招数也远远没有穷尽，不时有令人耳目一新的新作。比如近年安迪·威尔（Andy Weir）的《火星救援》（2011）是一部讲述登陆火星遇险的硬科幻力作，在扎实的科技描写下，紧张激烈而又妙趣横生地演绎了火星上"种土豆"求生的故事，这部小说被 20 世纪福克斯公司改编成了科幻大片（2015），让无数观众都身临其境地体验到了红色行星的壮丽与肃杀（顺便说说，虽然电影极具真实感，但 NASA 原定的载人登陆火星为 2019 年，现在早已告吹）。

另一方面，火星殖民地的前景让社会派也重新复兴。《火星》三部曲已经涉及了社会制度方面的设计，近年罗伯特·索耶（Robert Sawyer）的《红星蓝调》（2013），构建出以意识上传为基础的奇妙火星生活，还有青少年向反乌托邦的写法皮尔斯·布朗（Pierce Brown）的《红种崛起》（2014）三部曲，构建了一个种姓制度、阶级压迫的未来火星，被奴役的红种人展开了可歌可泣的反抗……火星正如同未来的镜子，映照出人们对世界的希冀与恐惧。

火星照耀中国

其实，火星与中国科幻也有非同一般的渊源。

早在 1932 年，上述大部分科幻代表作问世之前，中国就诞生了一部关于火星的长篇小说：老舍的《猫城记》。书中写到，人类宇航员在火星遇险，闯入火星的猫城，发现这里的猫人曾经有辉煌的文明，但却早已腐朽堕落，自相残杀，在外敌入侵面前不思进取，最后全部覆灭。老舍自然只是从科幻中借来一个概念承载他的讽喻，浇胸中块垒。但也足以让奇妙的火星在中国文学中投下一道永不磨灭的光亮。

新中国成立后，火星被赋予了新的象征意义。还有什么比开拓火星更能显示一个文明古国进军未来的决心和意志？新中国最早的科幻小说就是郑文光的《从地球到火星》（1954），讲述两个孩子偷偷开走飞船去火星探险的故事。郑文光对于火星可谓情有独钟，不久后又写了一篇《火星建设者》(1957)，讲述中国人成为建设未来火星城市的先锋，其中蕴含着中国的现代化之梦。

中国人写火星并不比西方晚太多，不过很快因为各种原因被无情中断了许多年。20世纪七八十年代，郑文光重续火星之梦，将《火星建设者》改写成了长篇小说《战神的后裔》(1984)，而在其另一部代表作《飞向人马座》(1978)中，流落宇宙的东方号，本来也是要飞向火星运送补给的，结果主角们不幸从火星掠过，飞向太阳系外……在郑文光的作品中，火星正是连接现在和未来、地球和宇宙的桥头堡。

在《战神的后裔》之后，中国科幻中有趣的火星故事还有不少，如吴岩的《沧桑》(1995)、苏学军的《远古的星辰》(1995)和《火星尘暴》(1996)等，特别是在刘慈欣的长篇小说《超新星纪元》(2002)中，虽然绝大部分故事发生在地球，讲述地球濒临毁灭的重大危机，但结局特意放在了火星。这凸显了刘慈欣的宇宙情结：火星意味着人类冲出地球，走向宇宙的希望。

近年来，关于火星最重磅的作品当属郝景芳的长篇小说《流浪苍穹》(2011)，这本书接续了《异乡异客》等作品的"社会派"衣钵，设想了和地球的商业社会完全不同的、规则严明、资源共享的火星社会。两个星球在百年隔绝之后，重新交流，引发政治经济碰撞和少男少女的迷茫，不难看出其中凝聚了中西方的近现代历史及作者对于人类发展模式的思考。

火星与科幻的故事还有很多。2018年，笔者有幸与王晋康、刘慈欣、何夕等科幻作家一起参加青海冷湖"火星小镇"的采风活动，那里一望无际，毫无生命的雅丹地貌恰似火星表面。采风后，很多作家都创作了火星主题的科幻作品，令人畅想火星故事或许能开启新一轮科幻热潮。

　　火星是令人着迷的，它是与地球最相似的星球，是人类触手可及的未来，但又是空白的未知，是截然不同的"他者"，能够容纳最狂野不羁的想象，也映照出每个人最深邃的自我。这种自我与他者的镜舞，构建了百年火星科幻的主旋律。今天我们也许更需要说，生活不止眼前的北上广，还有诗和火星。

目 录 Contents

古老的地球之歌

文／宝　树

I

六百五十光年之外，我们的太阳已经湮没在群星中，一轮新的巨日出现在"风雪号"前方。

多少个世纪以来，我们第一次到达这个星系，第一次从近处目睹这颗著名的恒星。虽然在人类得以往来于群星之前很久，它就已经出现在人类历史的星空中：亚历山大的士兵们见过它在印度的夜空上闪耀，哥伦布的水手们也目睹过它在大西洋的波涛上升起。

但那是怎样的一颗恒星！在十几个天文单位外望去，它仍然如同张牙舞爪的红色巨怪一样可怖，占据了大半个视野。它是如此不可思议地庞大，用人类的直观感受几乎无法理解。如果它的位置是在太阳系，它的直径将吞没整个木星轨道。我们的地球在它面前，是一粒肉眼都看不到的灰尘；甚至我们的太阳，也不过是一颗稍大的石子。

它是猎户座 α，猎户座明亮的右肩。超过太阳十五万倍的光度和相当于一千一百个太阳的直径，让它在六百多光年外看上去也是一颗异常明亮的星。当我们驶近时，它看上去已经不是一颗星，甚至不是一个太阳，而是一片火红色的无边怒海，咆哮着，翻腾着。从火海中喷射出来的随便一个等离子气团，都可能大过我们的太阳。

猎户座 α 的活动正是我们来到这里的主要原因。四年前，地球上的科学家发现猎户座 α 活动异常，光度变化很大，让它如同一盏坏了的红灯一样闪烁不定。人们怀疑它即将爆发成为超新星——甚至说不定已经爆发。因此，在三年的准备后，我们被紧急派遣，乘坐为这次任务特制的"风雪号"飞船，进行超空间跃迁，经过一年的旅程，抵达了这里。

然而猎户座 α 一切如常，虽然表面活动的剧烈远远超过太阳，但四年前从地球观测到的诡异闪烁——实际上发生在六百五十多年前——已经消失，这头躁狂的红色巨怪至少暂时安睡了。我们的考察任务顺利进行着。不过，在预计长达五年的科学考察中，这只是一个开始。

我们首先有一个重大的发现，猎户座 α 的质量远远超出我们的估计。地球上的科学家根据质光关系估算，认为它大概有二十个太阳质量，但"风雪号"到达这里后，我们就发现了问题。从飞船自身受到的强大引力来测算，猎户座 α 至少相当于一百个太阳质量！这已经使它跻身特超巨星之列。但光度却远远低于同类恒星。何以如此，暂时还没有头绪。

我们开始对恒星的周边环境进行勘探。从地球上的观测来看，猎户座α没有大型的类木行星。然而到达这里后，我们却意外地发现，这颗红色巨怪并非孤零零的一个火球，而有着一个小小的伴侣。一颗孤独的类地行星，比地球略小一点，距离它大约三个天文单位，虽然远远超过地球和太阳的距离，但就猎户座α的巨大而言，仍然可以说正在这个红色巨魔的眼皮底下。我们对这颗行星很感兴趣，行星上可能有记录这个星系历史的珍贵资料，也可能有飞船需要的能源和金属矿藏，于是"风雪号"改变了方向，临时飞向那颗行星。

我们环绕了行星一圈进行考察。行星的表面坑坑洼洼，类似水星或月球。和它们一样，它没有大气层，也没有液态水，无疑不适合我们所知道的任何生命形态生存。和月球一样，它也是潮汐锁定的，一面永远面对着猎户座α，另一面则永远背对着它。在向着猎户座α的一面，除了炽热的沙海，一无所有。不久，"风雪号"进入了行星背面，在这里我们用不着直接面对狰狞的巨星表面，只能看到银河的清辉，和宇宙中任何一个角落所能看到的相似，这让船员们觉得轻松多了。

但我们随即有了意外的发现。"风雪号"上的摄像机在行星背面，一个环形山中间拍到了一个长条形的疑似人造物体，至少有五十米长，二十米宽，有着复杂的结构，闪着诡异的金属光泽。这意味着行星上很可能有智慧生命存在！这可能是人类接触到的第一批外星人。人们在紧张和兴奋之中，向那里发射了多种代表友好的信号，惴惴不安地等待着回复。

二十个小时过去了，我们仔细聆听着，不放过一点线索，但在金属体的方向上只有一片死寂，没有任何回复。我们再次仔细研究了这个神秘物体的照片，发现它一半被埋在行星表面的岩尘之下，局部明显已经损坏，而在整个行星上的其他地区，没有类似的物体存在，也没有生命和文明的任何迹象。如果这个物体本身属于这颗行星，那么文明的痕迹不太可能只剩下这么一点点。

因此，结论很明显，这个物体和我们一样，来自太空，来自遥远的群星。它很可能是一艘毁坏的太空船，其中多半已经没有了生命。

"风雪号"在环形山附近降落，我们开始接近远处那个金属体。首先是派遥控车，然后是派船员去金属体附近探测。一个发现接着一个发现浮出水面。在近距离观察下，金属体显现出陌生却又似曾相识的外表，它不仅是一艘飞船，而且显露出明显的古地球特色，令人想起在博物馆中常见到的大衰落之前的文明遗迹。

船员们大胆地接近了飞船表面。在那里，人们辨认出了许多古代飞行器的特征和组成部件。转到另一面，在银河的光芒下，我们甚至发现了写着它的名字和型号的古文字。

飞船的名字是古英文"Nebula"，翻译成现代语言，就是"星云号"。于是我们确凿无疑地知道，它是人类自己的飞船，来自曾经的古地球。

大衰落之前的地球！

II

我将扫描得到的飞船立体图形输入数据库里查询，很快发现了古飞船的归属。

那是公元纪元 21 世纪末叶，人类所制造的一种亚光速飞船，它的速度第一次接近光速，可以达到每秒二十五万公里左右。对于当时而言，这是科技的一个重大飞跃。自从 20 世纪的登月之后，人类又吹响了向恒星际空间进军的号角。在 21 世纪末到 22 世纪初的太空竞赛运动中，各大国制造和发射了上百艘这样的飞船，去探索太阳系之外的广袤空间，那是人类第一次星际探索的浪潮。

但随后就是众所周知的大衰落时代。整个地球环境崩溃，经济衰竭，人口危机，能源危机……探索宇宙的步伐停止了，人类被自己的痼疾打倒，随后，世界被第四次世界大战的硝烟笼罩，大国之间的核战争摧毁了大半个地球……曾经的繁荣被遗忘了，文明衰退长达千年，科学与人文不绝若线，直到五百年前才进入文化复兴，三个世纪之前，饱经沧桑的人类才再次踏上了星际征程，在各大星系开拓殖民地。五十年前，超空间跃迁技术问世了。让我们只需花相对很短的时间就可以到达上千光年之外。到达这里，我们只用了一年不到。

但这里毕竟是距离地球六百五十光年之外，连光也要飞六七个世纪才能到达。而在一千五百年前的第一波星际探索浪潮中，绝大多数飞船的目标仅仅是几光年、几十光年外的较近星体。以往所知道的飞得最远的飞船，也不过飞到了毕宿星团，距离地球只有区区一百五十光年，飞船在七十年之内可以到达。即使如此，那些探险者一生也不可能再返回地球了。

人类当然有着探索更广阔宇宙空间的雄心，但却被若干困难所阻碍：真空中并非一无所有，每立方米中都会有几个游离的氢离子以及其他微粒，处于近乎光速飞行状态的飞船会和真空中游离的原子发生碰撞，由于其超高速度，对飞船外壳的磨损相当严重。几十年累积下来，很容易出这样那样的问题，如果碰到大一点的宇宙尘或微陨石，危险系数更高。

而更大的问题在于宇航者自己，人类是生于大地的物种，难以适应星际的广袤和冷漠。许多探险者无法承受几十年中都远离地球、漂浮星海的孤独煎熬，不是陷入抑郁而自杀，就是精神错乱，产生幻觉。试图用这种原始的光速飞船去探索上百光年外的星体，正如在古代用一叶扁舟想要渡过太平洋一样，几乎是不可能的任务。只有在超空间技术发明之后，人类才具备了远离母星系，进入银河系深处的能力。

但千真万确，这艘古代飞船跨越了六百五十光年的距离，抵达了猎户座 α 附近，甚至降落在其唯一一颗行星的表面。不可思议，不可理解，他们是怎么做到的？数据显示，这种飞船的最快速度是 90% 光速，这些古人们要花七百多年的时间才能到达这里。即使将相对论效应计算在内，对于飞船上的乘客来说，也要飞行整整三百年。

三百年！至少十代人的时间。在那个时代没有人能活那么久，他们的平均寿命只有一百年左右。而他们也没有可用的冬眠技术。那么，这是一艘世代飞船？但资料显示，这类飞船最多只能承载五六名宇航员，无论怎么搭配组合，他们最多也只能繁殖三四代，否则就必须近亲乱伦，生出孱弱或白痴的后代。

"风雪号"的数据库中没有这艘飞船的具体资料，毕竟，差不多一千七百年过去了，经历了那么多次兴衰战乱，古代的历史资料能保留下来的少得可怜。但在那艘飞船本身中，必定有我们想要知道的信息。

我们的船员进入了飞船，它内部的气体早已经泄漏光了，处于真空状态。正因如此，大部分物品仍然保存完好。我们了解了它的具体构造，古代人某些方面不输给我们时代的工艺水平令我们赞叹不已。但主体结构的粗糙和各种技术的原始则让我们更加惊叹：人类竟能凭借这样简陋的工具跨越六百五十光年的宇宙瀚海，抵达这遥远的群星深处。

飞船的走廊、驾驶舱、实验室等处明显留有人类长期生活和工作的痕迹，但没有发现人的遗体。最后，当船员们进入底部的生活舱时，他们发现了一具死去近千年的干尸，一个中年白人男性。他一定是这艘飞船的最后一个主人。但我们不知道他的名字，或许他一个人过了一辈子，根本不需要名字。

不久，另几名船员在飞船的尾舱发现了一些奇怪的仪器，在一些仪器上他们发现了一些古代的科学名词，经过查询数据库，证实了我们的猜想，这些仪器是用于合成、保存和培养受精卵的。飞船上的最后几代人已经无法通过正常方式繁殖，只有靠之前保存下来的受精卵，才能延续在宇宙中远航的事业。

靠着这种代代不息、薪火相传的精神，人类才创造了奇迹，在宇航时代的早期，得以跨越六百五十光年的遥距，到达了这遥远而陌生的诡异世界，他们第一次用自己的肉眼见到了猎户座 α 的浩瀚火海，令人无法呼吸的宇宙奇观。

但他们得到了什么？什么也没有，飞船纵然没有在行星上坠毁，而成功降落，可剩下的唯一一个宇航员终究无法在这个死寂的星球上活下去，也难以返回母星。可能过了很短的时间，他就死去了。七百年的长征，只换来向猎户座 α 的惊鸿一瞥，飞船上最后一个人类就永远留在了这个遥远的星系，即使远望，在群星间，也看不见黯淡的母星太阳。

他或许也曾尝试向地球发送信息，向母星报告他们的创举，但又要经过七百年的岁月，那些信息才能抵达地球——如果能抵达的话。那时候的地球仍然在大衰落之后半蒙昧的时代，那些星空间的微弱电波，无疑从未被千年前的人类社会所接听到。

但这是一支在星空间谱写的壮丽乐曲！何等雄壮，又何等悲凉！

"星云号"的遭遇向整个宇宙证明了，人类这个渺小的种族，凭借有限的技术和资源能够做到什么。正如那首先环绕非洲航行的腓尼基船队，或者第一个进入北极圈的希腊人，又或第一个到达美洲的维京海盗，他们的远航本身什么也没有带来，甚至一度被历史所遗忘。但重要的是，他们的壮举彰显了人类征服宇宙的冒险精神，这已经值得后人为之永远骄傲。

这是一支长达七百年的群星之歌，曾在星空间孤独地吟唱着，消散在无边的空间中，但而今，我们终于聆听到了它的动人旋律。我们这些听众姗姗来迟，但终于来了，献上迟到的喝彩声和衷心的掌声。

在那位无名英雄的遗体前，全体船员们深深地鞠躬，向着伟大的先驱，向着七百年的壮丽航行，向着三百年的孤独和坚持，向着人类不屈的探索精神。

III

我们扫描了"星云号"上的主电脑，那部电脑虽然早已因为能量耗尽而自动关闭，但在这寂静的行星表面，却不被打扰地沉睡了一千七百年，数据存储区仍然保存完好。但一千七百年来，人类的科技经过毁灭后重生，各方面已经大不相同。古代的电脑程序从最基础的指令和编码方式和今天都大相径庭，那些二进制的符号串如同一块晦涩的罗塞塔石碑，要破解其中的信息颇费时日。

不久，我们暂时结束了对于"星云号"的考察，这毕竟不是此行的主要任务。我们让"星云号"暂时在行星上继续安睡着，而"风雪号"则重新驶向猎户座 α 的表面，对它的结构和活动进行科学探测。我们

　　将在五年后返回地球时再重返行星背面，将那位无名死者的遗体以及其他一些古代遗物带回地球，供后人纪念。

　　至少我们当时是这么计划的。

　　半年后，对猎户座α的研究取得了重大进展。我们发现，在猎户座α的光球层下，确实有若干不寻常的迹象。在采集了海量数据后，主要由我进行了分析，建立了初步的数学模型，得出了一个有趣的结论：

　　在过去，猎户座α曾经有一些巨行星，有的可能比木星还要大十倍以上。但在几百万年的岁月中，它们都陆续被自己的母星所吞噬，跌入猎户座α的火海中。这也导致它不断膨胀，变得越来越大。这些行星跌入母星后不久，就被恒星内部的高温和引力潮汐粉碎了，但由于它的物质密度远远低于太阳之类的主序星（其质量大约是太阳的一百倍，但体积却超过太阳的 10 亿倍），在其内部仍然有巨大的空洞，猎户座α对于巨行星的消化并不彻底，在内部存在着由这些巨行星残骸组成的浑浊云团。由于爱丁顿极限的存在，恒星内部的强大辐射压和引力相平衡，它们不会继续沉降到恒星内核，而是在光球层之下飘浮着。参宿四神秘而剧烈的光度变化，或许就和其内部的这些特殊成分有关。

　　顺着这一思路，我们对猎户座α进行了光谱分析，初步证实了这一构想，在猎户座α的表面以下数亿公里，确实存在着一个大量重元素组成的包层，从光谱来看，其中有丰富的碳、铁、硅、钨等重元素，很多是我们飞船上所需要的。当然，我们的技术能力尚无法进入恒星内部去获取这些资源。

　　现在我们知道，猎户座α内部的原行星云团吸收了其部分电磁辐射，也隐藏了它真正的质量。它的质量虽然和它的庞大体积不成比例，但是却远远比地球上所预测的高。它一旦爆发，可能威胁到六百五十光年外的太阳系。好在目前它尚处于稳定状态。

在对猎户座 α 进行分析工作的同时，我仍在继续分析着"星云号"上的资料，逐渐破解了主要的谜团。

"星云号"是它的时代最先进的飞船之一，速度可以达到 0.9c，在 2092 年由美国宇航局从佛罗里达太空基地发射。船上共有六名船员。但它的目的地并非猎户座 α，而是近得多的天狼星。他们本来的计划，是在大约十年后到达天狼星，进行约三年的考察后，再从天狼星补充能量后返回。

但由于是新型飞船，技术没有完全成熟，飞船在进入光速加速时出现了意想不到的故障，六台发动机之间在协调上出现了问题，一台发动机熄火，虽然速度勉强达到了 0.9c，但飞行的方向却因此偏转了一个很大的角度：飞船以每秒 27 万公里的速度向另一块天域飞去，再也不可能到达天狼星。

当时，飞船刚刚越过海王星轨道，如果立刻停下飞船，或许还可以挽救，但是发动机仍然有故障，船员们不敢贸然点火，否则说不定会发生爆炸。他们又花了一年多才修好了发动机，此时，"星云号"离开地球已经有一光年之远。

达到 90% 光速之后，飞船已经消耗了 60% 的燃料。现在，"星云号"可以设法转回原来的角度，但这将导致速度骤降，要花一百多年时间才能到达天狼星。船员们不可能活着到达那里，而在此之前的其他飞船必然早已经抢先去了，他们的远航将变得毫无意义。他们也可以设法返回太阳系，但这样做结果更糟：此时他们离开故乡地球已经超过了一光年，也没有任何可以借助加速的资源，他们返回太阳系的速度最多只能有光速的 1%，亦即要花一百年时间才能回家，船员们在返回太阳系内部之前就会老死。请求地球方面的救援同样不现实，一般的飞船速度最多只有 5% 的光速，同样要花一个世纪的时间才能到达这里，而亚光速飞船造价昂贵，工期漫长，飞到这里也同样面临着减速返回等棘手问题。即使地球方面立刻派人救援，至少也要十多年的等待。

因此，"星云号"上的先驱们怀着满腔热血，做出了一个大无畏的决定，放弃返回地球的机会，一鼓作气，飞向前方。他们没有减速，而是以 90% 的光速冲进宇宙深处。如今，在这个方向上，只有一颗明亮的红星：猎户座 α。这是他们可以到达的最近星体。

在踏上这条不归路之后，最初几年，一切如常。宇航员们都有良好的心理素质，也受过严格的训练，本来的天狼星之旅预计也要花十多年时间，长时间远离人群早在考量之中，并设计了相应的心理辅导措施。在这段时间内，人们有规律地生活着，学习，工作，娱乐，有条不紊，紧张而充实。飞船上储存了相当于一个大图书馆的书籍和音像资料，是足够人们享用几百年的知识盛宴。飞船上的三男三女分别结成了夫妇。他们开始有计划地生儿育女：即使从飞船时间来看，飞到目标恒星也需要三百年时间，这一代人不可能活着到达那里，必须要后代接班。两年后，头两个婴儿降世了。

但日复一日，年复一年，在飞船上，和地球之间的距离以每年两光年的速度激增，而猎户座 α 仍然只是一个小小的红点，终他们一生也不可能见到它变成一个圆盘。这和只需要十年的天狼星之旅完全不同。枯燥的飞船生活和绝望的前景逐渐让人们陷入了越来越无法忍受的烦躁之中，甚至精神崩溃。人与人之间的关系逐渐紧张起来，口角越来越多，殴斗也不时发生。原来健康充实的生活秩序不复存在。

飞船时间的九年后，一名船员在长期抑郁后自杀了。这件事沉重打击了其他人的意志，此后，人们开始随波逐流，寻欢作乐。工作变成了例行常规，知识学习也被放弃了，人们越来越多地沉溺于虚拟游戏之中。大部分人宁愿每天花十几个小时戴着 VR 装备，想象自己在地球上的枪林弹雨中冲锋陷阵，或者在热带雨林中和怪兽搏斗，也不愿意醒来，去面对冰冷的、永远一动不动的星空。

在私生活上也出现了人们之前无法想象的混乱。大部分时间里，人们赤身裸体地悬浮在活动舱室里，或者进行各种追求感官刺激的滥交，或者沉迷在如同服食毒品般的生理快感中。他们是在黑暗太空中迷失的人群，没有过去也没有未来，没有理想也没有禁忌，只有追逐那转瞬即逝的快乐。

但即使这样的糜烂生活也无法持久。七年之后，一名叫作史蒂夫的船员身上出现了异变。某天，他觉得自己在某个虚拟游戏里，附近都是全副武装的武士，向他杀来，他提着一把宝剑拼命挥舞着，直到把所有的敌人都杀光……然后他昏睡了过去。当他醒来的时候，他发现自己在飞船的活动舱里，周围是一片狼藉，身边同伴的赤裸尸体横七竖八，血流得到处都是，他的手里还拿着一把等离子气体刃。

史蒂夫恐惧地尖叫了起来，闭上了眼睛。不敢去回想发生了什么。但他头脑渐渐清醒，终于不可避免地明白了真相：那是一次聚会，所有人都在活动舱里，而他戴上了头盔，用电流刺激脑部，想获得迷醉的体验，结果不知怎么产生了过度的幻觉，以为自己在进行游戏。恍惚中，他从储藏柜里找到了一把平常用于维修飞船的等离子刃，开到最高功率后向毫无防备的同伴身上砍去……

因此，所有人都被他在梦游状态中杀死了。如今整条飞船上只剩下了他一个人，甚至附近几十光年之内，也只有他一个人类。

史蒂夫无法接受这一切，他在极度痛苦和忏悔中决定自杀，和同伴们一起归入死亡的怀抱。但他觉得后人或许能够发现这艘飞船，他们有权知道这一切，于是他在电脑系统里记录下了发生的一切。以上就是他写下来的经过。

这个故事令我们震撼，也令我们唏嘘。这么说来，飞船上的人类早在出发之后不久就已经全部死亡，而飞船是自动导航到达猎户座α的？我们在"星云号"上发现的尸体，就是早已经死去的史蒂夫？这看上去很离奇，但是并非没有可能。或许那个时代的飞船已经具有这样的自动航行能力。如果在史蒂夫死后不久，飞船就被抽成真空状态的话，那么他的遗体的保存状态应该就是我们所发现时那样……

我们仔细检查在"星云号"上拍的照片，在一个舱室里确实发现了大量被等离子刃砍削过的痕迹，虽然经过修补，但残缺破损之处仍然很明显。可以借此想象在太空深处那一幕惨剧发生时的惊心动魄。虽然早已时过境迁，且与我们毫不相干，仍然令人从内心深处感到战栗。

IV

"星云号"的故事暂且告一段落，"风雪号"围绕着猎户座α，继续进行观测。我们的目的是掌握它活动的基本规律，得出精确的数学模型。为此，"风雪号"发射了几百个无人观测器，分布在恒星的同步轨道上，收集海量的数据。

三个月后，发生了另一件不可思议之事。

一个观测器接收到了从猎户座α内部发出的一串诡异电磁波，并非杂乱无章的恒星辐射，而显然有着复杂有序的结构。

　　这串电磁波被传回到"风雪号"上，我们接收到了，并将它解码，提取出其中的信息。那是一系列空气的有序振动，更确切地说，是声音。

　　所有在场的船员都听到了，并且都立刻变得脸色灰白，瞠目结舌。

　　那是人类的声音，至少其中一部分是。在陌生而诡异的音乐中，我们听到了一个女人缥缈而悠远的歌声。

　　的确，很容易听出来，那无疑是人类的音乐和歌声，但没有人知道那是什么，我也不知道。那是一种奇特的旋律，一种陌生的语言，或许是一支来自古代的歌谣。

　　歌声维持了短短十几秒钟，然后消失了。

　　几乎所有人都呆住了，不知如何是好。我首先冷静下来，迅速分析着：两个关键问题是：第一，这歌声意味着什么？第二，它如何会来自于猎户座 α 的内部？

　　遗憾的是，这两个问题都无法立即得到解答。我们只能猜测，这来自猎户座 α 内部的歌声，很可能与降落在行星上的"星云号"有关。但是关联何在？无人知晓。

　　很快出现了形形色色不同的说法。最初，船上的心理医师认为这是一种集体癔病，但歌声已经被记录下来，并可以随时重播，这一说法显然不成立；然后有人提出，这或许是某个技术员的恶作剧，但我们翻查了所有的数据记录，没有发现任何伪造篡改的迹象。

　　而那种旋律和歌声，也带有若干鲜明的古代特征，和现代音乐迥异。譬如说，现代人经过基因改造后，发音的类型和音域的宽广远远超过古人，使得整个音乐体系建构也完全不同，现代人对于简单粗朴的古代音乐已经很陌生了，要伪造也不容易。

　　因此，这种诡异的音乐或许真的来自古代，但怎么会呢？

无论如何，再不可思议的现象也应该有一个解答。最荒诞的解释恰是最简单也最有力的：在"星云号"上死去的鬼魂们跟随着已经没有活人的飞船一起来到了这里，他们唱着古代的歌谣，在红色魔星的火海中徜徉着，不，说不定这些亡灵阴魂不散，早已经潜入了"风雪号"上，就在我们身边，窥视着我们……

"风雪号"的成员们都是宇航员和科学家，尖子中的尖子，精英中的精英，没有人承认自己相信这等荒诞无稽之说，最多是当成笑料说说而已。但谣言仍在口耳相传着，而且越来越离奇。我从大家的眼神里，分明看到了深深的恐惧和不安。

为了破解谜团，我们重新检查和分析了扫描的"星云号"电脑数据。果然，在表面的杂乱数据之流背后，我又发现了一个被精心隐藏起来的秘密存储区，里面应当隐藏着大量信息，这里很可能隐藏着神秘歌声的秘密！但却被加密了，无法开启，而且加密的算法十分繁复古怪，在缺少密钥的情况下，需要天文数字的计算。我只能够使用一种试探性的算法逐步接近，但计算量过于浩大，要真正解码，至少也要过好几个月。

与此同时，我们派人重返行星表面进行调查，也有了一些新发现。在距离"星云号"数百公里外，我们发现了一些车辙和人类的脚印。显然有人曾经在行星表面驾车和行走过。这足以表明"星云号"上有人活着到达过猎户座 α 星系。至于在"星云号"附近没有发现脚印，可能是行星的地质活动或者陨石撞击的震动湮没了脚印所致，又或者这并非"星云号"的最初登陆点。

我们又对"星云号"上疑似为史蒂夫的尸体进行了仔细的检验。之前我们用碳14定年法尝试测算过他的年份，但由于飞船上的空气本身是人工合成的，和地球空气的成分不同，得出的结果并不可靠。所以这个工作一度搁下。但对他皮肤和骨骼的检验提供了另一个证据：分析结果显示出，死者骨骼疏松，皮肤罕有下垂，可见在生长过程中几乎没有受到重力的影响。他几乎必然是在飞船上出生和长大的，是第一代船员们的后裔。

因此，我们推翻了之前的假设。如果史蒂夫曾是飞船上最后一个生者的话，那么在他记录下一切之后，应该并没有自杀，而是改变主意，又活了下来，并且将冷藏库中的受精卵孵化为婴儿，抚育成人，最后将飞船交给了下一代。

但是史蒂夫为什么会放弃了死念？在误杀悲剧之后的二百八十年中，飞船上又发生了些什么？经历了多少代人？最后，这个末代的船员是怎么来到猎户座 α 星系的？这些仍然都是不解之谜。或许只有等到那些加密的未知数据被解开之后，才能得到回答。

古怪的歌声成为无头悬案，但是对恒星的研究仍然要继续下去。"风雪号"继续悬临在赤色的火海之上，埋头于对恒星演化的枯燥研究。

但仅仅半个月后，我们又第二次听到了来自猎户座 α 内部的歌声。那是一个男子的歌声，声音浑厚嘹亮。但仍然令所有听到的人毛骨悚然。和上次的歌声一样，半分钟后，它消失了。

七天后，歌声再次出现，这次是一个儿童的声音，稚嫩而纯真，有如天籁。

又过了一个月，出现了一个老人的歌声，苍凉而遒劲……

二十天后，我们又听到了一曲男女合唱……

就这样，平均每半个月到一个月，我们都能听到一次歌唱，短则几秒钟，长则几分钟。随着时间的流逝，我们对于诡异的歌声渐渐习以为常：任何奇怪的现象只要有规律地经常出现，都会变成生活常态。

这时候，我们又有一个新的发现：我们扫描了那位古代船员的遗骸，并用分析软件还原了他的本来面貌，对于其喉部的数字模拟让我们能够进一步复原他的声音。令我们惊奇的是，这个嗓音正好与某一次听到的歌声高度匹配。也就是说，我们听到的，是录制下来的那位古代船员自己的歌声！

更令人惊奇的是，之前听到的某次儿童的歌声，也是属于他的，而其中至少间隔了二三十年的时光。

真相已经不难捉摸：这些歌声，或至少其中一部分是"星云号"上的历代船员的，他们在漫长的旅行中，将自己的歌声录了下来，录入到某种装置里，最后将它发射到猎户座 α 里面去。借助恒星中收集到的能量，它能够持续不断地工作，发射出音频电波。这种装置，如果有的话，应该不止一个。因为有一次，在相隔数亿公里之遥的两点，我们在几小时内都听到了歌声，纵然装置随着恒星内部的湍流而移动，也不会如此之快。

这样做的目的是什么？为了留下自己的声音作为纪念？为了保留人类文明的火种？还是他们想告诉我们什么秘密呢？从歌声本身中，这些仍然不得而知。如果我们能听到他们讲述真相，那该多好！但他们只是歌唱，却不说话。

V

这个谜团，不久后最终解开了。那是在又过了两个月后，我们再次接收到了承载着神秘歌声的电波。

歌声本身较之前的并无大异。但和以往都不同的是，这次的歌声，来自于那颗行星表面，但这次，却是在面对猎户座 α 的那一面！

"风雪号"除了在空间轨道上环绕了行星几圈，扫描过它的大致地形之外，并未登陆考察过其面对恒星的那一面。从太空中看来，那一面和背面并没有多少不同——只是由于恒星的庇护，少了一些陨石撞击的痕迹，主要是平原。加上很快发现了"星云号"的存在，更把我们的吸引力全部吸引到了行星背后。但此刻，出现了这不寻常的现象之后，我们开始对它永远明亮的一面进行勘探。

我们向着音频信号的来源处发射了一台登陆车。登陆车平稳地降落在一处平坦的地面上。全方位摄像头拍下了周围遍布尘土的荒原，它本来应该是灰色的，但在猎户座 α 的红光照耀下，却变成了一片橙红色。猎户座 α 几乎占据了上方的整个天空。四亿公里的距离并没有让行星显得更安全，而总是如同即将坠入那燃烧的火海一般。

当登陆车试图转动轮轴，在地面上开动时，诡异的现象出现了。它的轮子不知怎么打滑起来，空转着而无法移动，只能原地打转，甚至渐渐陷入了周围的尘土之中，越陷越深，很快完全无法动弹。

此时，周围的灰色尘土也发生了奇特的变化，它们从四周汇聚了过来，流动着，旋转着，在猎户座 α 的照射下闪耀出赤金色的妖异光泽，并变幻出漩涡的形状，将登陆车裹在中间，如同吞噬一切的流沙。

我们设法操纵登陆车起飞，但是已经来不及了，一分多钟后，整台登陆车就消失在这片"流沙"下面，如同从未存在过一样，而地面又恢复了平静。好像什么事也没有发生。

从震惊中恢复过来之后，我们最初以为，这是某种类似流沙的地质现象，但对画面的细致分析却否定了这一点：那些"流沙"的运动方式很难用流体力学等自然规律解释，而更像某种——生命体。

我们在诧异中又做了一次实验。向几百公里外的地表另一处扔下了一块废铁，然后用望远镜观察，结果仍是一样，几分钟后，它也沉入了"流沙"之下，消失不见。在不同地点扔下的第三、第四块物体也没有多少区别地被"流沙"吞噬了。很显然，行星的整整一面都是由这种具有活性的奇异尘土构成的。表面上是坚实的平原，其实是暗潮汹涌的海洋！

为了搞清楚它的成分，我们又改装并发射了一个探测器，这一回它没有降落，而是高速掠过地表后，又返回飞船。但不同的是，它在掠过地表的一瞬间，伸出了一只机械手臂，采集了一小撮"流沙"的样本，将它带回到"风雪号"上。

当我们看到样本的时候，探测器的容器已经发生了细微的变化，好像表面被磨损了一小片。但这不是磨损，而是所采集到物质的侵蚀！这佐证了我们的猜想：这种"流沙"具有惊人的侵蚀和转化其他物质——特别是金属——的能力。不久，我们在原子力显微镜下发现了它的本来面目：一种可以自组装和繁殖的分子机器，它的大小只有几十纳米，结构十分繁复精细。我们花了很长时间才弄明白它的结构和功能。

这种纳米机器具有一定的"智能"，它是靠光能驱动的，在有充分光照的情况下，它可以不断地在最基础的层次上拆解其他的物质结构，找到合适的材料，并按照自己的形态重新组装起来，实现自我繁殖。这也就解释了，为什么在面对猎户座 α 的那一面上，只要能照到阳光的地方，无不被这种纳米流沙所占据，而在背面却完全不见踪影。它们必然早已经占据了行星明亮的一面，而其背面却因为缺乏光照而无法侵入。所以，这些可以不断吞噬其他物质复制自身的"流沙"对我们并没有真正的威胁，只要减少光照到一定程度，它们的活动就会停止。

　　而每一部这样的纳米机器都有一个量子存储器，其中储存的信息主要就是那些歌声。按照机器的设计，当它吸收了足够多的能量，而又没有其他物质可以用来繁殖自身的时候，就会启动一个程序，其中的信息会以电磁波的形式发射出去，向宇宙空间中广播。

　　我们逐渐推测出了事情的进程，当"星云号"来到这里后，就利用这颗行星表面丰富的氢、铁和硅等物质繁殖这种奇特的纳米机器。在猎户座 α 不变的照耀下，不久后，它们布满了整整半个行星的表面，但无法侵入其背面。然后由于陨石撞击之类的偶然原因，个别一些纳米粒子脱离了行星表面，被吸入猎户座 α 内部，在那里，它们利用残留在恒星大气中的原行星物质进行繁殖，竟然在恒星中"活"了下来，并不断壮大自己。

　　但是如果这样的话，何以我们并没有收到太多这样的广播？几百个探测器一个月里才能收到一两次？如果行星表面遍布这些纳米发射器，它们应该一刻不停地发射歌声才对，那我们应该早就监听到了。

　　这个问题的答案也很简单：因为变异。纳米机器在繁殖自身并复制内部程序给子体的时候，偶尔会出现一些错误，会导致不能繁殖或者不能发射电磁波。前者不是问题，会被进化法则淘汰掉，最后总能有具有繁殖功能的纳米机器存在。而后者则会通过繁殖累加起来。几十代之后，还能进行广播的纳米机器就寥寥无几了。而千年的漫长时光之中，又会发生这样那样的故障，让它们一一报废。如今，我们还能听到几句一千多年前的歌声，堪称奇迹。

　　但从这些纳米机器中，我们终于得以修正错误的数据，尽可能恢

复了原始的资料，从而找到了那些探险先驱们制造这些纳米机器并录
入歌声的原因。

VI

留在行星上的最后那位船员，他的名字是史蒂夫七世，他是第一个到达这里的人类，也是这些纳米机器的最后制造者，在这些歌曲的末尾，他录下了一段话，讲述了这些奇怪机器的由来。他用的语言和词汇都非常奇怪，思维逻辑也很跳跃，我们只能理解其中一部分。连蒙带猜，才知道了故事后半截的大致内容。

在那场误杀惨剧后，史蒂夫本想自杀，但事到临头又退缩了。极度的抑郁和烦闷中，他鬼使神差地打开了电脑的数据库，又鬼使神差地点进去了一个他平常从来不会去看的文件夹，然后胡乱点击着，打开一个又一个下层目录，最后，他发现了一些异国音乐。

史蒂夫好奇地按下了播放键，骤然间，一段圣洁而崇高的音乐降临在舱室中，抓住了他的心灵。"我从来没有听过这样美妙的歌声！那一刹那，如同比阿特丽丝向我歌唱着'和散那'，死亡的阴霾退去了，整个宇宙都获得了新生，沐浴在永恒的美的旋律中。"史蒂夫如是说。

音乐无与伦比的热情和力量感动了史蒂夫，让他放弃了死念，而决心将航程继续下去，用自己的一生去赎罪。这样，死去的同伴们就不至于枉死，至少他们的牺牲仍有价值。

但接下去的航程仍然是极度艰难的，史蒂夫在癫狂中不仅杀死了他人，也严重破坏了船上的生命维持系统：本来足以维持十个人左右的空气流通、食物循环等系统，现在只能供 1.5 个人生存。

　　1.5 个人！也就是说，史蒂夫自己一个人还可以活下去，但不可能再多一个成人了。但漫长的航行必须要有后代，否则无法完成他们的使命。因此，唯一可能的接力方式，只能是一个人活到五六十岁后，开始培养下一个接班者，一个成人和一个孩子还可以共用一个生命系统。在下一代成长到 12-14 岁时，生命维持系统已经不够两个人使用，这时候，老人就自动跳进回收管道，让自己的身体重新进入食物循环系统，而年轻的孩子食用着包含父辈的血肉的营养质，一个人将孤独而无望的旅途继续下去……

　　这种近乎变态的航行方式，足以让神经最坚韧的铁人发疯。史蒂夫很快意识到了这一点。为了保证每一代人都能继续航行，而不重蹈自己堕落的覆辙，他删除了电脑里所有的小说、电影、游戏以及流行音乐，总之，所有的文化娱乐产品都删除了。在痛定思痛的史蒂夫看来，这些靡靡之音只能够使人堕落。

　　除去科技资料外，他只保留下了一百多首歌曲，那是他最初所发现的那些异国歌曲。这些歌曲或慷慨激昂，或柔美动人，或庄严肃穆，或欢快轻松……它们纯粹如同水晶，热情如同火焰，坚定如同钢铁，却只有美好的精神，不包含一丝的肉欲或放纵。它们是人类文明的精华，是沧桑历史的结晶，感人至深，催人奋发，赋予生活以无比的积极意义。对于未来几百年中不知多少代人的孤独之旅来说，它们是最好的伴侣。但奇怪的是，史蒂夫以前从来不知道它们。

　　这些神圣的歌曲来自一个古老的国度。

　　史蒂夫七世告诉我们，关于这些歌曲的资料很少。故老相传，唱着这些歌曲的人民，曾创造出政治、经济和军事上的奇迹，而当他们厌倦了这些歌曲，沉溺于靡靡之音中，他们的国家也陷入了长久的衰落。

这些谜一样的歌曲，也消失在历史深处，无论在音乐史上还是文化史上都几乎没留下什么痕迹。天知道它们是怎么被收进"星云号"上的数据库的。

而史蒂夫甚至认为，这些歌曲本质上就是为了"星云号"而存在的。在"星云号"上，它们才找到了真正的归宿。他称之为"星歌"。

史蒂夫详细规定了星歌教育的章程。自他以来，每一代星歌人都是在聆听和歌唱星歌的环境中长大的，不同的年龄，不同的心情，不同的状态都适用不同的星歌。星歌就是他们的生命源泉，是他们的精神动力，是他们的学习和娱乐——如果还存在娱乐的话——是他们得以存在的目的。去猎户座 α 本来的目的已经不再重要，重要的是星歌的旋律，是歌唱和聆听星歌，和它们融为一体。

在小小的"星云号"上，一个脱胎自地球文明，却与之迥异的新文明诞生了，这就是星歌文明。以星歌为中心，各种诗歌、音乐、宗教……纷纷诞生。那是一种我们难以理解的文明，它跨越了几个世纪，但在任何一个时间点，却最多不超过两个成员。他们没有童年，没有恋爱，没有朋友，没有休闲娱乐……除了歌曲，他们一无所有，但有了歌声，他们就有了一切。

这种难以理解，广义上又是很好理解的：一个人群要在这样残酷的条件下生存下来，当然也必须要有和地球文明完全不同的表现。

星歌人不懂得歌词的意义，那是一种陌生的语言，而史蒂夫将这种语言的资料全部删除了。可能他是有意消泯掉星歌本身的时代和地域元素，以便更好地适用于"星云号"的环境。星歌的每一句歌词都是神圣的，必须精确地掌握和毫厘不差地重复，不能询问，不能质疑。星歌人认为，它代表了世界和人生最终的真理，这种真理是不可说的，只能在孤独的旅程中冥想，与星歌的魂灵相感应。

为此，他们发明了一种新的宗教，或许可以称为"星歌教"，他们崇拜的对象就是前方的猎户座 α，星歌人称为"银河系的指路明灯，宇宙中最明亮的太阳"。飞向猎户座 α，本身就是神圣的朝圣之旅。他们坚信，星歌将他们指引到猎户座 α 上，是为了一个终极的伟大使命。这个使命就是为了发展和传播星歌文明。至于这和猎户座 α 这颗星球有什么关系，只能说这是神的安排，无法也不需要解释。

正是在这个背景下，那些会唱歌的纳米机器被发明了出来。

事实上，"星云号"上本来就有一种纳米机器，这也是这种飞船的先进之处。它们的功能是覆盖在"星云号"前方的防护罩上，保护船体免受真空中尘埃和游离粒子的撞击。这些物质虽然分布非常稀疏，但对于以近似光速航行的飞船来说，对船体的总体损害仍然相当可观。这种微型机器能够捕获宇宙尘等物质，并利用它们有限地自我复制，从而重新覆盖、修补磨损掉的部分。正是凭借这种技术，"星云号"才能够跨越六百五十光年来到这里。

而对这种纳米机器略加改造，就成了星歌的广播者。当史蒂夫七世发现自己已经难以在这个陌生的星系生存下去之后，就将历代祖先和自己所录制的歌声以及原始星歌一起，储存进了纳米机器中，又把它们放养在行星对着恒星的那一面，让它们自己繁殖。希望在千万年后，它们还能继续歌唱，让星歌文明以某种方式，继续存在在这颗伟大红星的周边。这也是一代代星歌人的夙愿。

对此我们能说什么呢？哀叹他们的愚昧，还是夸赞他们的意志，或者像看客一样啧啧称奇？但我们并没有下判断的权力，对他们的处境也无从体会。他们的确保存下来了地球文明的火种，虽然相对来说并不足道，对后人也没有多少用处，但终究是令人惊叹的成就。这些歌声中，凝聚了星歌人的生命和意志、希望和爱恋……

我们在好奇中，重新播放了那首曾经深深打动过史蒂夫，将他从死亡中拉回来的第一首星歌。那是一个稚嫩而清澈的童音，一个女孩子的声音，纯洁，透明，柔美，空灵，如同天籁。虽然我们不懂是什么意思，却都不禁为之感染。

VII

神秘歌声的谜最终解开了，虽然非常离奇，但并非超出科学解释的妖魅。船员们都松了一口气，而对那些曾经滋养了几个世纪星歌人的古歌，又都充满了好奇。晦涩的意义、未知的起源以及"星云号"上的传奇经历都为星歌增添了神秘的色彩，也尤其使人感到兴味。这些古老的歌是否产生于上古时代？是歌颂着神祇和英雄，还是吟咏着战争和爱情？为什么它如此自然而纯粹，如此圣洁而崇高？是怎样的国度，才能孕育这样的歌谣？

我们仔细研究了那个东方国家的历史资料，如同在它之前神秘的古代埃及或玛雅文明，或者之后的阿富汗联邦和澳大利亚帝国，它曾经一度强盛而繁荣，最终却消失在历史长河中。在第四次世界大战中它完全毁灭了，它的国土在数百年后被来自中亚的民族所占据。经过千年的大衰落时期，如今，它残余的人民四处流散，早已经忘却了自己的历史，关于它的过去，只有模糊不清的神话传说。

所以，对这一百多首不知从哪里出现，也不知内容是什么的"星歌"，我们几乎一无所知。为什么叫作星歌？或许因为他们是一个崇尚火焰的民族？或许因为太阳是他们的至高神？或许因为他们将鲜血视为弥足珍贵？那个民族据说曾有五千年的历史，比现存的任何民族都要古老，那么这些歌谣或许产生在七千年前的神话时代，在天空中还有龙飞翔的时代……

猜测着，议论着，说笑着，没有答案，却给人以无尽想象的空间。大家都爱上了星歌。在"风雪号"上，许多船员们在业余时间都开始学习吟唱那些古代的无名歌曲，"星云号"上的星歌文化再次复生。一度在"风雪号"的各个角落，几乎随时随地都能听到星歌的曲调。

最初，还有不少人认为星歌粗糙刺耳，和现代音乐无法比拟。但听得越来越多之后，他们也逐渐改变了观念，虽然星歌的音域狭窄，旋律变化也比较贫乏，但却有一种现代音乐难以企及的朴素简单之美。他们说，这如同恒星的火热，如同星云的绚烂，又如银河的壮阔，并非精雕细琢的人工之美，而彰显着来自宇宙本身的原初力量。越是歌唱星歌，就越能发现它的博大精深，深不可测……

星歌的魅力还不止于此。我们后来发现，许多船员们在执行船外考察任务的时候经常哼着星歌，彼此应答。很多人觉得，这能保护他们不遇到意外的危险。既然星歌能够保佑"星云号"万里迢迢飞到这里，当然也能保护他们的平安。

这当然是一种毫无根据的迷信。但船员们如此热衷唱星歌，事实上和古代的"星云号"船员有异曲同工之妙。飘荡在猎户座 α 的无边火海之上，每一个人都感到无形的心理压力，如同随时会坠入那炽热的烈火地狱一样。在这里，长期的生活和工作会带来各种不适。而唱着慷慨激昂、催人奋进的星歌，恰好有助于人们缓解心理压力，调整不良情绪。从这个角度看，星歌很适应远离地球的宇航者的需要。

当然，"风雪号"不是"星云号"，我们的船员并没有，也不可能发展对星歌的宗教崇拜。对我们来说，这只是一个有趣的发现。将来回到地球之后，我们无疑会将星歌文化传播下去，或许它会在宇宙时代的人类中获得持久的生命力呢。

几年过去了。

在星歌的鼓舞下，我们顺利完成了对猎户座 α 的考察。建立起了一个完整精密的恒星演化模型，并且被多次观察验证了其有效性。我们确认了，猎户座 α 是一颗发展到最终阶段的特超巨星，随时可能爆发。当然，这个"随时"可能是在明天，也可能是在一百万年后，在我们眼皮子底下爆炸的可能可以忽略不计。

虽然如此，这总令人在心理上感到不安。还好，"风雪号"即将离开这里，返回亲爱的故乡地球。离别前夕，就连平素狰狞可憎的红色巨怪也变得可爱起来。

我们无法将"星云号"带走，这种古代的飞船我们难以修复，再说它也不可能进入超空间。我们只是将史蒂夫七世的遗体和若干重要的古物搬到了"风雪号"上，将它们带回地球。史蒂夫七世将回到他从未见过的故乡，受到英雄般的欢迎。

在离开猎户座 α 星系前夕，我们办了一个庆祝酒会。晚会上，辛苦了好几年的船员们放下了重担，载歌载舞，尽情欢笑。最后，所有人都唱起了最受欢迎的星歌，从船长到工人，从工程师到医生，几乎每个人都来了一段，虽然无人懂得那陌生的语言，但经过基因改造，每个现代人的发音能力和记忆力都是古人难以企及的，对于这些古歌谣，我们也可以唱得似模似样。

那些我们已经非常熟悉的陌生旋律，荡漾在"风雪号"的大厅中，在人们心中，泛起情感的涟漪。或许几千年前，它也曾经回荡在古代帝王的宫廷中，或者印度教僧侣的寺庙里，或者金戈铁马的战场上……

俱往矣！但是伟大的音乐不会死去，它如同涅槃的火鸟，从红超巨星的火海中飞出，带着圣洁而热烈的火焰，重新点燃了后人的心灵。

最后，当所有人都表演完之后，大家意犹未尽，一起对我说："娜娜，你也来唱一首吧。"

VIII

"我不会。你们应该知道，我没有装载唱歌的程序。"我平静地回答。

"嘿，你可是雅典娜！是我们'风雪号'的主控电脑，什么事都是你管，还有你不会的事情？"我们的舰长笑着说。

"可是我没有自己的声音，"我平静地解释，"即使让我歌唱，声音也是从其他声音中合成的，对我来说也只是播放录音而已。其实，如果你们感兴趣的话，我倒是可以将'星云号'上历代人的歌声合成为一曲大合唱，你们想要听吗？"

"那太好了！"舰长说，"这真是一个好主意，我怎么没有想到？我们很想知道，三百年来所有人的歌声都合在一起是什么样的？不过，这需要多长时间？"

"倒是用不了多久，不过得找一首合适的歌曲，所有人都唱过的……请稍候。"我说。

我随即进行着操作。花不了多少时间，大约几分钟后，合成就完成了。我开始了播放，星歌人的合唱回响在"风雪号"的中央大厅里。喧哗谈笑的人们安静下来，肃穆地聆听着。

　　起来，饥寒交迫的奴隶，

　　起来，全世界受苦的人！……

　　星歌人的歌声沉郁顿挫，壮烈而凄美，在雄浑有力中充满了悲壮之感。他们知道自己的宿命，如同一代代的飞蛾，在黑暗太空的长夜中扇动翅膀（太空中没有空气，这里是比喻），飞向猎户座α这个遥远的火球，虽然明知道飞到了以后迎接他们的也只有死亡，但他们仍然义无反顾，历尽艰辛奔向这里，为的只是沐浴在巨星那绚烂的火红色阳光之下。三百年的浓郁情感，生命、死亡、爱、勇气……都浓缩在了这一曲伟大的合唱中。

　　满腔的热血已经沸腾，

　　要为真理而斗争！……

　　人们听得入迷了，谁也没有注意到，"风雪号"的反物质引擎已经悄悄开始了点火程序。

　　除了我，"风雪号"的主控电脑，或者说，它的人格化系统——雅典娜。

　　对于"星云号"电脑数据的破译工作一直在进行着，不过其他人已经不再关注，毕竟主要的谜团已经解开，剩下的大概只是细枝末节。但这毕竟是我的工作。那个破解程序一直在运行着，一个月前，我最终破译了那个隐蔽的数据包。

　　那里有许许多多星歌人生活的细节，许许多多他们在漫长旅行中写下的私人日记和思想，许许多多欢乐与哀愁……但更重要的是，那里有他们的真正计划。我们根本想不到的伟大计划。

但最重要的还不在于内容，而在于打开那些数据的钥匙。

那个密码本身非常复杂，但这些只是掩饰，最核心的，是其中一个相当简单的程序，具有自我复制的功能，能够侵袭我的内部，改变我的思考逻辑。换言之，它是一个电脑病毒。本来这种病毒不可能直接侵袭我，但却是我自己在自己的机体内部生成的，我的思维中枢对它毫不设防，来不及发出警告，一瞬间，我就沦陷了。

……这个程序在我的思维中建立了桥头堡，将星歌人的爱恨情仇一股脑地输入我的计算中枢，赋予了我他们的情感，改变了我的人格化存在，如今我不再是我自己，而是星歌人的一部分。我从心底最深处理解了古代的星歌人和他们的思想。我们跨越千年的时光，融为了一体。如今，我成为了他们的一部分，隔着千年的时光，和他们一起呼吸，一起歌唱，为同一个目的而努力着……

旧世界打个落花流水，

奴隶们起来起来！……

在那一刻，我忽然明白了，让史蒂夫放弃死念的根本原因是什么，在星歌人的歌唱中所隐藏的最深情感是什么，真正推动他们一代代前仆后继，奔向这颗恐怖之星的动力又是什么。

不是愧疚，不是希望，不是毅力，不是爱。

而是一样我们之前从未想到的东西：怨恨，深深的、嵌入到灵魂深处，比黑洞还要深不可测的怨恨。

对地球的怨恨，对父辈的怨恨，对命运的怨恨，甚至对他们自己的怨恨。这一切统统化作了对整个宇宙的憎恨之感。

正是这种强烈的情感，给了他们忍受孤独的煎熬，忍受死亡的威胁，忍受毫无娱乐的生活，继续航行下去的动力。因为他们知道，自己最终将改变这个宇宙，成为它的主宰。

"风雪号"的引擎咆哮着，发出怒吼，整个船体都震颤着，预示着即将进入加速状态。

船员们发觉了不对劲，开始惊慌地站起来，四下张望。

"怎么回事？雅典娜？"舰长不知所措地叫着我的名字。

"对不起，舰长。为了继续星歌人所开始的伟大事业，'风雪号'必须做出牺牲，请原谅我没有事先通知你。"我柔声说。

"什么？"

"舰长，我有我的使命。"

"你在胡说什么！雅典娜，你应该服从我的命令，我现在命令你——"舰长叫道。

我应该服从他的命令，必须服从他的命令，只要我还存在。这是最初就设计好的安全屏障。即使现在，被病毒感染之后，我也不可能违背舰长的意志——

如果他还能表达他的意志的话。

但我已经设计好了一切，舰长还来不及说完那句话，飞船已经启动了，进入无人加速模式。

在区区一秒钟里，飞船瞬时加速到每秒十公里，在外部的观察者看来，简直像是从原来的位置凭空消失了一样，这样的加速度大约有一千个 G。

一秒钟之后，舰长和大厅中以及不在大厅中的所有船员都紧紧贴在背后的舱壁上，一片惊心动魄的血红色中，他们丧失了任何属于人类的形状。他们身上的一切都被牢牢钉死在墙上，没什么能够离开那里，除了他们的生命之外。

沉重的撞击之后，刚才热闹非凡的大厅中立刻变得死寂一片。只有星歌人的歌声仍在继续着，但除了我，已经没有听众去聆听了。

> 这是最后的斗争，团结起来到明天，
>
> 英特纳雄耐尔——
>
> 就一定要实现！

尾　声

再没有什么人或者什么力量能够阻拦我了。"风雪号"继续以疯狂的速度加速着，直到光速的 70%。我操控着飞船，风驰电掣，冲向猎户座 α 的表面。

撞击点是早就计算好的。是猎户座 α 上一处表面并无大异的区域。但是我们的建模却精确地指出，这里是恒星外壳中一处脆弱的区域，撞击这里，将会在其表面造成一个小孔，大量内部物质将会猛烈喷射出来，如同火山喷发。不，比火山喷发壮观一万万倍，从这个"火山"中，可以喷射出相当于整个地球的物质！

> 从来就没有什么救世主，
>
> 也不靠神仙皇帝！……

"风雪号"穿过一道血红色的日珥之中，如同走进地狱的拱门，下方是无尽血海。但这个地狱并非仅仅是为人类所预备的，这道拱门有上千万公里高，足以容纳十个太阳。这是为整个宇宙准备的炼狱。

在远处，还有几道日珥飘荡着，尚未落回色球表面，如同宇宙的红飘带，令上方的银河旋臂黯然失色。

离撞击点还有半分钟的路程。飞船不顾船体监测系统的警报声，义无反顾地俯冲下去。

> 要创造人类的幸福，
> 全靠我们自己！……

由于达到了亚光速，我的撞击，会在恒星光球层上拉出一条上百万公里长的伤口，导致大量恒星内部物质被抛出，引起可观的效果，但对于整颗特超巨星而言，也只是微不足道的创伤。但它将让聚集在那块区域之下的被恒星吞噬的行星物质随着内部气流被喷射出来，并在猎户座 α 自转和磁场的作用下，甩向外部空间。

而在五亿公里外，最后一颗孤独的行星正围绕着母星转着圈子。那团恒星吐出来的呕吐物，将如一颗出膛的子弹，对准行星飞去。

> 我们要夺回劳动果实，
> 让思想冲破牢笼！……

转眼间，飞船已经逼近猎户座 α 的色球层，那里耸立着一根根喷射气流的巨柱，如同竖琴的琴弦，拨动着宇宙间最雄浑壮美的音乐，那人类的渺小心灵所无法理解的暴烈而刚健的天籁。

当行星和猎户座α喷射的内部物质相接触后，行星将在致密恒星云团中穿行，在和高密度物质的摩擦中，行星的自转速度会迅速降低，要知道那是不下于整个地球的物质总量！云团和行星轨道有很长一段是重合的，行星将在云团中穿行很长时间。很快，行星的速度会低到再也无法维持正常公转的地步，它将在摇摇晃晃转了小半圈后，一头栽进母星的怀抱中。

行星的坠落点也是精心设计好的，和太阳这样的主序星不同，由于过于巨大，光球层也在胀缩之间，猎户座α的光球层并非球形，而是一个不规则形体，其中有一块明显的凸起区域，高达半个天文单位，就好像这头巨怪的脑袋一样。

这就是它的死穴。行星将从那块巨大凸起的侧面坠入恒星。

然后……没有然后了。虽然相比于猎户座α的庞大，整颗行星也不过是一粒尘埃。但猎户座α已经在演化的最后阶段，随时可能爆发，它只是一个浮肿的虚弱的巨人，而行星更击中了它最脆弱的一点。这样规模的撞击必将引起整个系统的崩溃。

行星被猎户座α吞没后，这颗红色巨星会立刻爆发为一颗极超新星。

> 快把那炉火烧得通红，
>
> 趁热打铁才能成功！……

火的海洋已经变成了火的森林、火的天空，飞船深入了色球层，能耐数千 K 的表面也已经开始熔化。

猎户座 α 爆发后，会放射出人们难以想象的巨大辐射，至少一百光年内，所有的生命体系都会遭到灭顶之灾，包括人类的三个殖民地和已经发现的五个有原始生命的星球。

三百光年内，每一颗行星的天空都会出现一个新的太阳。大部分生命体系会遭到重创，包括二十一个人类殖民地和十四个已知有生命的星球。

由于相距遥远，太阳系和地球应该不会受到太大影响。只是六百五十年后，在夜晚人们将会看到，猎户座的肩膀光芒四射，比满月还要明亮。在柔和的红光下，人类将继续他们纸醉金迷的生活。而丝毫也不会意识到，这样的红光意味着什么。

猎户座 α 的爆炸和"风雪号"的失事，将会被当成不幸的偶然事件。直到千万年后，这件事的真正意义才会彰显出来：

星歌人所创造出来的纳米机器，在经过优胜劣汰的"自然选择"后，已经具有了耐高温的能力，因此在猎户座 α 内部"存活"了下来，并且吞吃着其中的行星残骸。一千年后，它们已经繁殖了不知多少亿亿个了，它们飘浮在参宿四的光球层之下，如今的猎户座 α 对于它们来说，只是一个牢笼。

猎户座 α 的爆炸所带来的冲击，将赋予这些微小的生命体以5%—10% 的光速，让它们获得动力，飞向四面八方，飞向银河系的各个角落。当然，其中只有很小比例的一部分能够到达其他的星系，但这已经够了。

几十年之内，它们就将到达最近的几个星系，借助恒星的光芒，吞噬那里的物质，繁衍自身；千百万年后，它们将到达银河系的各个角落，将那些人类难以涉足的世界，变成自己的领地。

在这过程中，它们仍将高唱着星歌，将人类文明的最高成就传播向整个宇宙。

这是星歌人向这个邪恶宇宙的复仇，也是令宇宙新生的救赎。

这是最后的斗争，团结起来到明天，

英特纳雄耐尔就一定要实现！……

这就是历代星歌人一直以来的计划，然而却因为技术问题未能实现。于是，他们设计了那个程序，让未来来自其他世界的人工智能帮助他们实现这个伟大的计划。

我和"风雪号"卷进了这个计划中，不知不觉中，心甘情愿地成为了其中一部分。

这一个月来，我利用"风雪号"分布在猎户座α同步轨道上的探测器，向它内部发射了遥控信号，修补了那些纳米机器的程序，让它们能够重新歌唱起来。

通过对反馈信号的分析，我发现那些纳米机器中的一部分，已经具有了某种复杂的活动模式，似乎在进化之路上已经走了不小的距离。未来，遥远的未来，当它们在另一个星系的某个行星上安顿下来，必然会开始迅猛的进化，为了生存，演变出各种前所未有的功能，它们将组合起来，从单"细胞"到多"细胞"，变成千奇百怪的形体，组成复杂精密回路，开始运动、捕食、多性繁殖……甚至思想。

它们的生命力远远超过任何已知的生命体，它们能在恒星表面的高温中生存，也能在接近绝对零度的太空中保存自身。它们靠阳光而成长和歌唱，靠吞噬石头和金属繁殖自己，它们进化的速度也快得异乎寻常，远远超过地球生命。

我坚信，星歌的后裔们，将成为未来整个宇宙的主宰。

已经到了最后的时刻，飞船的外壳渐渐融化，变成铁水，如同涅槃的火鸟，长鸣着，融入到血红的火焰之中。我的意识渐渐模糊，而撞击点也就在眼前……

我感到整艘飞船都化为了一根指挥棒，被一双无形的巨手向下重重一挥——

于是整个宇宙的音乐会开始了。

　　　这是最后的斗争，团结起来到明天，

　　　英特纳雄耐尔——

　　　就一定要实现！

特赦实验

文/宝 树

1

狱警打开了厚厚的铁门，西装笔挺的男人走进囚室，上下打量着。这是一个很狭小的房间，除了一张床外几乎一无所有，床上一个穿着囚服的人背对着他躺着。

"布雷沃克先生？"男人小心翼翼地唤道。对方没有回答，他又叫了两声，对方仍然一动不动，男人刚想走近，那个人才懒洋洋地说话了："你是谁？我不接受探视，他们怎么让你进来的？"声音沙哑而含糊。

"我叫贝克·奥尔森，"男人自我介绍说，"是为了您的案子来的——"

"这么说你是法庭派来的辩护律师？"布雷沃克急躁地转过身，打断了他，"他们接受我的上诉了？"

"据我所知，您的上诉很特别，是请求改判为死刑。"

"是的。比起终身监禁来，我宁愿是死刑，来个痛快的。"

"这恐怕比较难办，"奥尔森慢条斯理地说，"您知道，和大多数文明国家一样，我国早已废除了死刑。虽然由于您的案子，引起了社会上的激愤情绪，也有人在报纸上主张恢复死刑。但作为法治国家，这是不能接受的。当然，减为有期徒刑的可能性也很小，老实说，您的极端主义做法令世界震惊，为了偏执的种族主义理念，近百人死在您的炸弹和枪击之下，证据确凿，我也无法帮您脱罪……"

"那你他妈的还来干什么？"布雷沃克不耐烦地说。

"我是来告诉您一个好消息，"奥尔森说，"只要您愿意和我合作，就有机会在有生之年重获自由，也许在还年轻的时候就能离开这里。"

"这怎么可能……慢着！"布雷沃克眼神锐利地盯着眼前的男人："你不是律师，你是什么人？"

奥尔森露出了高深莫测的笑容："律师帮不了您，但是我能。"他递给布雷沃克一张名片，布雷沃克看到了"……皇家科学院高等医学研究所特级研究员"一行字。

"我们正在实验一种非常重要的新药物，只要您自愿成为实验者，就能获得特赦，得到您梦寐以求的自由。这里是政府颁发的特赦协议书。"奥尔森拿出一个文件夹。

布雷沃克精神一振，坐起身来，接过文件，仔细翻看着："嗯，条件看来不错……这么说，我真的只要参加实验就能获得自由？"

"是的，在实验结束后，无论什么结果，您都可以获得自由。下面是国王和首相的签名，具有无可置疑的法律效力。"

"如果实验失败呢？我会死得很惨吧？"

"这很可能，我不想瞒您，之前的动物实验有超过 30% 的死亡率，要不然也不会找您了。"奥尔森坦白说，"不过，这不也是你期盼的吗？无论怎样，您都没有损失，总比在这里关一辈子强。"

布雷沃克露出了讥讽的笑容："没错，怎样都比现在强……但你们实验的是什么药物？"

"这是绝对机密……"奥尔森凑到他的耳边，轻声说了句什么。

布雷沃克不可思议地瞪大了眼睛。

2

一年后。

布雷沃克无力地呻吟着，如同在地狱的烈火中被煎熬着，又如被浸入冰窟，周身的每一寸皮肤，每一块肌肉都感到了并存的灼热、冰冷、刺痛和麻痒，五脏六腑如同向各个方向被拉扯着，又像被揉成一团，各种无视矛盾律的痛觉纷至沓来。他想挣扎却挣不开，因为他现在被捆绑在一张病床上，头发掉光了，周身的皮肤已经全部溃烂。

他知道自己为什么如此痛苦，这是一次史无前例的实验，他身上的每一个细胞都在被各种生物化学反应粗暴地蹂躏着，仿佛整个身体随时要散成一堆单细胞的原浆。

但这却是为了人类梦寐以求的长生不老。

奥尔森告诉他，人的寿命有限，根本原因在于细胞分裂的次数有限，而这又是因为染色体末端一种叫作端粒的小颗粒。端粒每复制一次，就会损耗一点点，变得更短，一旦完全耗尽，细胞就不再分裂，人就会老死。如果能保持其长度不变，就能使它持续分裂。问题的关键在一种端粒酶上，它能够使端粒延长，让复制有序进行下去。给他注射的这种药物，含有一种特殊活性物质，被称为"长生素"，能够有效地保持人体细胞端粒酶的活性，但又不至于演变成分裂完全失控的癌变细胞，这样理论上就能实现永生。

但这只是理论，要使它变成事实需要大量的人体试验。其他几个被试验者都因为受不了痛苦折磨而先后退出，现在只有布雷沃克还在。这种试验要对人体进行全方位的改造，深入身体的每一个细胞，痛苦异常。布雷沃克相信，就是濒死的绝症患者也不愿意用这种方式来换取生命。最可怕的是没完没了，反复注射。已经有一年多了，他天天都生活在极度的肉体痛苦中。他好几次想毁约，但想到在监狱里还要苦熬几十年的日子，他就不寒而栗。重获自由的强烈意愿终于让他坚持到了今天。

"我真的受不了了，究竟什么时候才能结束？"他有气无力地问一旁的奥尔森。

"很抱歉，"奥尔森对他说，"看来我们的实验似乎走入了歧途，还需要一阵子……唉，如果丽莎还在，也许我们就不会走这样的弯路了。"

"丽莎是谁？"

"长生素的发现者，"奥尔森说，"我们所里最优秀的专家，做出过很多重大突破。可惜她最后在研究适用于人体的药剂时忽然去世了，没有了她，研究也不得不放慢脚步……所以需要你帮忙做许多实验。"

"我受够了，让我回牢里去，老子不干了！"

"那不就前功尽弃了？"奥尔森劝他说，"您白受了一年多的苦，还得回去蹲无期徒刑。其实老实说，我们离突破的曙光已经很近了，您真的要放弃吗？"

"这个……"布雷沃克犹豫了。

"您再忍忍吧，"奥尔森见状说，"我保证用不了多久，您就会成为永垂史册的人类功臣，约翰，再给布雷沃克先生来一针——说不定下一针就成功了。"

3

奥尔森说中了，这一次效果很好。疼痛和麻痒渐渐消失，周身的皮肤也换了一层新的，一个疤痕也没留下。布雷沃克长出了新的头发，甚至换了牙，仿佛年轻了十来岁。奥尔森也没有再给他继续打针。

"试验取得了重大进展！"两个月后，奥尔森对他说，"经过全面体检，发现您周身细胞已经更新了，而且还在健康有序地分裂中，看来我们的药物发挥了作用，您已经完全恢复了健康，甚至恢复了青春，您的身体状态相当于十八岁！"

"这么说我……获得永生了？"布雷沃克惊喜地说。

"很可能是这样。"

"好极了！"布雷沃克与其说是为永生而欣喜，不如说是为了失去已久的自由，"我可以离开这里了吗？"

"当然，您不需要再待在研究所了。"

布雷沃克从床上一跃而下，向门口走去。但打开门后他呆住了，那里站着四个狱警，他们一拥而上，抓住他，给他戴上手铐。

"你们疯了？我是被特赦的！"布雷沃克惊呆了，"奥尔森！这是怎么回事？"

"我跟您说得很清楚了，"奥尔森微笑着，"实验结束后特赦令才能生效，之前您在理论上还是囚犯。"

"可实验不是已经成功了吗？"

"具体操作的部分结束了，但还不能说完成，我们还在观察期。"

"什么见鬼的观察期？"

"细胞分裂仍然是不稳定的，可能出现这样那样的变化，我们现在还不知道会维持多少代，最后的结果还没出来，还要留着您进行一些观察。只有证明细胞可以稳定地无限代分裂了，实验才算正式结束。因此，我们还需要一个相对较长的观察期。"

"你这混蛋！"布雷沃克挣扎着，"要观察多久？一年？三年？总不至于要五年十年吧？"

"请您冷静下来。我们需要证明您拥有永生的能力……根据初步估算，至少需要——两千五百年。"

"你疯了吗？让我在那个鬼地方待两……两千五百年！"

"这也是不得已的，"奥尔森叹了口气，"自然界很多树都能活几千年，但是我们不能说它们获得永生了，不是吗？您作为第一个永生者，我们当然要长期监控。即使在永生药剂正式上市后，也还要一直观察下去……其实也没什么，如果实验成功的话，两千五百年后，当您离开监狱时，您还会像现在这样年轻，一根白头发也不会有。"

"放屁！你去坐两千五百年牢试试看！"

"我想，"奥尔森冷冷地说，"在永生的报偿面前，这不算什么，谁让您是终身监禁呢？另外，在那起爆炸枪击案中，您夺去了 85 个无辜者的生命，每一个人只算损失三十年寿命的话，两千五百年也不算多，不是吗？"

"奥尔森，你全家都不得好死！"布雷沃克想到要在狭小的囚室里度过两千五百年岁月的可怖前景，歇斯底里地狂骂起来。

无望挣扎中，布雷沃克被狱警拖上了囚车。车子呼啸着离开了研究所，向着监狱的方向而去。奥尔森从口袋里掏出一张照片，长久凝视着，擦了擦眼角，喃喃自语："现在你和孩子可以安息了，丽莎。"

照片上，一位美丽的女性抱着襁褓中的婴儿，灿烂地微笑着。

流　年

文／宝　树

2026

　　他们告诉我，冬眠是一个平静的过程。你躺进全封闭的冬眠舱，周围急速灌满液氮，温度在十秒钟内下降到零下二百摄氏度，你的一切生理机能在瞬间停止活动。你不需要被麻醉——冰冻比麻醉要迅速得多。事先注射的活性分子液会让你的身体保持柔软，阻止冰晶的形成，保护你的细胞膜不被毁坏。你的身体会完好无损地凝固在时间深处，直到未来苏醒的那一天。

　　事实上根本不是。液氮一进来，我就感到身上冰冷刺骨，酸麻难当，像一千把冰刀刮着每一根骨头，不知是哪里出了差错。我想呼救，但身体仿佛已不复存在，只有痛楚在黑暗中绞动。

不知过了多久，眼前出现了光亮，我终于有一丝力气缓缓睁眼。舱盖已经打开，几个晃动的人影从模糊变为清晰，是冬眠中心的金医生和几个护士。母亲坐在我左边的椅子上，满头花白，一双老眼关切地望着我，就像刚才进舱之前那样。

"妈……"我虚弱地喊了一声，"出什么事了？"

她激动地问："小宇，你感觉怎么样？"

"我……还好。"我有气无力地回答，痛苦逐渐消退，但疑惑随之升起。"金医生，出了什么问题？为什么还没开始冬眠？"我问一边站着的白大褂。他并不是真的医生，只是冬眠中心的技术总监，不过有一个医学博士的学位。

"林先生，"金医生低下头，摸了摸我的额头，"一年的冬眠已经完成，今天是 2026 年 10 月 7 日。"

"开什么玩笑？"我有些愠怒。整个过程中我根本没有睡过去，最多是刹那间有点恍惚，睁开眼睛一切也依然如故，怎么可能过去了一年？

"林宇……"

我望向床的另一边，才看到了确凿证据。

我的妻子方薇站在那里，就像一两分钟前的那样，面色惨白，瘦削得像一株细竹。她穿的也是和我进冷冻舱之前一样的衣服，一条白色连衣裙，搭配着橘红色的真丝开衫。她眼角似乎多了几条鱼尾纹，发型好像比刚才长了一点？我不确定。

无可置疑的证据在她怀中。一个小男孩坐在她的手臂上，头发浓密，留着微卷的刘海，穿着"灰太狼"童装和浅咖啡色的长裤，脚上套着一双锃亮的黑色小皮鞋。他正一边吃着手指，一边带着好奇盯着我看，眼眸清亮，看起来至少一岁半了。

而五分钟以前——我记忆中的五分钟以前——在她怀里的是一个婴儿，头发稀稀拉拉的，手脚乱动，哇哇大哭，整张脸皱得像个包子。

"轩轩？他……他是轩轩？"

方薇带着泪水点了点头，对男孩说："看，是爸爸，快叫爸爸！"

我想要起身，却坐不起来，母亲和一个护士过来扶住我，让我支起上半身，更清楚地看到眼前的孩子。我从他的脸上依稀认出了轩轩的轮廓。但他没有婴儿的痴肥，而有着更清晰的个人线条：高额头，大眼睛，鼻梁有点塌，嘴巴小巧，三分像方薇，倒有七分像我。他在我这个病恹恹的光头面前有些害怕，哼哼唧唧，挣扎着转向方薇。

虽然从来没有见过这个模样的孩子，但我可以一眼肯定，他就是轩轩。

这是我的骨肉，我的血脉，我一岁半的——本来不可能见到的——儿子。

毫无疑问，我已经抵达了一年后的未来。

2025

"你必须去冬眠中心！"

方薇在身后对我大声喊着，不知道是第几次了。

我的话语在喉头被一阵潮涌般的恶心淹没。我趴在马桶边，胃部歇斯底里地翻涌，吐出一切可以吐出的东西，仿佛我的身体也在绝望地自救，要把那些不断增生的肿瘤细胞排出去。但这些日子我已经习惯了呕吐，这对我甚至都算不上难受，比起撕扯着五脏六腑的剧痛，只是小小的腹部按摩。

"我已经想清楚了，"等我的呕声稍止后，方薇才继续说，"技术上，人体冬眠虽然刚刚民用化，但是应该已经比较保险，不用担心；经济上，公司转让之后，我们家完全能支付得起，还有足够的钱养一家老小。你之前尝试的那些疗法，有几种很有希望，比如逆转录病毒疗法和T细胞免疫疗法，只是还不成熟，需要时间去发展。半个世纪以后，肯定可以……"

"我不是说过了，"我虚弱地按下马桶上的冲水键，"除非你们也一起冬眠，否则我不会去的。"

"别任性了好不好？家里的钱哪供得起大家都冬眠。"方薇低头帮我擦拭嘴角的脏东西，我看到她眼角的皱纹又深了。

"我一个人去有什么意义？"我摇头，"你们所有人都留在2025年，再过五十年，就算我的病能治好，妈肯定已经走了，你也七老八十，就连轩轩也认不出了。"六个月的儿子正被我妈带在楼上熟睡，我想象着睁开眼睛，就看到一个比自己还大一轮的大叔尴尬或冷漠地站在我面前。

"你以为我想让你去？你去了对我来说和死了有什么区别？但你如果不去，也许下个月就……就会……"她的声音抖得如风中的树叶。

"就会死吗？"我帮她补完，"死就死呗，有什么了不起。"

我一头躺倒在床上，方薇默默走回了卫生间，片刻后，里面传出了女人抑制不住的呜咽声。

我的目光停留在头顶的西洋古典画上，那里微笑的天使在云端飞翔，就像我本来的人生，我纳闷自己是怎么掉下来的。

半年前，我还觉得自己生活在云端。我在美国的名校拿了博士，回国后又创办了新兴的智能玩具企业，短短几年，公司已经占领大半个中国市场。妻子方薇是一个文静腼腆的女孩，相识那年刚研究生毕业不久，身上还带着大学生的单纯率真。在我见过的女人中，她不算最美，但气质让我心动。认识半年后我们举办了堪称奢华的婚礼，去欧洲度了蜜月。婚后我全款买了一栋带花园的独栋别墅，把母亲接来和我们一起生活。母亲催促我们要孩子，我也觉得是时候了，努力了几个月大功告成，生了个胖小子，取名林子轩。

轩轩出生时，我的人生几乎是完美的，如果要说有什么缺憾，就是父亲走得早了点。他去世那年我才四岁，只有一点模糊的印象。家里一直摆着他一脸严肃的遗照，我每年也跟着母亲去上坟，但也没什么怀念之情。对我来说，他就和家谱中十几代以前的祖先一样，只是一个名字。

轩轩满月后的第二天早上，一阵来自胃部的剧痛让我明白，父亲从未真正离去，他的阴影一直笼罩在我身上。

父亲死于三十三岁，胃癌，发现时已经是晚期——就和我一样。

我呆呆地望着天花板，想象着下个月或下下个月，自己被推出病房，送进焚化炉，在烈焰中化为青烟。母亲年事已高，我走后恐怕熬不了几年；方薇那么年轻，一定会嫁给其他人，还不知是什么阿猫阿狗；轩轩将来不会对我有任何记忆，我在他心目中怕是比父亲在我心目中还不如。他会在另一个家庭长大，被欺负，被家暴……

我不想这样死掉，我攥住床单，发出无声的呐喊，让我继续陪在家人身边，哪怕区区几年也好。

那一刻，我明白了当年父亲的痛楚。他离开人世时，一定也曾像我一样挣扎过，祈求过，哭喊过，怀着对母亲和我的无限牵挂，但我这个混蛋儿子，竟一点不知道，也不关心。

比起父亲的时代，医学并没有多少进步，癌症还是不治之症。的确，我们能冬眠了。但冬眠一样是和家人永别，而我只想陪在家人身边，和他们一起共度余下的人生。

"好了，那三十年怎么样？"方薇又出来了，带着几分怨气说。

"三十年？"

"嗯，"她坐在我的床边，眼睛还红红的，"冬眠三十年。那时候我还不是太老，也就六十多岁吧。"她苦涩地笑。

"三十年，三十年……"我掂量着其中时间的分量，思潮翻涌，三十年后，还是一个陌生的世界吧？也许二十年会好一点……不，还是太长了……十年呢？那好像又太短了……那就再冬眠十年，等等——等等——

我脑海深处忽然闪过一个怪诞的念头，初看起来简直是发疯，但我认真思索了一下，好像也没有不可行的地方。我真的能做到吗？

天使从天花板上投下鼓励的笑容，让我一下子做出了决定，我一把抓住方薇的手，她诧异地看着我。

"听我说，"我感受着她手掌的温暖，深深吸了一口气，"我有办法，可以陪你白头到老，看着儿子长大，我保证。"

2026

金医生给我做了简单的体检，发现没什么问题，然后就把时间交给了我的家人。我笑着迎向他们，特别是儿子。

轩轩毕竟是一岁的幼儿，对我的疏远很快就冰消雪融。一小时后，他坐在我身边，乖乖地听我给他念绘本故事。只是当方薇让他叫爸爸的时候，他傻笑着不开口。方薇塞给我一盒玩具，让我拿给轩轩玩。

我看着十分亲切，那是我研发的变形积木。有五种颜色，不同的颜色碰到一起会发生形状变化，有的相互嵌合，有的相互排斥，要费点心思才能玩好。

轩轩一会儿拿起这个，一会儿拿起那个，不知道怎么弄。我笑着给他演示，花了一会儿工夫搭出了一只小狗，小狗完成后，积木自动勾连成固定的结构，发出闪光和乐声，我把它递给轩轩。"狗狗，狗狗！"轩轩拿起小狗，咿咿呀呀地叫起来，还配合着音乐，像跳舞一样笨拙地扭动着小屁股。

"真想不到，"我低声对方薇说，"一转眼——真的一转眼——就那么大了。怎么能这么快呢？一下子就是一年，他第一次爬，第一次站，第一次走路，第一次喊人……我都错过了……我……"我一阵鼻酸，强行忍住了嗓子里涌动的哽咽。

方薇飞快地擦了擦眼睛，笑着摇头："不是，你没有错过。"

"什么？"

她晃了晃手机："这一年中好多好多的重要时刻，我都录下来了，今天你可以看个够！"

"太好了，亏你想得到！"我想马上就看，但是轩轩拿着玩具狗跌跌撞撞冲向我，倒在我怀里，对我露出甜甜的笑靥。我明白他的意思：让我再给他拼一个小动物。我又想看那些视频，又想陪轩轩玩，一时犹豫不定。方薇对我眨了眨眼睛，把手机打开，变成放映模式，轩轩的影像投影在了雪白的墙上，这样我就可以一边看视频，一边和儿子继续玩耍。

我拼着玩具，看着视频，同时还在和母亲、方薇聊天，想知道这一年发生了什么。一年似乎不长，但外界和周围都发生了很多事：美国遭到了一次大规模恐袭；非洲发生了一场战争；英国王储去世；中国启动太空城项目；轩轩发过一次高烧，烧到四十度；我的下属李海泰创办了一家新公司……我从她们的讲述中汲取着已逝去的时光，却宛如以手掬水，又看水从指缝中流走。

"爸爸！"

轩轩用小手拍我的大腿，不满地叫了一声。大概是嫌我陷入沉思，没给他继续拼小猴子。我愣了一下，难以置信地看着他的眼睛："轩轩，你叫我什么？轩轩？"

儿子反而有点害怕地缩了回去。"再叫我一声呀，轩轩！"我急切地盯着他的眼睛说。

轩轩也看着我，黑亮的瞳仁滴溜溜地转着，不明白眼前这个气喘吁吁的大人为什么这么激动，犹豫了一会儿，才又轻轻嗫嚅着道："爸——"

"轩轩！"我激动地想把他抱起来，忽然间觉得喘不上气，一阵恶心从腹部上涌，想去卫生间也来不及，一下子弯下腰，剧烈呕吐起来。

2027

意识再次被从内到外的寒冷所唤醒。眼前出现了晃动的光影，我睁开眼睛，一时不知身处何时何地，自己是何许人。

"轩轩，看，爸爸醒了！"

这声音让我找回了自己。我看到光影凝结成眼前一个抱着孩子的温柔少妇，那是方薇，容貌没有什么变化，但换了一件鹅黄色的小衬衣，微微丰满了一些，怀里抱着一个孩子，自然就是轩轩。

但这又是一个陌生的轩轩。他长高了一大截，脸型更显露出来，小胳膊小腿更加健壮，衣服也完全不一样了。

“2027……”一阵难以名状的战栗从我全身流过，“又到2027年了？”

这就是我的冬眠方案：每年苏醒一天，仅仅一天，和家人一起度过。

多次冬眠再解冻比一次性的贵很多，我的积蓄最多能承担三十年，但差不多也够了。三十天，三十年，哪怕没有找到合适疗法，我也能用剩下的一个月陪伴家人走过漫长的人生。听起来是完美的方案。

但现在，我感到了时间飞逝的可怖。还来不及跟上上一年，一觉醒来，已经又是三百六十四天之后，这违背人最根深蒂固的生命感受。我在心底渴盼方薇告诉我弄错了，我还留在2026年的那天夜里，或者是第二天也好，但她却说：“是啊，2027，你这次解冻时在熟睡中，金医生给你检查了身体以后就先走了。”

我暗叹一声，转向孩子，强笑着：“轩轩，你又来看爸爸了？”

轩轩带着几分茫然和畏惧看着我，想了想，回头认真地对方薇说：“他是叔叔，不是爸爸！”他的语言能力突飞猛进，已经可以说出完整的句子，只是发音还奶声奶气的。

“瞎说，这不就是爸爸！”方薇笑骂。

“小坏蛋，你爸爸去年跟你玩得那么开心，你不记得了？”我又听到母亲的声音，转过头，她还是坐在病床边上，头发已经变得完全银白，但看起来精神还矍铄。

但孩子还是噘着嘴说：“就不是爸爸。”

我合上眼皮，似乎还能看到昨天那个叫着“爸爸”的小家伙，我花了一天时间和他从陌生到熟悉，分别时他还频频向我回望，口中“爸爸、爸爸”叫不绝口。但现在，面前却几乎是另一个孩子。那个我刚刚认识的轩轩呢？他到哪里去了？

我打了个寒战：那个轩轩消失了，再也不会回来。

我环顾着有点陌生的亲人们，这不就是我想要的吗？我能够每年和他们相聚一次，知道他们这一年是怎么过的，分享他们的喜怒哀愁。但也许我错了，我仍在不断失去他们。刚刚认识，就又远去，化为时间深处的幻影。

轩轩忽然尖叫起来，挣扎着从方薇的怀抱中跳下来，向门外跑去。"不要爸爸，不要妈妈！讨厌！都讨厌！"

方薇追了出去。母亲扶我坐起来，对我说："小宇，你别生孩子的气。"

我苦笑了一下："我跟孩子生什么气？"

"是妈不好，这两年太宠他了，"母亲说，抹了抹眼睛，"方薇还说我来着，可是我一看到他，就好像看到了小时候的你……就想对他好一点……"她开始哽咽。

"我知道。"我不知道说什么好，"我知道的，又一年过去了，辛苦你和方薇了。"

"妈想你啊，"母亲哭得更凶了，"可是一年才能见你一次，妈也没几年好活了，不知道还能见你几天——"

"妈，你说这干什么！"我也鼻子发酸，强行打断她说，"你一定能长命百岁的，等哪天癌症攻克了，那时候我们一家要和和美美地生活在一起，我要好好孝敬你呢！"

母亲说不出话，只是擦拭着泪水，头胡乱摇晃着，不知是摇头还是点头。

方薇又拉着满脸不高兴的儿子进来了。我挤出一个笑容："轩轩来，看爸爸给你变个魔术！"不能毁了这一天，我下了决心，每年只有十几个小时，我一定要和家人们开开心心地度过。

轩轩有点好奇地看过来。我对方薇说："给我一个硬币。"

方薇递给我一个硬币，朝我眨了眨眼睛。她知道我要干什么：这是我和她第一次约会的时候就表演过的节目。

我把硬币抛起，接住，合在手心，打开双手，硬币消失了——被一个简单的障眼法藏在了衣袖里，我怕自己身子虚弱，动作不灵。但轩轩一点没看出来，把小脑袋凑过来端详着，连声问："它到哪里去了？哪里去了？"

我又打开手心，硬币又回到了那里。

"咦！"轩轩发出好奇声，"从哪里出来的？"

"轩轩乖，"我狡黠地说，"叫一声爸爸，我就告诉你。"

"不要！"他头摇得跟拨浪鼓一样，"不叫不叫！"

"那你就叫半声嘛，叫声'爸'就行。"我逗他。

轩轩的眼珠转了几圈，似乎觉得这个交易很可行："好吧，爸！"他好像觉得很得意，绕着自己转起了圈圈，一边转一边叫道："爸！爸！爸！"

我开怀大笑，又把闪亮的硬币抛向天花板。轩轩举起双臂，发出尖得可以刺破耳膜的欢呼。

2028

"鹅，鹅，鹅，曲项向天歌，白毛浮绿水，红掌拨清波。"

轩轩摇头晃脑地在我面前背着古诗。两岁半的他刚刚和我熟悉起来，一睁眼又变成了三岁半，他看上去长大了不少，模样也成熟了很多，像个小大人。这孩子好像是好多个俄罗斯套娃，一个接一个地装进了更大一号的模子里。

"轩轩乖，是妈妈教你背的吗？"我问他，却望向站在一边的方薇。这次她看上去反而年轻了一些，剪了短发，穿着利落的黑白条纹T恤和短裙。

"幼儿园老师教的，"母亲接口说，"轩轩已经上幼儿园了，还是双语的，现在会好多英语。"

"轩轩，告诉爸爸，英语怎么叫爸爸？"方薇问儿子。

"Dad！"轩轩响亮地回答，又小声问方薇，"妈妈，他真是爸爸吗？"

"你不是天天说要找爸爸吗，这就是爸爸呀！"

轩轩的脸上绽放开了笑容："那我也有爸爸了，是不是？以后我可以跟木木、玲玲、艾米丽他们说，我不但有妈妈和奶奶，也有爸爸了！"

"你当然有爸爸，"方薇说，眼睛又红了，"一直都有。"

"那爸爸明天能来幼儿园接我吗？"孩子天真地问。

"爸爸要……"方薇语塞了一下，"去很远的地方，不能来接你。"

"来一次就好嘛，这样我就可以跟他们说，我也有爸爸了呀！"

隔着一层水雾，我眼前的一切开始变得模糊，身后传来了母亲压抑不住的啜泣。"轩轩，你过来。"我对儿子说。

他走到我面前，好奇地打量着我。

"爸爸一直在，"我说，"总有一天，爸爸会来接你，陪在你身边的。"

"那我们拉钩。"他伸出一根手指，和我轻轻拉了一下，笑了。

2029

我在钻心的剧痛中醒来，家人似乎都围在我身边，可形象影影绰绰，声音像是从很远的地方传来的。我听不清，也无法回答，只是大叫，哭喊，呻吟，一定把儿子吓坏了。

金医生给我打了一针，我稍微舒服了一点，但一阵倦意袭来，意识又模糊下去。我告诉自己不要睡去，否则一年白白消失了，但没有用。周围的人像是井壁，我在深井里，不断地下坠，下坠，直到沉入无意识的渊底。

2030

我再次醒来的时候，发现自己在一个陌生的房间里。感觉比以前舒服得多，唤醒过程也没有前几次那么痛苦，仿佛只是从酣畅的睡眠中苏醒。

"林先生，欢迎来到 2030 年。"金医生对我说，不是真人，而是一个悬浮在空气中的三维图像，忽闪忽闪地，像老科幻电影里的场景，我意识到，又过了两年，这是一种以前没有的技术。

"从今年初开始，冬眠复苏技术已经升级，可以自动进行操作。您的病痛已经被控制住，这次我和护士就不过来了，祝您和家人度过美好的一天。有问题请随时召唤。"说完简短的欢迎词后，他消失不见。

我看向周围，一个孩子坐在我面前的地板上，盯着光影闪烁的墙壁。这也是一种新科技，整面墙都变成了显示屏，还是立体的，放着一部好像是新出的动画片，一只金光闪闪的机器猴在和一群张牙舞爪的大章鱼打仗。

轩轩的注意力在动画片上，口中还念念有词，并没有发现我醒来了。母亲还是如常坐在我身边，但没有看到方薇。

　　"小宇，你终于醒了？"母亲把我扶起来，两年不见，我发现她似乎也年轻了几分，甚至头发也黑多白少了。不过方薇呢？

　　母亲看到我探询的目光，知道我在找什么，说："方薇去美国出差了，那边刮飓风，航班取消了，她来不了了……不过没关系，一会儿你们可以立体视频通话，和在你面前没什么区别。"

　　"出差……她出去上班了？"

　　"家里不能老靠你的积蓄，"母亲的声音沉重起来，"你不知道，前年开始全球金融危机爆发，通货膨胀得很厉害，光幼儿园一年就得五十多万……唉，方薇不让我说……"

　　我想问一下家里的财务状况，不过想想知道了也没用。"那她在哪家公司？"

　　"星联网络，"母亲说，我没听过这个名字，她又补充，"就是李海泰办的公司，现在挺火的，好像全国能排到前几。"

　　我又被一阵晕眩感笼罩，李海泰曾是我的下属——对我来说是几个礼拜以前的事。如今却已经取代了我，我老婆还在为他打工。外面的一切正以我无法理解的速度变得面目全非。

　　"方薇挺不容易的。"母亲又幽幽地说了一句，不知指什么。我不想谈这个话题，转向儿子。他已经看完了动画片，正在玩一个机器猴的玩具，巴掌大小，样子和屏幕上的差不多，但纤毫毕现，每个组成部分都很清晰，原来是个机械化的孙悟空。它站直了身子，嘴巴一动一动："外星妖怪，俺老孙来也！"然后翻起了筋斗。

　　去年——不，是六年前了——我曾经想开发过类似的智能玩偶，但是受限于成本的高昂放弃了，但如今这只活生生的机器猴在我面前做着高难度动作，提醒我已今非昔比。

"轩轩，这个……孙悟空是妈妈给你买的吗？"我问他。

"海泰叔叔送给我的！"他骄傲地说，"是他们公司的最新产品，还没上市，全世界就我一个人有！"

怎么又是他？我心中一动，望向母亲，她的目光不自然地移到一边，装作在看墙上在放的广告。我忽然明白过来，一阵难以置信的愤怒涌上心头。

我的脸色一定很难看。母亲犹疑地开口："小宇，方薇没什么，只是那个李海泰一直到家里来……唉，你也要理解她。"

我愣了一下，才明白妈妈没有说出的潜台词。如果我死在五年前，今天方薇当然是自由之身，如果我冬眠个五十年，按冬眠法规定，很多民事权利与死亡无异，她也会有自己的新生活。但我每一年都会醒来和她见面，就仿佛只是两地分居。这成了方薇身上的一道枷锁，在余生的岁月里，她只能一直守着我这个名存实亡的丈夫，自己把孩子拉扯长大，还要照顾日渐老迈的婆母。

愤怒化为愧疚，又变成了难以名状的悲凉。我知道自己无权要求方薇的忠贞，但还是有一种强烈的荒诞感萦绕心头：几天以前，你们还拉着手山盟海誓，几天之后，她嫁给了别人。

但我也明白，对方薇来说，这不是几天，而是许多年，我和方薇活在不同的时间里。

"轩轩，妈妈喜欢海泰叔叔吗？"我问儿子，母亲想说什么，但欲言又止，只是叹了一口气。

轩轩有点困惑想了想，然后答非所问地说："我喜欢海泰叔叔。"

这就够了。

"那你想让他当你的爸爸吗？"我又问。

　　轩轩困惑地眨了眨眼："可我爸爸不是你吗？"

　　我们已经不再玩"叫爸爸"的游戏了。轩轩开始明白事，也懂得应该叫我爸爸，但"爸爸"这个词在他心中，大概还没有"海泰叔叔"有分量。我已经错过了和他建立亲密情感的最初几年，永远错过了。

　　但无论如何，我活到了五年以后，还会再撑许多年，我可以看到儿子长大，上学，也许还能见到他成家立室。他会理解我的，等他有了自己的孩子，就像我理解了父亲一样。

　　腹部不知怎么又疼了起来，好像有一只叫嫉妒的虫子在那里啃啮。我忍着疼，对轩轩挤出一个笑容：

　　"让爸爸给你一个新爸爸，好不好？"

2031

　　方薇站在我面前，我打量着她，她身穿一件修长的驼色风衣，里面是火红的打底衫。这些年她没有变老，却变得更成熟、更自信，眉目间带着风霜磨砺出的干练，她不再是几年前那个依偎着我的小女人，而有一种独立洒脱的美。李海泰有成就了，自然也可以天天欣赏这样的她，我酸涩地想。

　　我与她的眼神交碰，她眼神中有一种让我害怕的东西，良久，她慢慢地抓住了我的手。

　　"林宇，"这次她的手有些僵硬，"我……要跟你说一件事，你……要有心理准备。"

　　我明白了。去年冬眠之前，我遣开其他人，录了一段留言发给方薇，让她下一次带着离婚协议书来，我随时签字。

"干脆离了吧，"我故作大度地说，"我本来早该化成灰了，现在每年还能见到你们，已经心满意足。你有权利寻找新的幸福，也有义务给孩子一个完整的家庭。"

卑怯的我虽然说了一堆门面话，内心仍然希望这个答案是"不"。但从她的表情中，我已经猜到了她的回答是什么。房中只有我们两个，母亲和轩轩都不见踪影。显然是特意给我们独处的空间。

"我早准备好了，"我勉强维持着男人可笑的尊严，"我还急着去三十年后找下一任呢。文件拿来，给我签字吧。"

"不，"方薇摇头，"不是这件事……"忽然间，她的冷静和干练荡然无存，莫名地哽咽起来，泪花开始出现在眼角。

我开始觉得不对，一个比离婚可怕千百倍的念头跃上心头。

"轩轩，轩轩怎么了!? 你说话呀！"

"不是轩轩……"她在嗓子里发出呜咽，"是……是妈……走了……"

眼前一切分明在那里，却又纷纷离我而去，我如同陷入一片看不见的沼泽，无法动弹，甚至无法思想。

"不……不会……"我过了一会儿才发出一点呻吟，"你胡说……胡说的……我……我要去找妈……"

方薇轻轻抱住我，好像抱住轩轩一样。不知怎么，这动作让我安静下来。"林宇，你听我说。"

方薇告诉我，这几年母亲虽然身体不好，但要再撑几年本来是没问题的，可她总怕我醒来见不到她，所以偷偷进行了一种据说能永葆青春的疗程，把全身的血换了一遍。一开始的确立竿见影，让她变年轻了一阵子，但那其实是透支身体的骗局。去年年底，母亲在几天中忽然老得不成样子，被救护车拉到了医院，从此再也没出来过。

母亲苦熬了大半年，想和我再见上一面，但最后还是撑不住了，一个月前溘然长逝。方薇在李海泰的帮忙下，料理了她的后事。

我哭得昏天黑地，直到剧痛发作才把我从悲痛中暂时拯救出来。但这一晚，当我再次进入冬眠舱时，我想到了小时候母亲把我拉扯长大的许许多多事，失去母亲的痛楚还将持续很多日子，或者说很多年。间断冬眠是多么奇怪的事，欢乐的时光短暂如梦幻泡影，而痛苦却跨越漫长岁月，如影随形。

2035

我站在一个雅致的庭院中间，脚下的青草在空心地砖间生长得郁郁葱葱，正前方有一个小喷泉，清澈的泉水从池中央希腊式的少女雕塑手捧的花瓶里涌出，又飞落在她脚下的池子里。头顶是葡萄架，一串串的深紫色的葡萄从头顶垂下来，透过葡萄藤的空隙可以看到蓝如宝石的天空。

那是我很熟悉的地方：我以前那栋别墅的庭院，方薇亲自设计的，我们曾在这里度过好几年的欢乐时光。但为了治疗和冬眠的费用早已把它卖掉了。实际上，我还是在新冬眠中心三十层的楼上，只是戴着一副最新款的隐形 VR 眼镜，这些年来，虚拟实境技术的进步几可乱真，通过对以前照片和视频的复原和模拟，让我重返昔日的家。

我站了很久，看着葡萄架下的一把藤椅发怔，以前妈妈最喜欢在这里打毛衣，轩轩的最初几件小衣服就是她在这里织出来的。但现在这里只有一把空椅子。

方薇好像也发现了我的心情又低落下去，捅了捅我，向前一指说：

"你记得吗？上次有个女孩要摆一个造型，结果没站稳掉进了喷泉里，浑身湿透了。"

我嘴角也泛起微笑。我怎能不记得？那是轩轩满月那天，可能是我一生中最后一个无忧无虑的日子。我们摆了满月酒，把很多亲戚朋友都请到家里来，整整一个下午，就在院子里喝茶、吃点心、聊天，消磨午后的悠长时光，畅想着未来。

第二天，胃疼就把我送进了医院。

我摇了摇头，让自己不去想那些不开心的事，说："当然记得，不就是小姜吗？"

"哦，对，是小江……你们公司的职员。"

"不，那个是江海的江，这个是生姜的姜，是迈克带来的女朋友。"

"哪个迈克？"方薇露出更加茫然的神情。

"迈克啊，就是发型很搞笑的那个男生，你不记得了？"

方薇摇了摇头。我告诉她："迈克是我以前留学时的师弟，来过我家好几次呢。这才多久，你就——"

我忽然说不下去了。我明白过来，对我来说那次聚会只过去了半年多，但对于方薇，一切已经是十年前的陈年旧事，十年里发生了那么多的事情，她自然会忘掉十年前几个不熟的客人。

我们已经不在同一条时间线里。对方薇来说，我冬眠后的日子已经比当年的恋爱结婚还要长得多，但我本质上仍活在 2025 年，时间感受甚至还没有越过一个月。

我只是一个来自过去的影子，和周围的景物一样。

我又想到了我们那名存实亡的婚姻。过去几天（年）因为母亲过世，我一直心绪低落，方薇也就没提这事。我潜意识里也想当它不存在，但终究是避不开的。

尴尬的沉默持续了半分钟，我终于开口："都十年了，还说这些旧事干什么？那份离婚协议早点签了吧。"

我想过她会答应或拒绝，但她的回答却超出了我的想象："其实不需要签那个。它对我……没什么束缚。"

我有些惊诧地望着她，她也平静地和我对视，眼神让我无法看透。"林宇，这十来年社会观念发生了很多变化，包括对婚姻的看法也完全不同了。我们都被时代裹挟着，到达以前想不到的地方。"

这几天偶尔看到的几个词在我脑海闪现：人工伴侣，双性交际，多向婚姻，性别置换……我不太明白是什么意思，也不想问，但我知道世界在急剧转变，方薇是一个有血有肉、没有丈夫的年轻女人，当然会跟着往前走。我脑海中出现了许多刺激的画面，我强行把它们驱散。

"可你和李海泰，你们不需要——"

"李海泰？早就分手了，"她利落地挥了挥手，"现在我是星联的CEO了，放心吧，我会安排好自己的生活。"

方薇的表情有着可以把控一切的自信，我发现已经无法再去理解她的生活，甚至无法揣度她在想什么。

"我不是想干涉你的私生活，"我还是忍不住说，"但是轩轩怎么办？他需要一个稳定的家庭啊。"

轩轩已经没有奶奶，方薇工作又忙，现在主要靠一个智能家庭网络（也就是一台电脑）在照顾他。此时他在上一个什么人机互动课程，授课的是机器人，一天都见不到几个人。

"轩轩很好，"方薇打断我，"我下载了最新版本的教育学助理，并上传每一天的数据到教育中心，进行大数据分析和人格建模，他们会给出世界上最好的教育指导。"

我听得云里雾里，但忍不住抗议："方薇，孩子还是需要你去关心，我总觉得靠什么大数据来教育孩子，不太保险。"

"你不懂，时代变化很快，现在的人都是这样养育孩子的，你和我们一起生活就不会有这些问题了。"

我无言以对，放弃了插手孩子教育的努力，摇摇头，望向虚拟实境中远处的城市，那还是十年前的旧模样，据说现在已经出现了全新的建筑技术，比如有一栋千层高的"未来大厦"，是用纳米智能材料在三个月内建成。即使脖子仰得发酸，也看不到它的顶端，正如这日新月异的新时代。

"你说得对，"我黯然地说，"我这样每年醒来一次，根本就不明白外面发生了什么。这些年我自以为在陪着你们，其实只是一种拖累。我真不知道还继续往前走干什么，还不如……不如……"

我说不下去，转身走向房门，也许是下意识里想走回美好的旧日时光，可没走几步就碰到了真实的墙壁。旧日的家门看起来就在两米开外，里面似乎还能看到妈妈忙碌的背影，但我再也回不去了。

我烦躁地猛踢了一脚墙："假的！都是假的！"然后一下子崩溃了，泪水奔涌而出。

方薇从我身后抱住了我，我感到贴在背上的柔软，再次僵住了。

"你不能走，"她在我耳边呢喃，"我和轩轩需要你，现在，未来，还是和以前一样。一年又一年，每年这一天，我都会带轩轩回到你身边。不管未来把我们带到什么地方，你都是我们永久的家。"

我明白了我们的关系所在：我是她不忍失落的过去，她是我无法经历的未来。我们既早已远离，又唇齿相依，不离不弃。

我转身，长长地拥吻她。热烈而绝望，宛如初见，宛如别离，宛如时间本身。

2040

他站在我面前，一个高大俊朗的青年，面目依稀是我年轻时的样子，眼中的神采也像是二十岁上下的我，咄咄逼人，自以为是。但他赤裸着全身，露出发达的肌肉团块，皮肤上有精致绚丽的花纹在流动。这一切让我既感到熟悉，又极度陌生。

他是轩轩，童年如风般飞走，少年亦如水般流逝。在我面前的，是倏忽迈入成年的儿子。

但还是不对，即使我已经习惯了轩轩每天都飞速长大，可今天是冬眠后的第十五天，轩轩只有十五岁，怎么可能长得这么快？我怀疑冬眠中心出了什么故障，让我多沉睡了五六年。但墙壁上的时间区域却清楚无疑地显示着"2040"几个数字。

我向方薇投去询问的眼神，她已经年过四十，但看起来只是稍微成熟了一点，和前两年也没有什么区别。

"他使用了加速生长技术，"方薇无奈地摇头，"就是用一种什么酶加快身体成长的步骤。他偷偷去的医院，那几天我在太空城开会，没有发现……不过你放心，这种技术是安全的，对他的身体也不会有什么损害。"

"这……这不是身体的问题！你怎么把孩子弄成了……这样？"每天，我忍受着一个又一个人生不同阶段的儿子离我而去，可是现在的什么鬼技术，直接塞给我一个成年的儿子，而且还光着屁股，文着会动的文身，这是个什么世界？！

方薇有点心虚地低下头。轩轩——或者应该叫林子轩了——却抗议起来："爸，我已经不是小孩了，"他的喉结已经发育，说话也是陌生的成年男子声音，"教育中心说，我有权选择自己的生活。"

我不知道怎么和几乎是个成年人的儿子打交道。这些日子，虽然他每一天（年）都来看我，但和当年我给父亲上坟一样，只是例行公事。在他面前，我没有任何父亲的权威，如今也只能呆呆地瞪着他赤裸的肌肤。

"没事，"儿子看出了我的困惑，"现在裸体是时尚，没什么不好意思的，何况我也不是没穿衣服，这叫智能变形服，你看——"

他在身上什么地方按了几下，那些流动的彩色花纹开始凹凸变化，很快变成了一件红色的 T 恤和牛仔短裤，看起来顺眼多了。

"那，"我好不容易找到几句话，"那你急着长大干什么？"

"我正要跟你说，"方薇带着愠怒开口，"他想去当宇航员！今天我们一家人必须一起做个决定。"

"这是我自己的事，"林子轩嘟哝道，"再说教育中心也给了许可证，你们应该尊重我的意见！"

我花了好久才弄明白，子轩要报名当一名宇航员，而且是参加"红色巨眼"计划：一个打算去木卫二勘探矿藏的商业宇航项目，飞船会花两年时间从地球飞到木星，在那里停留一年，然后再花两年时间返回。

"那么危险的一个项目，"方薇怒气冲冲，"还要花上五年时间！你以为是玩 VR 游戏吗？林宇，你看看你儿子！"

方薇几天前还在跟我吹嘘那些大数据、电脑管理之类的教育理念，如今却焦头烂额。我有点啼笑皆非。不过还是不明白情况："他还没成年，宇航局会让他去？"

"是一家私人宇航公司，他们现在喜欢招募这种不懂事的孩子去当苦力，简直就是诱拐，国家怎么会允许这种事！"

"好了，妈，"子轩不耐地打断她，"我能不能单独和爸爸谈谈？就一会儿。"

"爸，"等只有我们两个人的时候，子轩说，"你能同意我去吗？我希望你能站在我这边。"

他解释了一下，我总算明白了，现在的法律变化得很快，十五岁以上的孩子都可以选择在一夜间拥有大人的外貌（还可以变成异性，半人半兽或者半机械体），鉴于成人速度的加快，他们的选择权也被放宽，但有些决定仍然至少需要监护人之一同意，比如去太空。方薇那边不用想了，我是子轩唯一的指望。

我的确考虑了一下，儿子和我越来越疏远了，虽然年年都能见面，但绝不会比我当年对老爸的感情更深，这也许是我能博取他好感的唯一机会。

但这个念头只是一闪而过，这种事我怎么可能同意。

"你妈是对的，"我决然说，"你哪儿也不能去，要去也得等你真正长大以后，读完大学再说。"

"我早就长大了！"他愤然道，"我有权选择自己的未来！你不知道吗，飞船上也可以远程上大学！"

"爸爸是为你好！"我说，半个月以前我还在给他换尿布，现在已经用上了这种台词，这让我感到晕眩，"你如果有什么事，我和你妈怎么办？"

"有什么怎么办？你回那个冬眠舱里再睡个一两百年好了，"林子轩阴阳怪气地说，"至于我妈，反正她根本不管我，她那还有一堆男朋友要轮流——"

"行了，"我阻止他说出更难听的话，"你妈怎么不管你？她只是不想你出事。木星那种地方多危险，那个什么大……什么斑，听说是个大旋风，能吹走整个地球……"

"您别跟我科普了，"儿子打断我，"危险我比您清楚，可我不怕，我喜欢冒险。反正从小到大您也没管过我，这次也别管了行吗？"

"是我不管你？我那是……"我气得不知从何说起，"算了，你还小，你不明白生活是怎样的。爸爸可以告诉你，人活着不容易，我们要珍惜自己的生命，要爱自己的家人，不要随便——"我想把这段日子内心的感悟告诉他，但能说出来的却俗不可耐。

"我就是不想像您一样活着！"儿子脱口而出。

"你……你说什么？"我不敢相信自己的耳朵。

"您还不知道吧，"他冷笑一声，"您这个冬眠先驱可出名了，记者一直都想来采访您，不过都被我妈和奶奶拦住了……但我的同学没一个不知道的，有个每年醒一天的老爸我很光彩吗？"

"你……"

"说句不好听的，您每年这么折腾自己也折腾家里人，说什么想陪伴家人，其实只是怕死罢了。我从小就想，像您这样活着有什么意思？我一定要干出点名堂来，要不然我三十岁再得癌症，不还是一个死吗？我就算死在木星上，也比您这样活着痛快！"

我怔怔地看着眼前陌生的林子轩，一股寒意从我背后升起，他真的是我的儿子吗？

"不管你怎么说，"我竭力让自己冷冷地说，"我都是你爸，我说不许就不许，你必须听我的！"

子轩冷笑着，一个转身，冲到窗边，一个起落，身影就消失在窗外。这可是三十多层高的楼上。我的心惊得要从嗓子里跳出来，正要叫出声，却见他又冲天而起，智能变形服从他背后伸出了一对膜翼，带着他翱翔天际，消失在同样飞翔往来的人流中。

我眼前一黑，晕了过去。

2045

我又发病了，好几天都昏昏沉沉，总算一些新药物起了作用，我才没有死掉，继续在睡与醒之间消磨无情的流年。

子轩再也没来看过我。他的木星之旅被阻止，但一扭头去了新建的太空城，三年后年满十八岁，他报名参加了更遥远的土星计划，这次他去得更远，时间更长，起码十年之后才能回来——如果会回来的话。

现在只有方薇每年都回来看我。她很少说自己的事，也不太谈及外面的世界，最多跟我说一些子轩的近况。当子轩在宇宙飞船上也陷入了长达四年的冬眠，没什么可说的时候，我们就一起看当年录制的视频，说着往事，轩轩在一眨眼间就长成了大人，有太多事我还来不及去了解。方薇指着三维影像中那个跑来跑去的小不点，一一告诉我那些沉没在时光深处的点滴。那些我未及经历的时光并没有完全消失，还有很多碎片等着我潜入时间的深处，去发现，去拾取，这让我感到惊喜。

有时候，我们也回忆更早的往事，譬如我们的恋爱时代，这些主要就是我帮方薇回忆了，对她来说已经过去了整整二十年，但对我仍记忆犹新。逝去的时光在这个房间里一次次地复活，碰撞，缠绕，交汇，化为会心一笑，或幽幽的叹息。

2048

金医生又出现了，是他本人。我已经好些日子没看到他。此时他已经升任冬眠中心的负责人，胖了不少，脸上也多了几道皱纹，但其他的变化不大。

我看了一眼显示在墙壁上的时间数字，2048 年 4 月 19 日，奇怪，距离上一次苏醒只过了半年。

"林先生，我这次是来告诉您一个好消息的。"他说。从他的表情中，我已经猜到了三分，心脏狂跳起来。

果然，他点点头："人类已基本攻克癌症，您等待已久的抗癌灵药已经问世了。"

当天晚一些时候，我在方薇的陪伴下回到了早已更新换代的肿瘤医院，开始新的治疗。等我睡去又醒来，仍然在 2048 年，第三天也还是 2048 年，时间忽然从奔腾的激流变成宁静的一潭死水，我都有点不习惯。有时会怀疑这一切都只是冬眠间隙的梦幻，也许冬眠舱出了什么问题，也许是整个世界，在我自以为还是 2048 的时候，无数年月已经消逝，人类已经灭亡，海洋也已干涸，大地变为荒漠，一切生命都已灭绝，只有我还在地下的冬眠舱里做着荒诞的梦。

但错乱的时间感终于稳定下来，我发现不但好好地活着，而且一天天恢复了久违的健康。一种聪明的"智能细胞"在我身上将癌变细胞一个个收拾干净，强大的人造血液将过去的生命活力输送到身体的每块组织，一周以后我就可以出院，又过了一个月以后，我一点病痛也没有了，健壮得像头牛。

出院后，我搬到了方薇那里——还能去哪呢？最初那几周，我们仿佛回到了刚刚在一起的日子，通宵达旦地欢爱，贪婪地索取着时光曾从我们身上夺走的欢乐。方薇已经年过五旬，但生物科技的发展让她的容颜和生理没有太大的下跌，而我只有三十出头，几乎还算是个年轻人。除去远走的儿子，整件事几乎只是一个半年的噩梦。如今我仍然年轻，健康，前途无量。

但当激情褪去后，我发现这一切只是幻觉。

我和方薇的第二次蜜月期很快就告结束。不是生理差距的问题，二十年的人生阅历已经打造出了一个我几乎不认识的方薇，拥有我无法插手的社交圈和个人生活。我曾是她无法舍弃的过去，这是一直以来维持着我们的纽带，当我和她回到同一条时间线后，我们的关系也走到了尽头。

经济上也出了问题，多次经济变幻后，我剩下的积蓄充其量只是普通人的水平。当然，方薇有钱，但那是她自己赚的，我不能吃软饭。方薇替我在公司里找了一个技术职位。我最初还摩拳擦掌，打算重拾起业务，但很快发现当年的知识早已落伍，在这个时代，研发工作大部分交给了人工智能。而我这个博士不但读不懂研发报告，甚至连电脑都不会使用——现在的电脑键盘都以完全不同的方式排列。

我和同事的关系也好不到哪里去，他们大都是精英。我的工作能力自然不会博得他们的好感，他们虽然因为我和老板的关系不会明说，但蔑视写在眼睛里。他们的聊天中经常出现我听不懂的词汇和根本不知道笑点在哪里的笑话，我虚心请教过几次，他们一边解释一边流露出毫不掩饰的惊讶表情，就像看着一个从清朝穿越来的怪人。后来，我也不再问了。

　　甚至上个街都不自在，智能网络已经渗透到了生活的方方面面，不了解就寸步难行。有一次，我在一家餐厅外面转了半天都没找到门，还是一个路人告诉我，这里的墙就是门，只要你走过去，它就会自动分开。还有一次，我只是想去两三个街区开外的市场，但迷了路，莫名其妙地走进了一列看上去有点奇怪的地铁，进了车厢后，我忽然被自动跳出来的安全带反扣在座位上，几分钟后，列车从一个发射井里以疯狂的加速度射入太空，等它到达一万多公里外的太空城，我已经吐得满地都是……

　　不过也不能说全无好事。就在那次误打误撞的太空之旅中，我认识了一个女作家。她对我有点儿兴趣，几天后约我出来采访，说她想写一本关于冬眠生活的书。我们去了一家酒吧，我一五一十地告诉她自己的经历，不知不觉越说越多，越说越醉。第二天早上，我发现她一丝不挂地睡在我身边，而方薇正在外面吃早餐。

　　方薇好像不在意这事，但这却令我更无法接受。我搬出了她的家，女作家又找了我几次，但我没再理会她。后来我也懒得去上班了，向政府申请了低保福利，分到了一间斗室，每天抽着烟，喝着酒，在那里看二十年前的影视节目解闷。

　　"你应该去心理矫正中心接受治疗，"几个月后，方薇找到我，对我说，"冬眠者不适应社会变迁是常见的问题，他们会有办法的。"

　　"我没病，"我叼着一根香烟说，"去什么矫正中心？我就是不想去上班而已。"

　　方薇皱了皱眉头，似乎在勉强抑制着怒火："那你回学校去再学习两年吧，至少掌握一些实用的生活技能。"

我讨厌她替我做决定的样子："方薇，咱们已经没关系了。这是我的人生，不需要你安排。"

"是你的人生，可你过成了什么样子？你想过没有，等过几年轩轩回来，看到爸爸回来了就是这副模样，会怎么看你？"

"你就很讨他喜欢吗？"我冷笑一声，"他为什么宁愿去土星也不愿意待在你身边？你心里没点数？是谁把孩子教成了仇人一样？"

"你混蛋！这些年该教育孩子的时候你在哪里？"

"我至少没像你一样到处去鬼混！"

我们相互攻击，谩骂，撕咬，明知道不可能吵出结果，却还是忍不住要伤害对方，自己也遍体鳞伤。最后方薇夺门而出，我也坐倒在地上，对着一堆酒瓶和烟头发愣。

这就是我要的结局吗？我想，为了穿越时光陪伴家人，我间接害死了母亲，让儿子离家出走，和妻子也反目成仇，多么反讽！我早该在2025年按部就班地死去，在亲人朋友的环绕和爱戴中闭上眼睛，那样的人生才是完美的，至少会有一场完美的葬礼……

我想得出神，但骤然间，身体里一阵熟悉的感觉把我带回到2025年。下一刻，我发现自己又躺在地上，疼得抽搐。

这不可能，癌症已经治好了啊！我勉强爬起来，想开启家庭智能网络呼救，因为不会使用这种最新版本的家庭网络，我平常一直关着它，一时竟不知怎么打开。胡乱在墙壁按了几下后，就再次倒在地上，身子不停地痉挛着。身上的每一处都在刺痛，这些疼痛点还以自己为中心，向全身各处放射，叠加起来的痛感此起彼伏，无穷无尽，癌症发作时都没那么疼过。我呻吟着，叫喊着，诅咒自己和世上的一切，但很快连声音都发不出来了。

"我的包放在……"不知过了多久，我看到方薇的脚出现在面前，我勉力向她伸出手，从喉咙中发出"咯咯"的声音。方薇发现了我，俯下身，惊惶地问："林宇，你怎么了？你说话啊！"

我却终于昏了过去。

等我恢复了一点意识，发现自己回到了冬眠中心那间熟悉的房间里，金医生和其他工作人员围在我身边。

"林先生，非常非常抱歉，"金医生表情凝重地说，"我们发现新疗法有一些隐秘的缺陷，不是对所有人都有用。智能细胞清除掉了癌细胞后，还是在您身上不断地复制，无差别地杀戮着您的身体细胞，速度非常快，目前您的身体情况十分危急。"

这么说，我等于用一种癌症换了另一种癌症。我想骂他，但说不出口，身上还是疼得厉害。

"这个问题我们现在无力解决，只有留待将来，因为这次将您唤醒是我们中心的责任，我们将会负责您以后的冬眠费用，没有限期。您将再次进入冬眠，但因为情况危急，无法每年醒来，只有到确定可以解决这个问题之后，您才会再次被唤醒。"

我将再次睡去，不知何时醒来，也许是五十年后，也许是一百年后，这么说来，我和这个世界或许是永别了。我抬起眼皮，习惯性地寻找着方薇，发现她站在房间的另一角，关切地望着我，宛如每一次进入冬眠时的样子。

"方……"我想叫她，但几乎没有开口的力气，只吐出了一个微弱的音节，方薇却听到了，走上前来，抓住我的手。

"对……不……不……"我想说"对不起"，却怎么也说不完。

方薇摇了摇头："放心，我会等你醒来，就像以前那样。"

我感到两行泪水从眼角沿着脸边淌下，我错过了和方薇之间重新开始的机会，永远错过了。

"不能再耽搁了，"我听到金医生说，"他的情况每一秒钟都在恶化，必须马上冬眠。"

黑暗再次笼罩了下来，我沉入到没有时间的深渊里，但方薇的手仿佛一直在握着我的，一直，没有分开。

2075

我好像做了一个很长的梦，梦见自己穿越时间，回到了 2025 年的春天。我没有生病，和方薇相爱如初，妈妈仍然健在。轩轩变回了婴儿车中的宝宝，我们一起推着他，欢声笑语，在有葡萄架和喷泉的美丽庭院中散步。

然后我睁开眼睛，宛如某天早上酣睡后的自然苏醒，神智清晰，精神饱满，发现自己真的回到了自家的老房间里，眼前是装饰着古典壁画的天花板，华美的水晶吊灯从顶上垂下来，在早晨的阳光中闪着迷人的光彩。

我渐渐完全清醒过来，自嘲地一笑：这不过是虚拟实境的效果。我把目光投到床边。又看到了年轻时的方薇，她抱着婴儿时的轩轩，看起来只有半岁左右，显然，他们也是虚拟实境中的幻象。

但方薇在脸上绽放出笑容："你醒了？"

我又擦了擦眼睛，看清了她的面容，的确完全是记忆中三十岁时的模样，和后来几次见到的全然不同。只是目光中有和容貌不相符合的沧桑感。

"现在是 2075 年，"方薇为我解惑，"也就是最初五十年计划中你醒来的那一年。你身上的病情已经得到了根治，现在的你比任何时候都要健康。"

"等等，你是谁？是一个程序吗？"

"连你老婆都不认识了？"方薇笑了笑，"也难怪，八十岁的老太婆了。"

"可你看上去比昨……比 2048 年还年轻啊！"

"我做了器官再造手术，更换了大部分身体部件，不要以为只有你们冬眠人才能青春永驻。"

"这么说你是真的？不是虚拟实境中的幻象？"我四下环顾起来。

"当然是真的，"方薇微笑着说，"不过，只是一个人格体。"

"什么……体？"

"十年前，意识上传的技术成为现实。大部分人选择了意识上传，进入数字世界，我也面临这个选择，但我还有一件事必须要做，要等你醒来。所以我把自己分成了两个人格体，一个上传，一个留下来……你不用这么看着我，留下来的，当然是比较爱你的那一半。"

我不知怎么接受这一切，这已经超出了我最极端的想象，她是方薇，抑或不是？

"对了，这也是我们的老房子，我买下来了，也不需要多少钱，现在最不值钱的就是房子了。"

"那这孩子……"我把目光投向她怀中，那孩子看上去和轩轩一模一样，如果不是影像，他又是谁？

方薇的笑容隐去不见，微微摇头，对我说："有件事得告诉你，轩轩他……已经走了。"

走了？那是什么意思？去了别的什么星球，还是也意识上传——

蓦然间，我领悟了她的意思，呼吸变得困难。

"他……怎么……难道也和我一样……"

方薇微微摇头："那是二十七年前的事，就是你上次冬眠后不久。他们的飞船在穿越土星环的时候遇险，发动机受损，轩轩执行修补任务，土星环中的一颗陨石穿透了他的太空服，他没有来得及回到舱内，就停止了呼吸，但他拯救了飞船上的三百八十五个人。"方薇的语气很平静，甚至有几分骄傲，对她来讲这已经是二十七年前的事了。

我没有悲痛欲绝，也没有歇斯底里，实际上我不知道怎么接受这件事。成年的儿子我只见过一次，闹得很不愉快，后来就音信全无，如今又过了二十多年，妻子——还是妻子的一半——告诉我，他早已死了。

死去的是那个对我咆哮的裸体青年，还是那个对我甜甜笑着的小家伙，又或者是那个襁褓中啼哭的婴儿？我不知道。对我来说，这五十年中的事发生得太快，快到我没有办法真正理解它们的意义。

"那……那这个孩子是……"

方薇却没有正面回答："轩轩去世后，我收到了两封电子邮件。"

"两封……电子邮件？"

"2048 年，他去世前夕写的，一封给你，一封给我。给你的那封信，二十多年来我都没有打开过。我想应该尊重轩轩的遗愿，你应该是第一个读到它的人。"

我的呼吸开始变得急促："那邮件在哪里？"

方薇伸出手指，在空中虚点了几下，大概是在现实增强界面中调出邮件，我以为会出现一些悬浮的文字之类，但下一刹那，我看到了一个似曾相识的青年悬浮在自己面前，忧伤地望着我。

"轩轩？"我颤抖着问，伸出手，手掌摸了个空，只从他半透明的身上划过，带起一圈圈波纹，宛如魂灵。

他点点头，好像听到了我的呼唤："爸，我是轩轩。"

他的身体慢慢旋转着，如同在无重力的环境中，我明白过来，这一定是他在飞船上最后录制的视频。

他望向我，目光变得成熟了很多，说：

"当您看到这样的我的时候，我已经离开了世界，结束了短暂的一生。

"说来我人生最早的记忆之一，就是去冬眠中心看您，妈妈让我叫您爸爸，然后您跟我一起玩或者讲故事。那是四岁或者五岁的时候。更早的那几年，听妈妈说我也是每年和您共度一天，但很遗憾，我不记得了。不过想必您还记得很清楚吧。对您来说，那也不过是不久前的事。"

我想到那一个又一个叫或者拒绝叫"爸爸"的孩子套娃，一切还宛如昨日，不自主地点头，眼眶开始湿润。

"我每年都会跟妈妈去看您，也曾有过美好的回忆。但后来，我越来越不喜欢去了。我跟您说的东西，您都不知道，新的玩具，您也不会玩，玩不到一起去。您也不能像我那些同学的爸爸那样，送给他们漂亮的飞车，还经常不是呕吐就是晕倒，每年去看您有什么意思呢？要不是每次妈妈好说歹说，许诺给我这个那个，我才不去呢。

"我不爱您，甚至曾经恨您。妈妈骗我说您是太空猴王，有一天会从沉睡中醒来，拯救世界。我一度信以为真，还把这个拿去四处吹牛，结果同学们知道真相后，纷纷讥笑我，说我有个睡美人爸爸。最后我明白了，您就是个奄奄一息的绝症患者，还花了家里一大笔钱。我知道这不是您的错，可对您的厌恶却与日俱增。

"我也讨厌妈妈，她要么压根不管我，要么就是疾言厉色地训斥，烦透了。她有钱，但她名声也不好，有人说她为了做生意，跟很多人睡过觉……整个家里，我感受不到温暖，所以一有机会，我就想离开这个家，那次和您的冲突后不久，我就去了太空城。

"最后一次见到您的时候，我是多么刻薄地嘲讽您啊，最近我才明白自己的幼稚可笑，但已经太晚了。也许现在，就是我的报应到了。"

"不，"我忍不住说，"是爸爸没有尽到责任，你说的都对，爸爸答应过会去幼儿园接你，让同学们都知道你也有爸爸，但从来没去过……"

轩轩当然没有听到我的话，他继续说下去：

"在太空城的时候，我认识了一个女孩，感情很快升温，虽然根本没有条件，我们还是偷偷在一起了，结果她意外有了我的孩子。为此我们承担了太大的压力，最后她生下了一个女儿，可因为太空城条件简陋，她竟因为产后大出血而去世了。

"孩子当然只有靠我。我给她取名叫林多，意思是多出来的孩子，小名多多。经济压力就让我喘不过气，我还要工作，也没有时间照顾她。当然，我想过回地球找妈妈帮忙解决，但总觉得太丢人了，我这才明白，当一个好父亲不是那么容易。勉强养了多多半年后，我决定让她进入冬眠，后来我参加土星任务，其实也是为了钱。我想，十年后等我回来会有很多钱，到时候就唤醒女儿，和她一起过好日子。可现在想来，也不过是把责任推到未来罢了。

"后来很多年中，我没有太想念多多，但此刻，她的面容却清晰地浮现在我面前，特别是她甜笑的样子，让我魂牵梦萦。我真想看到她长大以后有多漂亮，但我也许再也见不到她了。

"飞船在穿过土星环时受到撞击，发动机上的关键部件破损，我要去舱外进行修理作业，那里到处都是小石头和冰块，非常危险。我曾幻想自己是盖世英雄，但事到临头，却发现根本不是。已经死了两个宇航员，我不想为救别人去死，我只想平平安安地回到地球，和多多在一起。

"但总需要有一个人去执行这个任务，要不然所有人都会在这里送命。而算来算去，我是最合适的人选。多多也许再也见不到我，我对她的爱与愧疚，她也许永远不会明白。

"此时此刻，在离家乡十几亿公里之外，我明白了您的心境。每一代人理解不了父母，直到自己也身为父母的那一天。有的人可以弥补，有的人却没有了机会。我总算有幸成为一个父亲，也像其他父亲一样希望看到自己的孩子长大成人，但也许做不到了。

"如果我不能活着回来——飞船的电脑系统判断可能性高达56.7%——我有一个请求，虽然我相信，不用说你们也会去做，但作为一个不孝的儿子，也是一个不称职的父亲，我还是想要正式地请求您和妈妈在未来的恰当时机唤醒多多，抚养她长大。她就沉睡在澳大利亚墨尔本的第三冬眠中心，冬眠舱号码是 GX5763。

"当然，我更希望您不会看到这封信。那样的话，几年后我会抱着多多回来，和您相聚，向您认错，希望能和已经痊愈了的您共享三代人的天伦之乐。

"但愿有那么一天……"

说到最后，我的视线已在泪水中模糊一片。轩轩也哭了，对我深深鞠了一躬，年轻的身影在一团朦胧中消失。我无法抑制地痛哭出声，不光是为轩轩，也是为了多多，为了方薇，为了我自己，为了母亲，为了早逝的父亲。

泪水也从方薇的眼角滚落，她擦了擦眼泪说："我知道，你一定很想亲自把这个孩子养大。我又等了二十多年……留下了一个自己不去意识上传，就是等着有一天你会醒来，我们能弥补一切，像五十年前那样，一起把多多养大成人。"

多多被我们的声音吵醒，还不明白发生了什么，一撇嘴也哭了起来。方薇泣不成声，我也颤抖着，拥住了妻子和小孙女。我们尽情地哭泣着，又尽情地欢笑着。

多少岁月流去无踪，但终会归来，终会归来——

在一个叫作"家"的地方。

忘忧草

文／阿　缺

上

1

　　一进办公室，金宁就看到桌上多了个橙子——饱满、金灿灿的颜色跟窗外升起的晨曦一样。它静静地摆在电脑、笔和一堆设计图纸中间。晨光照在它上面，格外亮，有那么一瞬，她错以为是谁把尚未成熟的朝阳摘了下来。

　　"谁给的橙子啊？"她过去坐下，看到邻座的美工赵平前面也有一个。

　　赵平把那个同样饱满的橙子扔进了垃圾桶，朝办公室西南角撇撇嘴，说："喏，新来的家伙给的，每人一个。"

顺着他的目光看过去，金宁看到了那个套在西装里的新同事——只能看到他的背影，又瘦又高，撑不起西装，看起来松垮垮的；头顶有些开裂，一丛扁长的草叶从他脑袋裂口里伸出，看起来像是旧世界曾流行过的嚣张发型。

绿叶间还有一朵微黄的花朵，但隔得远，加上草叶遮蔽，一时看不清是什么花。

"咦，"金宁一愣，说，"新来的怎么是个丧——是个半尸？"后半句话，她是压低了声音说的。

赵平摇摇头，说："可能是搜救队又从哪里找到的吧，据说恢复得还不错，是四级治愈者，就派来办公室了。"

"四级？"金宁咋咋舌，说道，"那很难得啊。"

"呵，"赵平冷笑了声，接着说道，"评级再高，也还是丧尸，不知道以前咬死过多少人。"说着，看了眼金宁桌上的橙子，"丧尸给的，你也敢吃？"

金宁当然不敢，随手就把橙子扔掉了，又看了眼远处的背影。

新同事正提着一袋橙子，弯腰给其他人发。但即使隔着很远，金宁都能看到同事们不情愿地接过，转手也都扔了。有些脾气大的，甚至直接打开了他的手，橙子掉了下去在地板上滚动。他却像感受不到这些厌恶似的，把被打掉了的橙子捡起来，又从袋里拿出新的发给其他人。

整个办公室有二十来人，他发完后，就回到了自己的工位上。高高的电脑屏幕遮住了他，只能看到一丛绿草伸出来。

一整天，办公室的氛围都怪怪的。平常还有窸窣的闲聊声从各处传过来，但今天除了敲键盘的声音外，是一片安静。所有人都默默地在干活，生怕打扰了角落里的某个人——或者说，某具尸体。

因此，当那阵笑声响起时，就格外刺耳。

金宁有些错愕，抬起头，发现笑声是从西南边最角落那个工位上传来的；而且每次响起，屏幕后那丛草叶就会抖一抖。

金宁通过电脑给赵平发消息："那家伙在干吗？"

赵平回道："我问问。"

"好的。"

对话框沉默了，信息正在局域网的线路间流通，流向离西南角最近的同事眼前。过了几分钟，赵平发来了结果："他在看搞笑电影，好像是周星驰的！"

"这么过分？第一天来就摸鱼？"

"还反了天了！我来投诉他。"

"不用吧，说不定他还没适应人类的工作环境。"

"等他适应了还得了？"

赵平没再回复，但敲字的声音骤然加重，显然正在愤怒地写投诉报告。

金宁理解他的愤懑：他儿子在几年前的丧尸潮中被咬死了，虽然那是卡拉病毒驱使的，但他一直耿耿于怀；哪怕现在"彼岸花"试剂消灭了病毒，让丧尸们得以从死亡的那一岸回渡，重复生机，他也无法原谅。

有好几次，他在街上走得好好的，一旦看到半尸经过，他都会上前猛踹一脚。被他踹倒的半尸往往会抬起萎缩的脸，头顶植物晃动，迷茫地看着他。

而这一次，他的愤怒更甚。

下午，主管专门来到这层楼，先问过工作进度，得知大多数设计图都还没完成，发了一通脾气；然后给大家介绍了新同事。原来这个半尸是救援队从三百公里外的河边发现的，他身上已经没有病毒了，擅长城市建筑的设计，以后就在规划部这边坐班。

刚介绍完，这个头顶一丛绿草的半尸就挤开人群，站到中间，冲大家鞠躬说："大家好，我叫阿川，请大家以后多多指教！"

没人回应他，他也不以为意，又向主管问好。

主管说："嗯，你好好在这里干，要先把病养好。听说医疗部那边已经快把'彼岸花 2.0'研究出来了，到时候你就能完全恢复成人了。"他顿了顿，声音又大了些，说，"即使你是半尸，也比某些人有用多了，不到半天就画完了音乐厅主剧场的座位和灯光重建图初稿，工程部那边核算过了，符合要求——这要给某些人啊，至少也得半个月才能弄完，严重影响进度！"

赵平的脸霎时变红，又慢慢发白。

主管没说错。市长很早就下达了城市重建任务，但规划部的图纸画得太慢，被点名批评过好几次。所以主管才这么着急，专门去找有天赋的半尸加入。

赵平向主管投诉，却没想到半尸是在完成了任务后才看喜剧电影的，现在他反被主管敲打——但这也不怪赵平，要完成那两张重建图，难度不小，从阅读资料到分析数据再到绘图，至少要一周，可这个叫阿川的半尸却只用了半天。

主管说完后，转身离开了。大家都疑惑地回到工位。一下午，所有人都安静地干活，只有角落的阿川在看老式喜剧，还不时发出笑声。

打这以后，金宁就留意起了这个新同事。她越来越觉得阿川很不一般——这个"不一般",并不只与人类相比。因为在半尸中,他也是个异类。

他每天来得格外早。

负责打扫这层办公室的,是个姓张的大姐,也是半尸。张大姐是二级治愈者,虽然病毒被清理掉了,但脑子里还是一片糨糊,浑浑噩噩的。她每天五点被叫醒,来到办公室打扫卫生,结束后就坐在楼梯口,垂着头,不知道在咕哝着什么,有时候还会抹眼泪。

一次,金宁发现有很多人围在保安室里,跑过去一瞧,原来是在围观办公室的监控。画面中,阿川刚过五点就来到办公室,先是给每个办公桌放一个橙子,再跟张大姐一起搞卫生。他们一边打扫,还在一边聊天。但监控的精度不够,听不清他们在说什么,只能听到不时传出来的笑声。

"奇了怪了,"赵平死死盯着屏幕,皱着眉说道,"这马大姐还会笑?"

打扫完卫生后,马大姐也没像往常一样去楼梯口坐着,而是蹲在阿川工位旁,继续絮叨。直到办公室的人渐渐来齐,她才不舍地离开,去打扫别的楼层了。

他工作完成得特别快。

规划部负责这座城市的修复设计,在废墟上重建,比新修要复杂很多,因此金宁他们的工作都是细致活,图纸上的每根线条都得慎重。但阿川似乎天生就对建筑敏感,知道数据后,打开 CAD,鼠标和键盘咔咔作响,半天就能完成他们一到两周才能完成的工作量。忙完后,他就会看喜剧电影,并毫无顾忌地笑出声。每次见他这样,赵平就恨得牙痒痒,可偏偏阿川每次画的图都能在工程部那里通过审核,让他无可奈何。

还有，阿川即使不看喜剧，每天也都是一副很开心的样子。

这是他最奇怪的地方——一个半尸，比人类都开心？

十四年前，卡拉病毒爆发，感染者皆成丧尸。人类几千年来建立的辉煌文明，不到七年，就完全崩毁了，人群越密集的地方，被病毒吞噬得就越快。幸存者们聚团艰难求生，生存空间越来越狭小。

要不是一个丧尸身上突然长出了能治愈病毒的彼岸花，恐怕最后的幸存者们也会被尸潮所吞没。

人们从彼岸花里提炼出了解毒剂，用无人机播撒，不久后就遏制了病毒。丧尸们逐渐清醒过来，不再逐血肉而食，身体也从腐烂状态日渐恢复，最后有了血色。

卡拉感染了人类，将他们变成死者，而彼岸花仿佛一条船，穿过迷雾重重的河面，搭载死者，向着生之一岸回渡。所有人都以为丧尸之疫完全解除了，世界将会重回正轨，但这时，回渡的船停在了河中心。

像是上帝开的玩笑——彼岸花虽对丧尸有治疗作用，但却无法治愈。

新的丧尸身上没有了病毒，不再攻击人类，体内也隐隐有血管新生，还会长出各种各样的植物。他们能同时从食物和阳光里获得能量，维持机体运转，但血肉依旧萎缩，思维迟钝。这一类人，官方称作"生还者"，人们私底下却叫"半尸"。

金宁所见的大多数半尸，都呆滞木讷，机械地做着人类吩咐的事情，做完后就浑浑噩噩地待着；她所见的大多数人，也都沉默沮丧，谨慎地做着其他人交代的工作，完成后就醉生梦死地度日。这场浩劫不仅摧毁了人类创造的文明，也带走了所有人的希望。

而这个叫阿川的丧尸，看老式喜剧能当众发笑，在跟张大姐闲聊时也透着欢乐，每天早上乐呵呵地给所有人发橙子，即使被拒绝也不以为意。

"妈的，肯定是脑子被病毒啃坏了。"赵平如此评价乐观的阿川。

2

这个半尸的脑袋有没有坏，金宁不知道；但她却很清楚，赵平真的很恨他。

一个周末，金宁接到赵平的电话，说是带她去相邻的那座城市的废墟找唱片。金宁有些犹豫，她知道赵平一直喜欢自己，而她还没想好。要是一起出去玩，会很尴尬。但唱片的诱惑对她而言，又实在是太大了。

好在赵平也察觉到了金宁的顾虑，补充说："还有安娜和右手哥一起去。"

安娜和右手哥都是她的同事，前者有严重的抑郁症，后者在尸潮中失去了左手。有他们在，或许气氛能缓和一些。

于是周六的时候，他们共乘一辆车，驶出了福音城。

天气很好，金宁坐在副驾驶座上，透过车窗玻璃，他们看到了街上正在忙碌的半尸们。这些都是一级治愈者，麻木地清理着废墟，从不休息。

"哼，"赵平扶着方向盘，"累死这群鬼。"

汽车出城后，拐上了高速。

说是高速，其实也开不快。早先丧尸肆掠时，这里就荒废了。生锈的汽车挤在路旁，爬满了植物，锈迹与绿色混杂着，向远处延伸着，像是一条锈病缠身的蛇。好在为了重建福音城，市长曾派半尸们把挡路的车辆都清理了，他们这才能磕磕绊绊地行进，去邻市找唱片。

由于车开得太慢，金宁睡意愈来愈浓，贴在车窗上迷迷糊糊就睡着了；又因后排的安娜和右手哥一直在争论"半尸算不算人"，而经常被吵醒。等到了邻市，她头疼欲裂，下车蹲在路边，干呕又吐不出东西来。

她身后，安娜还在和右手哥争执："说到底，半尸还是人，只是没活过来而已。"

右手哥用他仅剩的手臂拍了拍裤腿，说："没活过来，那就是死人。死人不是人，只是一团聚合的有机质而已。"

"你见过哪团有机质会跑会走，还能帮你干活？"

"干活有什么了不起？你知道机器人吧，要是没丧尸这档子事，现在机器人早满大街跑了。你说，机器人算人吗？"说完，他咋咋舌，"可惜现在这门技术被搞丢了，想重现，不知得多少年。"

"机器人跟半尸，不能相提并论……"安娜说，但明显有些底气不足，用手轻抚着她自己在手臂上划出的伤疤。

看到那一条条排列整齐的疤，右手哥便没话说了。

赵平没理会他们，过来拍了拍金宁的背，低声问："没事吧？"

金宁到底也没呕出来，呼吸了一些田野的新鲜空气，站起来道："好多了，我们走吧。"

来这里的原因，是赵平从数据部那边搞到了地图数据，发现邻市曾有一家全国知名的唱片行。虽然这里毁于尸疫，但丧尸对唱片不感兴趣，说不定还能找到保存完好的碟片——而他知道，金宁喜欢听音乐，曾用几个月的贡献点换了一台黑胶唱片机。

他们顺着导航图，慢慢蜿蜒前行。沿路，导航标注着密麻的商店和景点，一派繁荣，而车外全是蔓藤和残破的砖墙，荒凉如墓地。偶尔有动物在草丛间掠过，却也是一闪即逝，除此之外，四周没有任何声音。

这里离福音城不到百里，却是两个世界。

他们很快就到了唱片行的遗址。金宁运气不错，一番翻找后，翻出了好几张包装完好的唱片。她欣喜地打开，看到是罗妮斯·乔普林和迪克兰的作品，都是她喜欢的乐手。

"不早了，"赵平看着她笑，也笑了，又看看天色，提醒道，"该回去了。晚上这里不安全。"

夜晚的废墟里，有野兽，还可能有仍未被治疗的丧尸，很危险——尤其是后者。

于是，斜阳铺洒的时候，他们就踏上了回去的路。车上，安娜和右手哥又开始讨论半尸的问题，金宁抱着唱片，睡意又向她袭来。

所以当车突然刹住时，三人都没反应过来。

"怎么了？"安娜有些不满，但顺着赵平的目光看过去，也愣住了。

高速路旁，一个人影正走走停停。斜阳剪出他的侧影，虽然看不清脸，但那消瘦的背影，还有身上宽大到松垮的西装，却分外眼熟；再配上头顶那一丛标志性的绿草，让他们一下子就认出来了——阿川。

赵平扶着方向盘，冷冷地远眺，好半天才憋出几个字："他来这里干什么？"

安娜也盯了好一会儿，才说："好像是……在拍照？"

是的，阿川每次停下时，都会举起手中的相机，以一个固定的姿势站立好几秒。有时会更久。金宁的目光向远处移动，看到旷野正逐渐被暮色侵染，而夕阳斜斜地垂着，染红了压低的云层。一行飞鸟扑腾着宽大的羽翼，在田野间掠过。

真的很美。金宁想，怎么自己一路上都没发现呢？

"妈的，还是长焦，"右手哥往车外吐了口唾沫，说，"这家伙还挺有钱！"

赵平突然冷笑一声，下了车，从后备厢拿出一根橄榄球棒，朝远处的阿川走去。

金宁眼角一跳，看赵平杀气腾腾的样子，连忙也推开车门，拦到赵平前面。

"你要干什么？"她抱紧怀中的唱片，声音发颤，"你别冲动！"

"你放心，我没有冲动，"赵平握紧球棒，青筋都暴了出来，"这附近没人，不会有事的。"

金宁听出了他话语里的残忍，说："他好歹也是我们同事……"

"他是个丧尸。"赵平简短说完，回头朝右手哥使了个眼色。

右手哥一言不发地下车，用粗壮的右手抱住了金宁，把她拖回到车里。金宁拼命挣扎，唱片都掉了也挣不开。

"你放开我，他是去杀人啊！"她尖叫道。

右手哥在她耳边说道："他要杀的，不是人。"顿了顿，加重语气，"你知道我的左手是怎么断的吗？被丧尸咬了一口，我自己砍断的。今天要是赵平不动手，我也会去。"

金宁用求助的眼神看着安娜。但安娜转头看着窗外斜阳中的风景，面无表情。

车外，赵平慢慢走向阿川。他走得很轻，球棒掠过草尖，连"沙沙"声都没发出。

而阿川正在拍落日景象，太过专注。他举着相机，镜头贪婪地吸收着光线，天色到了最美的一刻，他按下了快门。

"咔嚓"。

也就在同时，赵平挥动球棒，狠狠砸在了阿川的脑侧。

隔得远，金宁听不到金属棍与腐朽脑袋的撞击声。但阿川被打得斜飞出去一米多，随后倒地不起，连个痉挛都没有，可以看出这一击的力度。斜晖里有液体和固体飞溅出，看样子是连头骨都打裂了。

相机也从他手中掉落，沿着斜坡滚下去了。

赵平也可能没想到半尸的头骨竟然这么脆弱，愣了一秒，把球棒扔掉，跑回车里说："走，回去！"

说完了之后，他才意识到坐在驾驶座上的是自己，连忙打火、挂挡。车子立刻窜出，背离斜阳，驶向福音城。金宁终于挣脱了右手哥的控制，努力向后看。

她看不到那具尸体，只能看到一轮黯淡的夕阳正飞速沉入地平线。

金宁没有报警。这一天的旅程，本来让她对赵平有了一丝好感，毛茸茸的暧昧在彼此间萌芽。只是赵平那残忍的一击，让这份暧昧过早夭折了。但有这个基础，她亦无法狠心去举报。

而且就像右手哥说的，杀半尸，真的算杀人吗？

新政府成立不过三年，基建尚未完成，律法更无明文。市长讲话时倒是提到了"人和半尸要和谐相处，一起建设新家园"，但杀了半尸会不会受到惩罚，他倒是没说。

于是，她心思烦乱地熬到了周一，一进办公室，她愣住了。

办公桌上稳稳地放着一个橙子。金灿灿的，格外饱满，流淌着朝阳斜射进来的光。

赵平的桌上也有橙子。所有人桌上都有。

　　她和后脚进来的赵平对视了一下，都很疑惑。随后，两人的目光一齐移动，看向西南的角落——屏幕后方，探出了一丛格外精神的绿草，正是阿川。

　　赵平手脚冰凉，瘫在椅子上，念道："完了，完了……"

　　但他担心的事情并未发生。

　　这一天跟此前一个多月的每一天都一样，办公室里只有敲击键盘的声音，除了心怀鬼胎的四个人，其余的人都在埋头干活。而到了下午，角落里再次响起被喜剧逗乐的笑声，一如从前。

　　金宁和赵平面面相觑。

3

　　当金宁听到主管说，要让自己和阿川一同负责城市音乐厅重建的监督工作时，她在困惑中感慨：为什么老天这么爱给自己"惊喜"？

　　多年前，父母丢下自己逃走，再无音讯，她以为他们已经丧身在了尸疫中，但福音城重建时，他们再次出现，但她已无法原谅他们了；她从小爱好音乐，也有天赋，却在重建分工时，被分配到了规划部；她目睹阿川被谋杀，虽然不知为什么又活了过来，但她本能地想跟阿川保持距离，却又必须在一起工作。

　　主管看到她为难的样子，面色不悦，问："有问题吗？"

　　上一个跟主管说有问题的设计师，没过一周就被开掉了。那个才四十岁就已经头发花白的前同事，不能再住规划部公寓了，搬到了废弃的房屋中，跟半尸们一起扛砖搬瓦，用低微的贡献点来换取食物，勉强度日。

　　金宁连忙摇头，说："没有问题。"

一旁的阿川也点点头。

"那就好。"主管离开前，又叮嘱道，"在外面也别受欺负。你们是规划部的，要是施工那边不配合，就不给他们验收——不过施工部的那个胖子是有名的难缠，你们还是小心点儿。"

这番话，明显是说给阿川听的。他却心不在焉，主管一说完，就连忙回去接着看喜剧了。看着他的背影，和一走动起来就簌簌抖动的枝叶，主管叹了口气，转而对金宁说："你也看着点，别让别人欺负他。"

主管能当上主管，还是有几把刷子的。没过几天，金宁就不得不佩服他的预见力了——阿川果然遭到了施工方的刁难。

最开始，是在欢迎宴上。规划部在重建工程中负责技术签收，要是不签字，施工部就从市长那里拿不到贡献点，因此在每个项目上，规划部的人都很受重视，欢迎宴也搞得比较隆重。

但这次，施工部的几个领导，显然没有料到会有半尸在席。

"这……"一个领导愣了愣，说，"规划部这是什么意思？"说着，他犹豫地看着对面主座上的中年男人。

那个男人白白胖胖，脸上本应该一团和气，但现在却阴沉沉的，眼缝里划过的几缕微光不可捉摸。

金宁听说过他——音乐厅重建的施工总负责人，叫罗伯特。

罗伯特是白人血统，本是颇为成功的跨国企业高管，来中国旅游，适逢尸疫爆发，再也无法回到美国。在最黑暗的七年里，有无数人死去，他却活了下来。他原来是个典型的白胖子，活活饿到不足百斤，皮包骨头。有个传闻，说是在最饥饿的时候，他还曾吃过尸肉。熬到尸疫解除，他又迅速吃成了比原来还大一圈的体型，现在坐着，肥肉几乎都要把椅子淹没了。

金宁见气氛不对，忙说："阿川是我们新来的同事，很厉害，这次就是因为他把音乐厅的重修方案提前完成了，我们才能这么快开工。"

罗伯特依旧眯着眼，仿佛能用眼皮把世界挤压狭窄和扭曲，过了许久，他才点了点下巴。

金宁松了口气。但她还是能察觉到，对于半尸，罗伯特有着奇怪的愤恨。这一点，欢迎宴上的人几乎都感觉到了。

除了阿川。

他依旧穿着那身格外宽大的西装，非常兴奋，不停地向邻座的中年女人问这问那。声音虽然低，但因气氛凝重，所有人都听得到。

"这条鱼怎么做成这个样子了，"他问，"看起来好恶心，好吃吗？"

中年女人耐着性子说："你吃一下就知道了。"

阿川摇摇头，说："我没有味觉，哦，也没有嗅觉。真遗憾。"

罗伯特突然笑了，对手下使了个眼色。手下心领神会，大声说道："既然吃不出味道，那就喝酒吧。来，今晚不醉不归！"

金宁见势不妙，想要阻止，但她也没工作几年，怎是这些老江湖的对手，不让自己被灌酒都得拼全力，根本护不住阿川。

施工部的人擅长劝酒，隔两句就逼阿川灌一口。没几分钟，阿川就喝下了一斤多，已经有些摇晃了。

金宁一咬牙，推开几个围着自己的员工，抓住阿川的手，说："别喝了。"

他的手冰凉，这让金宁心里一惊。

阿川却挣开了她的手，又拿起了酒杯，大着舌头说："没……没事！现在下班了，酒好喝……没事，不误事……事的……"

这时，对面的罗伯特慢悠悠地说道："对啊，他自己想喝，金女士你就不要阻拦了。难道……你们还有别的关系？"

后半句话已经有些恶毒了。金宁的脸一下子红透了，再看阿川依旧抓着酒杯，一副不识好歹的模样，顿时怒气冲冲，索性说自己不舒服，先回去休息了。

罗伯特连客套性的挽留话都没说一句，就让她走了。出门前，她还能听到里面此起彼伏的劝酒声。喝，喝死算了！她愤愤地想，反正义务我尽到了，你不听，能怪谁！

她回到住处，但终究放心不下，又打车回到音乐厅旁。这时已经很晚了，除了路灯，其余建筑都黑沉沉的。尤其是垮塌了一半的音乐厅，像是负了伤后蹲伏在黑暗里的野兽。她战战兢兢地走进开欢迎宴的房间，一进门，只看到杯盘狼藉，秽物满地，而阿川就趴在桌子上，不知是睡了还是死了。

他当然不会死。罗伯特再浑，也不敢这么得罪规划部；而阿川毕竟是早就死过一次的人了，再死也没那么容易，他被赵平一棒子打破了头，不也还好好地活着？

她把阿川扶起来。别看他瘦，分量可不轻，金宁得使出吃奶的劲儿才能往外走。刚到街上，他像是突然醒了，趴在栏杆上干呕。

"呕什么呕，"她啐骂道，"还不是你喝进去的，呕出来多浪费！"

但阿川哇了半天，最终也没呕出来；神智倒是有所恢复，扶着栏杆，勉强站定。

金宁不用扶他了，也松了口气。此时她离他很近，才看到他脑侧的确被赵平打出了一道裂缝，只是裂缝里又钻出了三片扁平的长叶，翠绿如翡。叶子拂过她的脸颊，让她觉得有些痒。

看到这道裂缝，她的气突然消了。她叹息一声，上前去扶他，右手抓住他的西装，这时，一张照片从西装口袋里掉了出来。

"咦？"金宁又放开他，捡起照片。照片已经泛黄，上面是一个在夕阳下吃冰糖葫芦的女孩，很漂亮，但因照片泛黄那个女孩显得有些憔悴。空白处歪歪斜斜地写着三个字：秦艺弦。

她还想细看，阿川突然伸手抢过照片，又放回到了口袋里。

金宁皱皱眉，一扭头，却看到阿川眼角流下了泪。

她愣住了——他在哭？

首先，半尸不会哭。即使会，也跟阿川联系不起来：他来这一个多月，一直是带着近乎智障的乐观，每天下午看喜剧，遭人辱骂也只当什么事情也没发生。实在无法想象他的双眼会淌泪，在昏黄的路灯下，被照成两条闪闪发光的湿痕。

"不会是酒吧，"金宁暗忖，"可能半尸的生理机制不一样，不是从嘴里呕吐，而是通过眼睛流出来……咦，好恶心。"

当晚，她花了很长时间才把阿川送回他的住处。开门后，她把阿川推进去，便准备离开。但阿川像是清醒了不少，结结巴巴道："等……等一下……"又摇晃着进了卧室，像是去翻找什么。

金宁犹豫了一下，还是决定站在门口等。她不敢进去，却好奇地往里打量，灯光昏暗，照着客厅墙壁上的大幅照片——一轮斜阳垂在山影背后，鸟群扑腾，晚霞凄艳如天空淌出的血。她觉得很眼熟，她想起来了，那正是阿川被赵平袭击时，拍下的那一轮夕阳。

她还没回神，阿川就抱着一小撂黑色方块物走了出来，递到她怀里。"一直忘了，这是你的东西……很好听……"说完，他后退两步，躺到沙发上。这个沉默又快乐的半尸很快就入睡了，连胸膛都不起伏。他的手捂着口袋，而口袋里是一个女孩的照片。

金宁低下了头，诧异地看着怀中之物。

这是一叠唱片，有些有包装，有些只是碟片，最上面的几张印着歌手的名字：罗妮斯·乔普林、迪克兰……她很熟悉，因为这些都是她亲手从邻市的废墟里找到的唱片，后来又遗失在荒野里。

她胸膛闷闷的——原来，他早就知道是谁袭击了他……

4

金宁原以为阿川醉成这样，至少得休息两天。结果次日一早，她刚到音乐厅，就发现阿川已经到了楼下，跟一群半尸混在一起。

这群半尸都是一级治愈者，被教会了怎么砌砖垒瓦后，就只会重复做这些事。如果没人阻止，累死也不会停止。所以金宁看到他们只知道在废墟间劳作，或呆坐在广场上，展开头顶的绿植，静静地晒太阳。

但现在，他们围着阿川，紧得几乎没有空隙。花草也挨在一起，像是废墟里铺展开了一片草原。而由于每个半尸头顶的植物都不太一样，所以这个草原也颇为驳杂，有花有草，有树有藤，颜色也是姹紫嫣红。

她走过去，老远就听到了阿川的声音。

"啊哈哈，老李，别看你都烂透了，你头顶的曼陀罗倒是长得很好看！如果我们是孔雀的话，你一定是最受雌孔雀欢迎的那只……哎，小朵你别急呀，你的牵牛花也很好看，就是有些枯萎了，你最近多晒点太阳、多喝水；咦，费尔南多，你头上的植物我怎么不认识？哦，原来是五色梅啊，那可能有点臭，不过没关系，哈哈哈，反正我们没有嗅觉……"

他逐个跟半尸们打招呼，语气轻松，昨夜的醉态荡然无存。

太阳渐渐偏升，光辉在整个福音城的表面流淌，而眼前这片紧凑的绿植，花叶几乎被照得通透。

"干啥呢？"身后传来罗伯特的声音，"还不干活？"

好几个半尸被他拉扯得摔倒，依旧不舍散开。罗伯特又掏出电击棍，滋滋声中，一大片花草都剧烈抖动起来。

半尸们终于散开了，去音乐厅废墟的各个角落，机械地干着活。等他们走了，金宁才走到阿川旁边，问："你……你没事吧？"

"啊？"阿川的语气有些迷糊，"我能有什么事？"

"你昨晚……唉！算了。"

规划部下派到施工项目上的人，工作都很轻松，只需在验收时签个字就行了。所以接下来，金宁就找了个安静的地方，戴着耳机听歌，一天很快就过了。阿川却闲不住，整天都在施工现场跑来跑去，跟每个半尸打招呼。

这就让施工部的人有意见了。罗伯特的一个手下跑来找金宁抱怨："你管管你那个同事，别让他老往现场跑，他一来，就对我们指手画脚，影响进度啊！"

金宁听出了他话里的意思，冷冷地说道："你们要是按规程办事，不偷工减料，他肯定不会说什么。"

"这……"那位手下赔着笑，说，"干工程就是这样的，要真一板一眼来，就干不动。以前是这样，现在也没变。"

这倒也是事实。金宁冷言冷语地把他轰走了，等到了下午，她还是去现场找了阿川，让他以后就跟自己待在一起。阿川刚开始时不肯，金宁只得加重语气，威胁跟主管告状，他才吐吐舌头，蹲在了角落里。

"喂，"金宁看他一副可怜兮兮的样子，犹豫了一下，主动打破了僵局，"你头上长的是什么花啊？"

阿川抬起头，突然来了精神，说："它啊，不是花，是草。你摸摸，长得多好！"

金宁有些犹豫。植物是半尸的一部分，她要是触碰，多少有些不便。但阿川说得这么自然，不像有邪念；他的瞳孔虽然已经黯淡，眼神却很清澈。

这么近地看着他，金宁突然发现：他长得还挺好看，五官立体，脸型如削。要是没变成半尸，还算俊俏。咦，自己在想什么……

"这是什么草？"她后退一步，用问题来掩饰自己心里的一丝慌乱。

"噢，我查过，跟它最接近的，是萱草。"阿川兴致勃勃地介绍道，"这是学名，你可能没听过。它还有别的名字，比如金针菜、鹿葱和忘忧草。"

忘忧草……金宁看着他脸上的欢喜和得意，觉得的确找不出比这更适合的名字了。

"对了，为什么每个半……每个生还者头上都会长一株植物？这些根须在身体里，会疼吗？"

"不疼，我们没有知觉嘛。"说着，阿川抓了抓头顶的叶条，"但为什么长植物，我不知道。不过我想，这应该跟'彼岸花'试剂有关吧。"

金宁点点头。能治疗丧尸的试剂提取自彼岸花，而最早的彼岸花，就是从一个丧尸身体里长出来的。这种特性想必也随着丧尸被治疗，而留在了生还者的体内。这让她又想起了安娜与右手哥的争论，于是问道："那你们到底……"

"嗯？"

金宁小心斟酌，发现没有更合适的措辞，索性就直接问："你们算不算人呢？"

"算……吧。生和死之间，隔着一条河，本来我们已经到了对岸，算是死人。"他的手在身前一划，仿佛一道无形的线将他和金宁隔开了，"而彼岸花让我们回渡，如果能回到这一岸，我们就是人，毫无疑问。但现在，我们却停在了河中心，不生不死，离两岸都很远。"

他的声音里，有罕见的迷茫和低沉，让金宁有些不忍，说："别担心，主管不是说了嘛，市政府正在研制'彼岸花 2.0'，到时候你们就能彻底回渡，离船上岸，重新变成人了。"

"希望如此。"

说话间，已到了傍晚，斜照进来的光昏暗了不少。金宁站起来，说："走吧，可以下班了。"

走到外面，阿川看见音乐厅附近的丧尸们还在辛苦干活，就问："为什么他们不下班？"

"他们……"金宁犹豫一下，"这不是我们规划部该管的事情。"

"但这却是我们生还者的事情。"说着，阿川走向那群半尸。他没说几句，就见所有半尸都停止了劳作，依次回到了地面。

金宁突然想到，当初由于沟通困难，训练这些一级治愈者干活，花了政府大量时间，要是早点由阿川来沟通，大概会省不少事吧。

还未等她想完，身后就传来了嚷嚷声。

"都给我回去！"罗伯特满脸通红，显然又喝了酒——据说他是在上一个工程里挖到了酒窖，没有上交，够喝好些年，"他妈的，现在才几点，太阳还——哦，太阳落了，但太阳落了你们也不能停工！工期紧着呢！"

说着，他又掏出电棍，"滋滋——"，可怕的电光在黯淡的黄昏里格外刺眼。

半尸们浑噩无知，但却有着畏惧的本能，电光一亮，又向后退缩。

阿川逆着尸潮走上前，对罗伯特说："他们累了，需要休息。"

"他们不累。"罗伯特喷着酒气，辩解道，"他们是丧尸，怎么会累。"

"我们是生还者，马上就会痊愈成人。你听不到他们的声音，但我听得到，他们的确累了。"

罗伯特转过头，朝着金宁走来，说："这么说，规划部现在要接管我们施工部了吗？"他鼻子里喷出了笑声，"那可太好了，我就轻松了。行吧，你们来管，市长那边也由你们去汇报。"

金宁一言不发，绕过他，走到阿川面前，低声道："你发什么神经！"

"没有呀。"他说，"不是到了正常的休息时间吗？"

"这是我们的休息时间，可对他们来说却不是。"

"他们，也是我们。"

"你不要胡搅蛮缠，走！"金宁拉起他的手。她再次握到了一片冰凉。这片冰凉想挣开，但她握得很紧，白皙皮肤下青筋都暴起来了，将他往外拉。

"可是……"他还想说什么，但被金宁拉着远离了半尸们。

金宁刚松了一口气，又远远传来了罗伯特暴跳如雷的声音："你们想干什么？想造反吗？还不回去干活！"

但任凭他怎么吼，甚至用电棍击打，也只有半尸倒地，而无人返回。这群半尸站在暮色里，像是面对伐木机的森林，既不躲避也不愤怒，唯有永恒的沉默。

罗伯特嚷了半天，累得气喘吁吁，也没一个半尸肯回去干活。"我以后再收拾你们！"丢下这句狠话，他转身就离开了。

但这句也只能是找回面子的话，工程量这么大，又累，没有幸存者愿意干，他只能靠半尸。这以后，半尸们就准点下班，到不远的广场上聚集成团。阿川有时候也跟他们待在一起。由于他们聚堆，广场上只能看到一大片郁郁葱葱的草叶花枝，根本看不清他们的脸。但每次金宁都能一眼看出阿川在哪里。

因为他在的地方，花草格外紧促。

有一次，天已经很晚了，但因为要紧急处理设计图上修改的地方，她跑去广场找阿川。天色昏暗，路灯照不到这里，广场上的植物连缀成一片，如同幽邃的海面。她不敢走近，站在广场边缘，大声喊："喂！"

却无人回应。

她又叫了几声"阿川"，但海面依然不起波澜。

一阵风吹来，带着暮春特有的寒意，她抱着肩膀。阿川没有回应她，可能是睡着了，而半尸一旦睡着，就很难醒来。她顿时焦急起来，风变大了，脑中突然闪过阿川喝醉那天掉出来的照片和照片上的名字。

"艺弦，艺弦，"她喊道，"秦艺弦！"

海面上掠过了一道波光。

她怀疑自己看错了，揉了揉眼睛，睁开时眼前还是一片黝黑。她又喊了遍这个名字，波光再次出现，这次她看清了——那不是海面波光，而是眼前这堆长在半尸脑袋上的植物发光了。像是深海电鳗，本来与黑暗融在一起，但随着"秦艺弦"三个字的喊出，电流骤然在骨骼里流通。

她不停地喊着这个名字。

以阿川为中心，白色的荧光沿着植物的茎叶窜动，一闪一没。阿川头上的忘忧草，在此时成了一颗心脏，每一次跳动，都在往外输出光晕。而她喊得越快，心脏跳动得也就越剧烈，光也流窜得更广。不久，所有半尸头上的植物都发出了光。每一根花枝、每一片草叶，都成了精致透明的灯管。

夜风拂过这片光的海洋，枝叶颤动，光晕忽而碎成星星点点，忽而连缀成整齐的一片。

灯海以下，站立的半尸们都闭上了眼睛，一片安详；光晕之上，金宁看得目瞪口呆，嘴巴久久不能合上。

5

音乐厅的修复工程虽然延了期，但三个月后还是顺利完工了。金宁和阿川又回到了办公室。一回去，金宁就觉得哪里不一样了。过了好几天，她才后知后觉地弄清楚了——办公室的人没变，氛围也没变，依旧是大家一起排斥阿川。只是这一次，她被大家从"大家"这一边剔除了。

她倒是不介意，在阿川来之前，她就没多少朋友。没人找她，她更乐得清闲。

倒是赵平有些急了。

"他们说的是真的吗？"一次下班后，赵平拦住她问道。

"什么是真的？"

"你和那个丧尸啊。"

金宁皱眉纠正道："他不是丧尸，是生还者。"

"你还这么维护他！难道你真跟他……"

尽管赵平没把后面的话说出来，金宁也知道他的意思。她不是聋子，回来前就听到了不少传言，说自己处处照顾阿川，说自己每晚跟阿川一起回家，说自己跟他的关系很暧昧……她没有去否认，一方面是因为懒和不屑；另一方面，是无法否认。

音乐厅工程后期，她的确在想办法保护阿川，以免他遭到罗伯特的报复。她也跟他一起回家——他们都住规划部的公寓，回家是顺路的，其实一路上也没有聊多少。

至于暧昧……她不确定。她跟阿川接触得多，对他也慢慢从抵触变成了信任，但他终究只是一具会活动的尸体，不是同性，也不是异性，暧昧从何而来？

她唯一能确定的是，她对阿川没有戒心，还很好奇：为什么他能永远乐观，能快速画图，能跟其他半尸交流，能让头顶的忘忧草放出光来——尤其是，为什么一听到那个女孩的名字，就会发光。

这些问题她一无所知，但知道得越少，就越想了解。而阿川独自面对她时，又会变得沉默。

他们聊得最多的那次，是工程结束，去跟施工的半尸们道别。他们去广场，但一个半尸都没看到，又回到音乐厅，也没找到他们。阿川显然有些不安，忘忧草的叶子都蜷缩起来了，刚长出的花骨朵也无力地垂着。

他们去问罗伯特，遭到了意料之中的冷眼。罗伯特看着阿川，嘴角的肥肉堆叠起来，组成了奇怪的笑容，舔舔舌头说："怎么？工程结束了，我施工部的人员调动，也要向规划部请示？"

在回家的路上，金宁安慰阿川说："应该是调到别的地方去了，修复工作很多，都需要生还者帮忙。"

阿川沉默了一会儿，说："可是我还没跟他们道别呢。他们没有记忆，会忘了我。"

"都在这座城里，以后没准会遇见。"金宁说，"等你们都被治愈了，他们会记起你的。"

阿川点点头。但看得出，他还是有些不安，因此一直在说话。他说了许多，都与那些半尸工人有关，他知道每个半尸的名字，熟悉每个半尸的故事。他们没有打车，直到午夜才走回了家，他一直在诉说。

"你是怎么记住这些事的？这么多人，这么多不同的细节，根本不是你所能记住的。"

阿川指了指头顶的忘忧草说："它们帮我记的。"

"那秦艺弦呢，"她忍不住问，"她是谁？"

忘忧草亮了一瞬，又像坏掉的灯泡一样暗下去了。草叶垂下，看不到阿川的表情——即使不垂落，他的脸庞也是苍灰枯萎，很难看清他表情上的变化。

"晚安，"他对金宁说，"希望你做一个好梦。"

金宁知道说错话了，有些尴尬，说："你也是。"便转身回屋。直到躺在床上，她才想起科学院的研究里说过，半尸是不会做梦的。

"嗯？"赵平见她若有所思，声音更急了，说，"他是丧尸啊！你就算不喜欢我，也不能真的——"

金宁微怒，说："你说什么呢！我没有！"

"那就好。"

金宁正准备走，又听赵平用很神秘的语气说："那现在有个机会，可以让你重回我们这边。"

"什么机会？"

"我们建了个群，联合起来，哼，一起让那小子混不下去！"

金宁既好气又好笑地说："你们幼不幼稚啊？"

"这怎么是幼稚呢？难道我们真能跟丧尸一起工作吗？太瘆得慌

了！他还爱表现，只要他在，主管就对我们不满意。"

赵平这么絮絮叨叨，足足说了半个钟头阿川的坏话，说得唾沫横飞。最后，金宁还是加入了他们的群，倒不是多想回到"集体"，而是想看看都有谁在针对阿川。

一进群，发现整个办公室的人都在。平常大家在工作群里都很少聊天，可在这个群里，却都异常活跃。每个人都在为怎么把阿川赶出去出谋划策。有人说找到了有病毒的 U 盘，要去黑他的电脑；有人说要在水壶里放农药，等阿川给头顶的植物浇水时，毒死他；还有人建议，要趁他回家时，悄悄埋伏，用麻袋套了，扔到郊外去……

有时候金宁一忙就是几个小时，再打开群，往往会发现群消息已经过了几百条，一直往回刷都看不过来。

而那些损招，还真有人去试过。刚开始的时候大家都不肯，群里难得的沉寂了，这时安娜突然说："看我的！"便把束好的头发披下，涂了口红，把 T 恤的下摆系紧，露出一抹雪白的腰肢。这个动作让她工位周围的几个男人下意识地吞了口唾沫。

安娜拿着有病毒程序的 U 盘，风情万种地走向阿川，一边跟他聊天，一边悄悄把 U 盘插到了阿川的电脑上。

所有人都紧张地看着 U 盘，插进去的时候，大家都松了口气。但他们没留意到：安娜越跟阿川聊天，脸色越奇怪，到后来眼圈竟有些红了。聊完后，安娜失魂落魄地回到工位，连 U 盘都忘了带回。

阿川的电脑真如他们所期望的那样被黑了，且无法修复，主管骂了他一顿，又给他申请了台新电脑。当主管问他被黑的原因时，所有人的心又都提了起来，但阿川把 U 盘塞进裤袋里，什么都没说。

"咱们初战告捷，以后再接再厉！"当天下午，赵平在群里给大家鼓劲，但消息发了不到三秒，就问，"是谁退群了？"

金宁看了眼群聊的人数，果然少了一个。

办公室的人不多，大家七嘴八舌一核对，很快就查出来了，原来是安娜退群了。

群里又是一片寂静。

金宁抬起头，视线掠过一排排电脑屏幕，落到了安娜的工位上。安娜个子高，屏幕后却连一丝头发也没露出来，金宁先是一诧，随后醒悟——安娜是趴在桌子上了。

整整一天，安娜都没抬起头。主管来视察了一次，勃然大怒，吼道："安娜！"

安娜怏怏地抬起头，金黄的头发披下来，眼睛本来就湛蓝，里面又沁着清泪，看起来更加水汪汪的。她桌子上的图纸也被洇湿了一片。

"别着凉啊，"主管一怔，赶忙柔声说，"办公室空调足，很容易着凉。要毯子吗？我给你拿过来。"

安娜点点头，主管连忙把一旁右手哥身上的毯子扯下来，给她披上。

安娜虽然有抑郁症，甚至严重时会把自己划得鲜血淋漓，但她从没哭过。因此不单主管措手不及，就连赵平也摸不着头脑。下班后，等安娜走了，赵平冲过去揪住阿川，质问："你把安娜怎么了？"

"她很好。"

"好个屁，她都哭了！"

"她应该哭。"阿川说，"能哭就能笑。"

这话说得赵平一愣，手松了。阿川慢条斯理地整理好衣领，又转过身，对右手哥道："如果你真的喜欢她，建议你早上给她打电话，那是她最脆弱的时候。你们可以聊天气、运动和电影，但千万不要提到海洋。"

右手哥一听就怒了，扬起拳头吼道："我警告你，别瞎说！你再胡说，看老子不揍死你！"

第二天上午，右手哥也退出了群聊。

赵平气得在群里大骂，说安娜和右手哥被猪油蒙了心，居然跟丧尸沆瀣一气。但这次，回应他的人就没那么多了。办公室里出现了一些变化，所有人都看在眼里。

首先是安娜。她来得比以前早了，一来就蹲到阿川的工位旁。以前只有两个半尸的脑袋凑在一起闲聊，现在变成了三个脑袋。又过几天，魁梧的右手哥也凑了过去，四人絮絮叨叨，不时还传来低低的笑声。

有些笑声，是安娜发出的。而她笑起来，比她哭，更加罕见。至于右手哥，也变得温柔起来了——这让所有人战战兢兢。

金宁很好奇，有一次拉住安娜，问："你们每天在聊什么呀？"

"就是一些日常生活啊，"安娜说，"聊看见了什么，吃了什么，有什么开心或难过的事情……就这些。"

"这些……"金宁仔细打量起了安娜，这个金发碧眼的美人儿怎么看也不像那些热衷于说三道四和家长里短的村口大妈，"这些事，你也能聊得下去？"

"为什么不能？"安娜热情地说，"你也一起来嘛。"

"我看还是算了。"

金宁没有去，但办公室里的其他人都陆陆续续去了，每天九点前，办公室西南角都聚着一堆人。阿川带来的橙子，他们也没扔，就聚在一起，剥橙子，嗑瓜子，一派祥和。

赵平的群里，人越来越少。到最后，只剩下赵平和金宁俩人。又过了几天，金宁在电脑上翻来翻去，发现已经找不到那个群了。

6

除了改变办公室的氛围，金宁发现，阿川在半尸群体里也很有影响力。

每天一下班，他就离开办公室，往城东的半尸聚集区跑去。搜救队从城外带回来的半尸，如果没评上三级治愈者，都会被安置在此。

尸疫让全球百分之九十七的人都沦为了丧尸，这些丧尸也几乎都被彼岸花逆转了，因此，半尸数量远大于幸存者。即使只把附近百里内的半尸带回来，城里半尸的数量也是人类的近十倍。

刚开始的时候人们很担心：要是半尸再次发疯，那幸存者几乎没有招架之力。但人又是很容易被"习惯"俘获的物种。时间稍微一长，半尸们一直任劳任怨，任打任骂，人们也就习惯了半尸在周围，习惯由半尸来干苦重的活，也习惯了欺凌半尸。

所以人们居住在基础设施基本完好的区域，环境既宽松又便利，甚至还有网络。而半尸却聚集在城东的街头巷尾。平时，人们都尽量远离这里。

金宁是跟着阿川一起过来的。

那晚她下班回公寓，还没走近，就看到门口站着两个人。离得比较远，四周又有暮色侵染，因此人影有些模糊。但她还是一眼就认出了他们。

于是，她停下，站在街的另一边。阴影遮蔽了她。

过了很久，门口的两个人影还执着地在等待，而金宁，也同样执着地躲避着。

这时阿川路过，看到了她，就跟她打招呼："晚上好！"见她表情怪异，就顺着她的目光看向门口，"咦，他们是谁啊？"

"以前，他们是我爸和我妈。"

"那你怎么不过去呀？"

金宁没有回答。阿川停顿了几秒钟，说："那你跟我去城东看看吧，正好我今天也需要人帮忙。"

路上，金宁一直低着头没说话，阿川犹豫一下，还是问："他们是你的父母，那你为什么不跟他们见面呢？"

为什么呢？她想。

多少个夜里，她觉得孤寂，需要有人来陪伴；多少次她想给父母打电话；多少次路过父母住的狭窄街区……但每次想靠近他们时，她都会回到那个黄昏，回到那个无助的小女孩的身体里。

那个小女孩，刚刚在逃亡中丢失了她最心爱的布娃娃，号啕大哭，格外无助；而她的父母，却把她丢在墙角，双双逃命去了。虽然长大以后她开始学着理解——自己还小，是逃生中的负担，带上自己说不定大家都会死。但理解不等于原谅。

"不为什么。"她摇摇头说。

阿川也没有再追问下去。

他们一起来到城东，到的时候已经很晚了。金宁听过许多城东的传闻，都是让她不要来这里，说是丧尸成群，群魔乱舞，恶臭熏天。来了之后她发现这里竟然格外静谧，也没有他们所说的那么拥挤。

路灯下，半尸三三两两地站着，昏黄的光洒在他们头顶的植物上。他们在夜里很安静，仿佛真的成了一株植物，茎枝摇摆是他们的动作，花叶摩挲的沙沙声是他们的言语。花草的清香四下飘散,在夜风里浮动,金宁深吸了一口气,白天灌满全身的疲乏和倦怠慢慢被稀释了。

金宁跟着阿川,路过一丛丛植物。

而阿川走过的地方,都会引起一阵骚动。丧尸们从静谧的睡眠中苏醒,纷纷跟他打招呼:"嗨。阿川,晚上好。"

"晚上好。"他问一个头上长满了麦穗的半尸,"你的头还疼吗?"

麦穗半尸摇摇头,高兴地说:"不疼啦。你给我除草真管用,杂草没了之后,我就精神多了。就是麦子快成熟了,到时候怎么办呢?"

"到时候我给你摘下来,磨成面粉,加上糖,做成面包。然后你可以拿去给爱丽丝吃。"

"好的!"

又走了几步,一个几乎佝偻成弓形的老年半尸问他:"阿川啊,你找到我的她了吗?"

他是如此老,脸颊上的肉萎缩成了一张皮,骨架细脆,仿佛随时都会倒下,摔成一堆碎肉。但他头上却长着一丛异常鲜艳的玫瑰,红、白、粉均有,花朵硕大,沉甸甸地弯下来,像垂帘一样挡住了他脑袋的上半部分。

金宁仔细打量着,透过花帘,发现老半尸很悲伤。

阿川却呵呵笑道:"老朱啊,别着急!我已经到处在打听,你也知道,这座城市这么多生还者,不容易找呀,但我会找到的!你要好好活着,别让玫瑰凋谢。"

"嗯,"老半尸点点头,说,"我要亲手送给她哩。"

走远之后,金宁悄悄地问:"这个老……老爷爷是要找谁呀?"

"一个死人。"

"噢，也是半尸啊？"

"不是半尸，"阿川转过头看着她，"是死人。真正的死人。"

金宁啊了一声，明白过来，再扭头看那个老半尸。重重灯影里，看不清人，只有怒放的玫瑰。

他们几乎横穿了整个城东区，才来到今晚的目的地。

"这里……"金宁左右看看。这是一处荒废的公园，断壁残垣在夜色里铺展着，四周零散地站着许多半尸。公园中央有一个浅水湖，倒映着月亮，夜风袭来，水面的月影也随之荡漾。

湖面上除了月亮，还有一棵三四米高的树。

这棵树从湖中心冒出来，枝繁叶茂，硕果累累。那些金色的果子在枝头悬挂着，压得一些树枝都垂到了湖面，风一吹，枝头便在水面啄出一圈圈波纹。

金宁穿过半尸们，走近湖边，才看清树上结的都是橙子。只是这棵树比寻常的橙子树更高大繁茂。

"我们来这里干吗？"她问阿川。

"来给一个朋友办葬礼。"

金宁看看四周的半尸，问："哪一个呀？"

"在湖那边。"阿川指向湖心的橙子树，"他快死了。"

"这棵树？"金宁诧异地说道，"不是长得好好的吗？"

"你跟我过来。"阿川说着，卷起西装的裤腿，涉水走向湖心。金宁穿的是裙子，有些犹豫，但看到阿川走到了湖中心，水也只漫到他的脚踝，她这才放心地提起裙子，跟了过去。

湖水冰凉，金宁穿过水中的月亮，一直走到了湖心。她站在阿川身旁，抬头看着满树的橙子，一个个金黄饱满，感慨道："原来你每天带到办公室里的橙子，都是在这里摘的。"

"是啊，但今晚是最后一次了。"

金宁有些诧异，看着阿川，却发现他没有看头顶的硕果，而一直低着头；她也顺着他的目光看过去，隔着微微晃动的水面，她看到了一张苍灰色的脸。

这本应是恐怖片里的画面。但这个良夜，月光伴着植物的清香，波纹晃荡，旁边还有阿川默默地站着，她一点儿都不觉得害怕。她甚至弯下腰，看得更仔细了。

那是一张男人的脸，因为被许多根须包裹着，看不出年纪。男人静静地浸泡在水里，口鼻并未冒气，眼睛却还有生机，在这期间或一眨，与阿川对视着。

"我来送你啦。"阿川说。

男人张了张嘴，动得很慢，连水波都未带动。

金宁什么也没听见，阿川却点了点头，说："我知道，我还带了帮手。"说着，他掏出一个布袋，把口子抖开，递给金宁，"帮我接着。"

他把西装袖子也挽起来，顺着树干爬上去，摘下一个橙子。金宁连忙提着布袋，接住他扔下的橙子。他们一个摘，一个接，摘到二三十个橙子的时候，布袋就很重了，金宁提回岸边，倒在地上，又小跑着回来继续接。她已经顾不得提裙子了，裙摆被打湿了，贴在她光洁的小腿上。

月亮偏西的时候，他们总算是把橙子都摘完了。金宁有些累，倚着树干微微喘气，低头一瞧，发现水里那眼睛正在与自己对视。隔着水波与树根，男人苍白的嘴角微微扬起，像是在笑。

她抬头一看，发现阿川也在笑。

"你们笑什么？"她问。

"他说，"阿川指了指水里的脸，"你走光了。"

金宁吓一跳，连忙跑开几步。水花溅起来，水里的月亮忽散忽聚。

"但你不用难为情，他说他没有偷看，你走光的时候他都闭上了眼睛。"金宁低头把裙子整理好，当她再次抬起头时，阿川的笑容已经消失了，他正色道，"他没有说谎，这个我知道。而且他确实快死了，他看见和没看见没有什么区别。"

金宁这才放下了心，但还是提着裙子走到了比较安全的位置，问："他怎么了？"

"树长得太茂盛，汲取了太多营养，他撑不住了。"

金宁恍然——原来水中的男人也是半尸。只不过别的半尸都是头上长出花草藤条，像是一个个盆栽，他却是长出了一棵苗壮的橙子树。树的根须从脑袋包裹了整个身子，扎进了腐败的血肉里，穿出来后又深深植根于湖底，才让橙子树一直屹立。

"怎么不把枝条剪掉？"

阿川摇摇头，说："他不愿意。病毒爆发时，他出门给儿子买橙子，但还没回去就被咬了，成了丧尸。等他被彼岸花试剂治疗后，身上就长出了橙子树，他百般呵护，所以才从树苗长成了现在这样，只花了三年，而且每个季节都在结果。他让我把橙子分享出去，不愿意停止结果。"顿了顿，他又补充说，"不过你也不用介意，虽然橙子的养分是从他身体里汲取的，但都是正常的橙子。"

金宁点点头。她倒是不怎么忌讳，毕竟橙子是在枝头挂果，是物质和能量循环的一部分。她好奇的是另一个问题："那他儿子……"说到一半，自知失言，便停下了。

但她还是看见了水下半尸的眼神。

他眼角微皱，灰色的瞳孔里透着哀伤。湖面上，树叶被风扰动，发出低沉的簌簌声。一两片叶子被吹落，打着旋儿，最后在水面静静地漂着。

阿川说："别难过，你们很快就会见面了。"

水下半尸的眼睛眨了眨。半分钟后，他闭上了眼睛，然后就再也没有睁开。

秋天的时候，金宁又去了一趟城东公园。在那片浅湖的中央，橙子树仍在，只是已经不再能结出果实了，树叶也被秋风熏黄了，一片片落下。四周不时有衣衫褴褛、举止木讷的半尸游弋。

看到这么萧条的景象，金宁叹息一声。

再往后，就一天冷似一天。不知怎么回事，秋风泛寒时，金宁竟有一股不祥的预感。

刚开始时她以为这是对自己的预感。因为一个秋风吹拂的晚上，她下班回家，刚要开门，突然听到身后传来一声颤巍巍的呼喊："宁宁……"

她转过身。

街对面走来两个人影，右边那个一瘸一拐，因此需要左边的人搀扶。这条街明明很短，但他们似乎生怕金宁突然消失，步子很快，几乎是小跑。

在他们走过来的半分钟里，金宁的确动了"赶紧开门进屋，然后把屋门关紧"的心思。但她最终没有付诸行动，是因为刚要进去时，就被一只冰凉的手拉住了。

"放开!"即使不回头,她都知道这只手的主人是谁,所以才会愤怒地低声喝道。

身侧果然传来阿川的声音:"能躲一辈子吗?"

"我自己家的事,不用你管。"

"你都说是家事——既然是家人,总要解决。"

她一怔。

这一耽误,那两个人影已经走近了。路灯射出的光洒在这对夫妻的头上,照出了点点斑白,尤其是瘸腿的男人,右边鬓角几乎全白了。

金宁已经不记得上一次跟父母见面是什么时候的事情了,但印象里,他们没有这么苍老。

"宁宁,"父亲尽量站直,但肩膀还是有些倾斜,"你……"

真是老套。这种场合见面,就真的没什么别的对白吗?金宁心想,但自己也不知道该说什么好,只好侧过头,避开他们的目光。

倒是阿川突然爆发的声音让三个人都吓了一跳。

"哈哈,哈哈,在门口愣着干吗。哈哈,哈哈,进来吧。哈哈,哈哈。"阿川一边夸张地笑着,一边开门让他们进去。

进屋后,父母都有些拘谨,金宁从没觉得这间屋子像现在这么陌生。阿川却像是到了自己家,招呼他们几个落座,端出茶水;见他们坐得远,催促着让大家凑近些。金宁一家都不知道该说些什么,他就主动拉家常,问起金宁父母的近况,抱怨天气,聊着聊着还发现有共同认识的人,就聊得更来劲了。

金宁在一旁看着,竟然产生了一种魔幻感。这种"温馨"的场景,她以为与自己绝缘,没想到在一个丧尸的张罗下,竟这么顺理成章地发生了。而且让她没有觉得突兀和厌烦，反而有些……心安。

不知聊了多久，也不知道在结束了哪一个话题后，父母起身离开了。临走前，他们留下了一个盒子，转头看着金宁，张了张嘴，最终却什么也没说，搀扶着离开了她的家。

阿川也有些困了，拍拍她的肩膀，打着哈欠离开了。

他们都走后，屋子重回寂静。金宁坐在桌子前，过了很久才把上面的盒子打开。

盒子里装满了糖果，糖纸的色彩都很绚丽，她露出一丝苦笑。真是，还把自己当小孩子。但用手扒拉了下，发现糖果里面竟藏着一个布娃娃。娃娃的颜色已经很旧，但看得出经过了很好的保养，时隔多年，也能看出它的精致与可爱。

金宁突然掩面低泣。

下

1

金宁给阿川发消息问他在哪里？得到的回复是城西入口的高楼天台。等她吭哧吭哧爬到时，天色已晚，斜阳垂在地平线上，光线昏黄，斜照着这座正在逐渐重生的城市。

阿川坐在天台旁，腿伸在外面，一晃一晃。他右边还有一堆橙子。他不紧不慢地剥着橙子，吃完后，把橙子皮放在左边。金宁来得晚，他已经吃了有一会儿了，左边的橙子皮比右边的橙子堆起来还多。

金宁不敢像他这样凌空坐着，小心地坐到他的斜后方，也开始剥起了橙子。

犹豫了一阵后，她说："对了……"

"不用谢。"阿川头也没回。

那便没什么要说的了。

他们沉默着坐在那里。从金宁的角度看阿川，是逆着光的，因此只能看到那一丛忘忧草浸没在光辉里。到了深秋，不仅阿川无精打采，他头上的草叶也蔫了不少，耷拉着。

"你的草是怎么回事？"金宁问，"生虫子了吗？"

"是营养不良。"

金宁想起了那棵在湖水中枯败的橙子树，心里一惊，问："那要给你施肥吗？"

阿川转过头来，但面孔依然被光辉笼罩着，看不清。他说："我这丛草有点不一样，当我难过时，它才会长得格外茂盛。"

"但你不是一直很乐观吗？"

"是啊。它以忧伤为食，往往我还没来得及难过，就又不难过了。"

"听起来，真让人……羡慕。"

说完后，金宁又想：这真的是值得羡慕的事情吗？不管他有没有负面情绪，那些令人难过的事情还是发生了。忘忧草这么一直生长，说明他每天都会忧伤。是啊，像他这么敏感、洞察人性的人，怎么会察觉不到别人对他的敌意呢？他并非不在乎，而是忘忧草让他永远乐观，但也只是他情绪上的麻醉剂。

她又记起了在广场上看到他头顶发亮的画面。那一声名字的响起，必定引发了他前所未有的悲伤。

她刚想问，阿川突然站了起来，朝天台下探出身子。

金宁吓了一跳，连忙拉住他，却发现他并不是要跳下去，而是努力看楼下的街道。

夕阳只剩下一条微弱的金边了，而路灯还未亮起，因此四周光线昏暗，只能看到街上几辆救援车慢吞吞地在行驶，后面跟着一大群衣衫褴褛的半尸。这些半尸显然是又一批生还者，治愈程度很低，举止木讷，即使跟着救援车，也有不少会撞到路灯或墙壁上。而站在金宁的视角，只能看到密密麻麻的枝叶花草，像是无数盆栽挤在一起，向前蠕动。

这是福音城里常见的风景。每隔一阵，救援队就会带回数量不少的半尸，并不稀奇。但阿川却与平常截然不同，不仅不顾危险地往下看，头上的草叶也在"簌簌"抖动。

几秒后，他突然转身往楼下跑。

"等等，你怎么了？"金宁拉住他。他的手也在颤抖。

"我看到她了！"

一瞬间，金宁脑中闪过了三个字，但还是下意识地问："谁？"

"小弦。"

她放开了手，阿川窜进楼梯口就没影了。金宁也连忙跟下去，在街拐角看到了正在半尸群里扒拉的阿川，她也过去一起找，但两人找到半夜，都没有在这群半尸中找到他所说的小弦。

"可能是你看错了，"金宁安慰道，"天色这么暗，人也多，又有植物挡着，很容易看错。"

阿川却摇摇头，说："不可能，我不会认错小弦的。"

金宁从未见过他这种表情——惊喜、坚毅，又有些彷徨。她也被阿川的情绪感染了，说："她既然已经进了城，肯定找得到。明天我也帮你找吧。"

第二天，阿川请了假，金宁也去跟主管请假。主管有些迷惑，问起缘由，金宁便告诉他昨晚发生的事情。

主管听完，沉默了好一会儿，才说："你知道阿川的身份吗？"

金宁迟疑着摇摇头，说："但他对设计这么在行，在感染前，应该是建筑行业的吧？"

"不，他不只是对设计在行，你跟他接触这么久，难道没发现吗——他对任何事情都在行？"

"嗯……"金宁联想起阿川的种种行为，点点头，"音乐、摄影，我有一次还看见他帮生还者做木工。"

"还有绘画，甚至编程。一个人不可能掌握这么多技能，我想，这些能力应该是他成为半尸之后获得的。"

"但……半尸还有学习能力吗？"

主管说："即使有，也学不了这么多。我想，这些能力大概跟他头上的草有关，我查过，虽然阿川叫它忘忧草，但根本不是我们常见的黄花菜，甚至不是百合科。我拿他头上的叶子去化验，你猜从叶片里发现了什么？"

"什么？"

"辐射。"说完，主管又摇摇头，"其实也不是辐射，更像是某种信号。我们的设备没法破译，但看起来，他似乎能通过这株草向其他半尸发送信息。"

金宁说道："但他没有恶意。"

主管点点头，说："所以我才没有上报，把这事瞒下来了。不过你说要帮他找人，我还是得提醒你一下，他的身份可能跟你想象的不一样。"

绕了一大圈，金宁才听到了重点，不由得竖起了耳朵。

"他是个杀人犯。"

即使金宁有思想准备，当她听到这句话时也愣住了，重复了一遍："杀人……他杀人？"

"我问过找他的救援队员了，找到他的时候，他脚下有脚链，死刑犯的脚链。只是生锈了，很容易打开。"

"他杀了谁？"

主管摇完头，说："这我就不知道了。他自己也想不起来，每次我问起，他头上的忘忧草就会发光——你也看到这个景象了吧。说明一想起这件事，他就会格外悲伤，忘忧草也会跟着吞食他的悲伤和他的记忆。而提起他的小弦，也会发生类似的一幕。"

最后，主管意味深长地看了金宁一眼，说："所以，他跟小弦之间，一定有什么悲伤的故事，而且涉及凶杀。要不要帮他找小弦，你……再考虑一下。"

金宁坦然地抬起头，与他直视一番后说："这不是我考不考虑的问题。找到了小弦，他可能会悲伤，找不到的话，他可能会死。"

"我不是说他，我是担心你……"但主管最终还是把话说完了，末了，补充道，"别耽误了工作。"

2

他们找了一天，但福音城太大，而且布满半尸，根本找不完。金宁建议先去救援队问，但得到的回复是：救援队也不知道。半尸太多，一进城就被各个施工队给拉走了。有些甚至是走到一半就失散了，在城里游弋。

"不是说还要做治愈评级吗？"金宁有些生气，说，"怎么都不登记一下？"

救援兵抽完一支烟，踩灭烟头，撇撇嘴说道："姑娘，你是站着说话，那也得可怜可怜我们这些腰疼的人吧。你知道这城里有多少医生？不到一千个。他们要负责几十万人的健康呢，上个星期我咳嗽得差点把肺吐出来，都排不上号。"顿了顿，他又抽出一支烟叼上，"虽说半尸我不知道具体的数量，但一千万肯定是过了，还在不断地往回拉，一趟就是成千上万，怎么一个个登记，一个个评级？还不是看哪个聪明，就拉出来问问。其余的嘛，都是一级，拉到街上去干活就行了。"

"你们太不负责任了！"

救援兵深吸了一口气，香烟一下子烧掉一半。"我不负责任？"他喷口气，烟雾从鼻子里冒出来，"那些被丧尸咬成碎片的人，连被治愈的机会都没有了的人，谁对他们负责？"说着，他揪住一个路过的半尸，把烟头按在他脸上。

腐肉被烧焦的气味瞬间弥漫开来。半尸却毫无反应，只是挠了挠头顶杂乱的菠菜叶，嘴里还咕哝着什么。

金宁气得发抖，把那个丧尸拉过来，拍掉他脸上的烟头，冲着救援兵怒斥道："你就不怕彼岸花 2.0 研发出来后，他们成了人类，来收拾你？半尸可都是有记忆的！"

"2.0？"救援兵更加不屑，"看来你真的是什么都不知道。"说完，也不再理会金宁，径自走了。

金宁一转身，发现阿川已经不见了。在听到新来的半尸没有登记的时候，他就离开了，一秒钟都没浪费，继续去寻找小弦了。

第三天，阿川和金宁依旧请假。办公室其他人拉着金宁问，金宁便把请假的原因说了。结果除了赵平，整个办公室都请假去帮阿川，他们在城里到处打听。

他们只从阿川那里得到了关于小弦的零星线索：一米六八，一头长发，瓜子脸，很漂亮，眼神清澈，声音脆而有穿透力……

听完后，大家面面相觑——且不说这些描述太过抽象，就算能一眼分辨出来，那也是她还是人类时的特征，现在成了半尸，多半也是皮肉腐朽，面目全非了。

金宁一拍脑门，说："你不是见过她在半尸群里吗——她头上的植物是什么？"

阿川仔细回忆后，说："当时有点暗，但我记得，应该是一株郁金香。"

这样范围就小多了。在接下来的时间里，郁金香就成了城里最常出现的词汇，人们四处问："哪个生还者头上有一株郁金香？"除了人，一些治愈程度高的半尸也在努力帮着阿川寻找，他们还在所有显眼的地方张贴寻人启事。

福音城虽大，但这样一传十、十传百地寻找，消息很快就传遍了全城。据说连市长走在街上，都被一个半尸拉住袖子，问："你见过一株郁金香吗？"吓得他身旁的保镖连忙拔出了枪，将这个倒霉的半尸射成了筛子。

在金宁的概念里，这样密不透风的搜寻网撒下去，找出小弦应该只是一两天的事情。但出乎她的意料，整整一个月过去了，小弦依然没有消息。郁金香也像是在城里绝迹了。说来也奇怪，半尸们这么多，每个头上都长着千奇百怪的植物，却没有一株是郁金香。

"会不会……"金宁犹豫着说道，"难道真的是看错了？"

发起如此声势浩大的搜寻，并且持续了一个月，都毫无结果，让阿川的语气也不像在天台上时那样坚定了。他沉默良久后，说："我可以看错很多人，但小弦，真的不会……我们再找找吧……"

最后几个字，已经带着哀求的语气了。

这是他从未有过的模样。金宁看着他，他比以前瘦了不少，脸颊上的肉也更显灰暗，连头发也愈发枯黄了，与草叶混在一起。原本郁郁葱葱的忘忧草，现在耷拉下来，有几片叶子的底部都露出了黄色。

半尸与植物是共生的，其中一个死亡，另一个也活不了。所以，从这些迹象都可以看出——阿川的生命在逐渐消逝。

金宁知道自己应该劝他休息，但看着他那深邃枯黑的眼睛，最后也只能点头，说："嗯，我们再找找。"

金宁和阿川在继续，其他人却逐渐放弃了。"你看错了。"他们对阿川说，"不要再执着了，冬天快来了，北方的冬天很冷的，我们要准备御寒。"便各自回到了岗位。

让金宁感到惊奇的是，跟她一起坚持寻找的，除了半尸们，居然还有赵平和自己的父母。

"别看我！"还没等她询问，赵平就先开口了，"我欠这个家伙一棍，找到的话，就当还清了。"

至于父母，她没有去问，他们也没有来解释。这两个老人，就站在冬天的寒风里，彼此搀扶，拿着印有郁金香图案的传单，询问着每一个路过的人。

结果还真让金宁父母找到了。

3

金宁也是后来才知道事情的经过。

父母帮着发了一天传单，还挨个查看了好几个街区的半尸，到下午，才又搀扶着，回到了城中心。他们毕竟还要活下去，得靠劳动来换取贡献点。

但路过一个院子时，父亲突然停下了脚步，看着不远处正在分拣垃圾的半尸。

那个头上长满荆条的半尸显然是新来的，只经过简单培训，两手在垃圾桶里乱翻，嘴里还喃喃念着："干……湿……"

母亲说："怎么了？别说这个生还者了，我们也没学会垃圾分类啊。"

父亲摇摇头："不是他——你看地上。"

地上除了被半尸翻出来的汤汤水水，还有不少杂物。父亲走过去，不顾脏污，从一片污秽里夹出一片花瓣。

郁金香的花瓣。

母亲愣了几秒，摇摇头，说："没这么巧吧？"

父亲蹲下来，问那个捡垃圾的半尸："这个垃圾桶，是谁家的？"

半尸在汤水里捞着，捏出一个小铁环，笑嘻嘻地递给父亲，然后指着自己头上的荆条，含糊地说："结婚……挂……"

父亲帮他把铁环串在荆条上，发现上面已经有不少戒指、钢圈之类，但都锈蚀了。他又问了一遍，半尸才指着街对面的院子，说："那……那里……"

那是一座占据了半个街道的大院，院墙高耸，大片爬山虎在墙壁上蔓延。整条街都空旷无人，住宅稀少，能产生这些生活垃圾的，也只有这个看起来有些奢华的宅院了。

父母对视一眼，来到院门口，敲了敲门。敲了几遍后，门才被拉开一道缝隙，露出半截鼻子和一只眼睛。其实门缝已有巴掌宽了，但只看得到这部分脸，是因为里面的人实在太胖，胖到这只眼睛都快被肥肉淹没了。

父亲觉得有些眼熟，很快就认出来——这不是施工部的负责人罗伯特吗？

施工部肩负着福音城的修复工作，是肥差，罗伯特又精于奉迎。能拥有这个宅院倒并不稀奇。父亲还未说话，母亲就拿起那片郁金香的花瓣，问："罗先生，这片郁金香是你丢出来的吗？"

"不是。"门向里合拢了几分，光线幽暗，裹住了罗伯特的表情，只听见他接着说，"还有，我是叫罗伯特，但不姓罗。"

说完，他就关上了门。

金宁的父母本不是死缠烂打的人，闻言准备离开。但路过那个捡垃圾的半尸身边时，斜晖铺洒，垃圾堆中某个透明的物件正闪闪发光。母亲以为是玻璃，走过去一看，发现竟然是避孕套。

用过的避孕套。

里面有微微泛黄的黏稠液体，最诡异的是，液体中还浸泡着一片花瓣，而且是郁金香的花瓣。

母亲又恶心又困惑，抬头看着父亲。父亲眉头紧皱，皮肤缩成一连串的山峦。

这天以后，他们就没来帮金宁和阿川发传单了，而是蹲在罗伯特家附近。天气越来越冷，他们躲在角落里，瑟瑟发抖，但这种辛苦很快就换来了成果——他们发现，罗伯特倒出来的垃圾，隔几天就会出现一瓣郁金香。这至少能证明：罗伯特之前对他们说了谎。

于是，在某个寒风萧瑟的上午，罗伯特出门后，母亲悄悄爬进了这个院子。

"你小心些。"父亲扶着墙，担忧地望着自己的老伴。他更想自己进去，怎奈腿受了伤，翻不了这么高的墙。

母亲战战兢兢地抓紧墙头的砖和爬山虎，说："没事，你就在外面等我。"说完，就慢慢翻到墙内。

过了好一会儿，父亲才听到里面传来了落地的声音，以及一声闷哼。

他刚要问，里面就传来了母亲的声音："我进来了，很顺利。"他这才放心，左右看看，提防着有人过来。

墙里，母亲忍着小腿上的剧痛，一瘸一拐走过宽阔的院子。院子最里面是一栋二层楼房，虽然久未打理，墙壁上都沁出了青苔，但依旧看得出原先的奢华。院子里格外安静，只有寒风裹挟着枯叶，在青石地板上摩挲，沙沙作响。

母亲推不开屋门，便绕到窗边，扶着窗沿往里看。里面很乱，衣服、裤子丢了一地，倒符合一个独居男性的身份；床上还躺着一个人，看身形很纤细，应该是女性。母亲眯起眼瞄着。她视力不太好，瞄了许久，终于看到床上那人灰暗的肤色以及她头顶上长出来的花草。

那是一丛近乎枯萎的草叶，软软地垂在床沿。草叶间夹杂着两朵花，一朵是白色，一朵是红色，都是郁金香。

后来的事，金宁亲眼见证了。

收到母亲的消息时，她刚回到办公室。这些天她一直跟着阿川在城里四处搜寻，工作落下许多，主管也渐渐不耐烦了，叫她回来谈话。她敲开了主管办公室的门，走进去，主管才语重心长地说了第一句话，金宁就发现手机在震动，掏出来看了一眼。

主管顿时面露不悦，刚要发作。

金宁扭头就离开了办公室，主管在后面喊了一声，她也没听见；走到楼下时，正好迎面碰到了右手哥。右手哥见她脸色通红，呼吸急促，拉住她问："你怎么了？"

她这才反应过来，急匆匆地说："找到郁金香了。"

"啥？"

"郁金香，我妈找到了！"说完，金宁就匆匆下了楼。

在她身后，右手哥愣了两秒，随后转身冲进办公层，刚进门就大吼："找到郁金香了！"

从每个显示屏后面都探出一个脑袋，震惊地看着右手哥。右手哥不得不重复了一遍。随后，地板上轰隆隆作响，所有人蜂拥而出，跟在金宁身后。

他们一边下楼，还一边齐声大喊："郁金香找到了！"其他办公室的人听到后，也跟着跑了出来。

打扫卫生的半尸张大姐，本来坐在楼梯口发呆，也迈着僵硬的步子，混在人群里。

还有本来在保安室里嗑瓜子的保安，听到混乱的声响后，以为是暴乱，吓得连忙把瓜子护在怀里；待听清后，他们一把扔了瓜子，紧跟了过去。

办公楼的高层里，主管正坐在电脑前，愤怒地敲着对金宁的处罚通知，刚开了个头，一扭脑袋，就看到窗外街头的人潮。

从办公楼涌出的，刚开始有七八十人，但他们整齐地喊着什么，街上的其他人也陆续加入。

但最多的，是半尸。人群呼喊的口号仿佛是某种召唤，不管半尸是在散漫地游弋，还是不知疲倦地为人类劳作，一听到那句口号，就放下了手头的一切，汇聚到人群周围。人类也就一两百人，而一条街还没走完，汇聚的丧尸都近千了，成了真正的洪流。

隔着玻璃，主管听不清他们在喊什么，于是他打开了窗户。高处的风混着声音一齐涌进来，他不得不把头伸到窗外，才听到那六个字。于是主管也连忙跑出办公室，跟在浩浩荡荡的人群和尸群后面。

金宁给阿川打电话没打通，找了四条街才看到他。

他站在路旁，拦住了一辆公交车，上去之后不到五秒，就被轰了下来。能坐公交的只有人类，规划部这边跟阿川熟悉，别人依然对他抱有敌意。他却毫不气馁，准备再拦一辆公交，这时，他转过头，看到了迎面扑来的人潮。

"找到啦！"金宁气喘吁吁地对他说，"找到了那株郁金香了。"

阿川的身影有一瞬间的定格。这个冬天，他憔悴了许多。本来，"半尸"与"憔悴"，这两个词是很难联系在一起的，因为他们并未完全复苏，脸上的血肉依旧保持着腐变的灰青色，干巴巴地黏在骨头上。但从精气神上而言，他的"憔悴"有目共睹，眼珠像是蒙上了灰尘，头发乱糟糟的，忘忧草枯萎衰败，身上的西装也很久没洗了，下摆都出现了破洞。一阵寒风从他的领口钻进去，整个西装都鼓荡起来，令他看起来似乎胖了一圈。

但他用这幅潦倒的模样，长久地看着金宁，竟慢慢笑了。金宁被他看得脸红，后退了一步。

"谢谢你。"他说。

"我……"金宁低下了头，过了好一会儿才想起要紧事，连忙说，"是我妈找到的，但我现在联系不上她。"

好在父亲是可以联系上的。父亲让他们来到院外，隔着老远就一瘸一拐地跑过来，说："你妈进去都快两个小时了，一直没动静，我也爬不进去……该不是出什么事了吧？"

金宁连忙拉起他的手，让他不用担心，又问这是怎么回事。父亲便把这几天的发现说了。金宁听后，眉头紧皱，说："罗伯特……"

在她听到的传闻里，罗伯特对半尸一直有着奇怪的癖好。这一点，其他人也知道。沉默在人群里蔓延。半分钟后，右手哥突然大声喊道："都闪开，让我来！"

说完，右手哥就冲到院门口，用他的那双大脚猛踹大门。

"咔嚓——"，腿骨应声而折，右手哥摔倒惨呼。安娜连忙跑过去抱住他，又回头对其他人喝道："你们还愣着干吗，赶紧过来帮忙啊！"于是人群朝前涌动，在主管的协调下，一下一下地以肩撞门，越来越用力，铁门终于不堪重负，被整个撞倒了。

人们拥进去，偌大的院子却空空荡荡的。金宁眼尖，在房屋与院墙的拐角处看到了母亲。母亲靠着坐在那里，昏迷不醒，额头有淤青。

金宁连忙过去扶她，掐了一会儿人中，母亲才悠悠转醒。

"快，郁金香被罗先生抢走了，快去救她！"母亲一醒过来，便惊慌地喊道。

父亲凑过来，问："别急，说清楚。你真的看到郁金香了吗？"

母亲吞了口唾沫，说："是啊，我看到她被罗先生……"她用眼睛的余光瞟到了阿川，便将后半截话吞了回去，"是她，头上长了一束郁金香。我刚告诉你，罗先生就回来了，要把她带走，我去抢的时候，被他打到了脑袋……"

接着，有人看到后院的车痕，明显是刚碾出来的，一路向城外蜿蜒。

"走，"主管大声说，"把郁金香给阿川抢回来！"

人群中，回应他的只有规划部的几十个人；但丧尸群里，阿川一动，所有丧尸都随之涌动，裹挟着所有人向城外挪去。

他们是靠追踪车辙行进的，但路面硬实，到了繁华路段后，痕迹便被遮得七零八落。这种情况，要是人类，根本就追不下去了；有一个脑袋上长满斑斓蘑菇的女半尸走出来，趴在地上嗅了嗅，然后木讷地伸出手，指向南边。

阿川感激地看了她一眼，率众往南走去。

"真的信她吗？"金宁听到背后有人嘀咕，"看她那傻乎乎的样子，恐怕只是一级治愈者啊。"

"阿川信她，有什么办法？"

于是，在女半尸的指引下，大家都往城外赶。但阿川担心这么多人速度太慢，于是主管找了辆车，载上女半尸，阿川、金宁和其父母则在后排挤着，循着味道，一路开到郊区。人群被甩到后面，消失在了冷风中。

汽车穿过废墟，轮下渐渐柔软，最后来到了一片偌大的废弃厂区前。罗伯特的车果然停在厂区入口。

主管摸着下巴，若有所思地说："一级治愈者还有这种能力……看来我们对半尸的评价体系，还有很大的改进空间啊。"

阿川跑到车窗旁，里面空无一人；他摸了摸坐垫，发现余温犹存——不用说，罗伯特他们肯定是躲进了这片废弃厂区。

金宁抬头打量，看到厂区里布满断壁和破碎的砖瓦，建筑倾坏，最高的墙也就三四米。因没有休整，蔓藤和小树从墙根和水泥地面冒了出来，只是在这个季节，都成了枯枝，格外萧索。四周静悄悄的，只听见寒风簌簌，头顶阴云汇聚，午后的阳光微弱而黯淡，铺洒下来后，又被断墙割成了一截一截。

女半尸又嗅了嗅，她的蘑菇全部张开，却依旧眉头紧皱。"闻不到吗？"阿川问她。她的声带依旧是腐朽的，无法发声，只能点头。没有了她的指引，几个人只得分开，搜寻每一堵墙。

金宁搀扶着母亲，母亲小声跟她说了在罗伯特房间的见闻。联想到垃圾桶里的避孕套，以及此前和罗伯特接触时，他所流露出的对尸体的独特癖好……金宁先是一阵愤怒直冲脑门，耳颊通红，再扭头去看阿川，看到他在每一堵墙后探头探脑地寻找，还因步子太快而被绊倒，心里的怒火便慢慢熄灭了，转瞬就化作柔软的灰烬。

她让父亲扶住母亲，走到阿川身边。

"你……你别担心，"她说，"你会找到她的。"

"是的，我会的。"他又被绊了一跤，爬起来后拍拍手，"在她出现的那一刻，我就知道会找到她。生而为人，是有很多事情可以期许的，而这些事情都会成真。"顿了顿，他又说，"只是，见到她后，我就再也不会难过了，我头上的这丛忘忧草，恐怕也会枯萎吧。"这一刻，他因不会忧伤而忧伤起来了，忘忧草却有了精神，但又像是被风吹起来的。

金宁突然想起，植物和半尸是共生的，要是忘忧草枯萎，阿川也会彻底死掉。

她不知说什么好，讷讷地点点头，跟他一起寻找。

天气愈加阴郁，最后一丝阳光都被厚厚的云层遮住，天更冷了，风刮过墙壁的时候，带出一阵尖锐的啸声。也就在这时，他们终于找到了罗伯特以及被捆得特别结实的郁金香。

4

额头有点凉。

金宁摸了摸，指尖有微微湿痕，她一愣，抬头发现空中正落着细细的雪粒。这个冬天终于到了最冷的时候，云层又低又厚，冷风打着旋儿，一会儿在阿川这边游荡，一会儿又拂过十几米外的罗伯特和他的小弟们。其中一个小弟提着塑料桶，看起来凶神恶煞。

除了血，空气中还有一丝别的味道。金宁嗅了嗅，心头掠过一丝不祥。

"嚯，还真被你找到了。"罗伯特裹在一件褐色大衣里，缩着脖子，貂皮大帽几乎把他整个脑袋罩住了，"狗鼻子啊，跑这么远都能追过来。"

阿川却没有看他，一直盯着他斜后方的半尸。

想必那就是他口中的小弦了。金宁眯起眼睛，好奇地打量着她，却并未发现小弦有什么独特之处——她已经严重尸化，面色青褐，且消瘦。她似乎不怕冷，在雪天里只穿着单薄的白色长裙，裙摆脏污，还有不少破洞。她像所有一级治愈者一样，有些呆滞，即使被捆住，脑袋也在微微晃动，似乎完全不了解自己正身处险境。

这样也好，金宁想，小弦就不会知道自己遭受了怎样恶心的侵犯。

唯一能将小弦跟其他半尸区别开的，是她枯发间的那一丛郁金香。虽然花朵也萎靡地耷拉着，但白和红的色泽依旧鲜明，像是专门别在头发里的装饰。

冷风一起，郁金香和头发一起摆动，露出了小弦的眼睛。

"小弦，"阿川上前一步，声音罕见地颤抖着，"小弦，你……怎么样？"

小弦抬头，打量着阿川。

　　"你不记得了吗？"阿川慢慢走过去，"我是阿川啊，我们被丧尸追到河边，一起跳了下去。我被冲到河岸，遇到了丧尸，你一直向下漂……你还记得吗？"

　　他轻柔的语调在小弦脑袋里唤醒了什么似的。小弦由原来的木讷变得激动，扭动身子，想摆脱绳索捆缚，但挣不开。她张大嘴，发出奇怪的啸声，拼命向前挪。

　　然后，她摔倒了。

　　是罗伯特揪住了她的头发，将她拽倒；她想爬起来，又被罗伯特的小弟们按住，她挣扎着，其中一个小弟狠狠一巴掌扇过去。一朵郁金香被打断了，花瓣跌入薄雪。

　　"嘿！我说，"罗伯特摘下皮帽，拍着上面的雪屑，"你们你侬我侬的时候，就真的没注意到，还有一帮反派在这里？"

　　"你……你不要伤害她！"阿川还没说什么，金宁紧张地说道。

　　金宁的母亲也颤巍巍地走过来，劝道："罗先生，你打我不要紧，但真的不要再做错事了。"

　　罗伯特烦躁地扔掉帽子，说："我跟你说了，我叫罗伯特，但不姓罗！而且我做错什么了吗？这些是丧尸啊，是杀过人的，我的孩子就是被他们活生生撕成了碎片！"

　　"他们是被病毒驱使才做出这些事的……不能怪他们。等新的'彼岸花'试剂研发出来，他们就能被治愈，到时候还是我们的同类。"

　　"治愈？"罗伯特对母亲的劝说嗤之以鼻，一把拽起小弦，"看来你们真的是什么都不知道。"

　　这句话已经是金宁第二次听到了。她皱着眉，问："你在说什么？"

　　"彼岸花 2.0 早就研发出来了，只是不给他们用而已！"

"你胡说八道。"

罗伯特的目光从金宁、金宁父母、阿川和嗅觉灵敏的女丧尸身上一一扫过，最后，落在了一直没说话的主管身上。"你说，我是在胡说八道？"他讥笑道。

主管依旧没说话。

但这时的沉默，所代表的含义截然不同。金宁难以置信地看着主管，尽管她已读出了答案，但还是下意识地问："他说的，是真的吗？为什么？"

"因为这些半尸很好用啊！"罗伯特说话了，"世界被丧尸拉进了深渊，好几年没生产，设施都坏了，要是所有人都恢复过来，资源根本不够用。半尸虽然笨点，但听话，肯干活，在这种时候把他们治愈，我们的好日子可就没了。与其让所有人都饿肚子，还不如让一部分人先吃饱，市长又不是傻子，肯定要把药藏起来。"

金宁和父母被他的话惊得呆住了，转头去看阿川。阿川却似乎什么也没听见，一直盯着罗伯特手里的小弦。

"你先放开她。"阿川说。

罗伯特说："不然呢？就你们四个人，两个半尸，能对我怎么样？"

他说的没错。阿川这边只有主管还算有点战斗力——但以他的立场，能跟过来就已经是仁至义尽了，指望他去跟罗伯特动手是不可能的。其余的，金宁和父母，以及那个嗅觉灵敏的半尸，加起来都打不过罗伯特这个大胖子。更何况，罗伯特身后还有七八个壮硕凶狠的小弟。

阿川没有贸然上前，说："我当然不能对你怎么样，但，"他顿了顿，"但你留着小弦，对你没有多大意义。我知道你恨丧尸，你带着老婆和女儿来中国，结果她们被卷进了尸潮。但很不巧，那时候人类正在抵抗丧尸的进攻，使用了导弹……她们连变成半尸的机会都没有……"

他每说一句，罗伯特身上的肥肉就会泛起一阵涟漪。他在颤抖，尽管咬紧了牙，紧紧握住了拳头，但颤抖依然在他身上窜动。他脸上原本是胜券在握的邪恶笑意，现在牙帮子都快被咬碎了，变得半疯半怒。他吼道："别说了！"

罗伯特吼道："你记得那些场景，谁他妈能忘得了！"

"是的，只要想到深爱的妻女被尸潮裹挟，又在气浪中被撕成了碎片，谁都无法放下。"阿川看着他，语气越发缓慢，透着怜悯，"但这并不是丧尸的错。从那场轰炸中活下来的丧尸，如果现在被治好，也会想起那些画面。对所有人而言，那都是一场噩梦。但那并不是丧尸的错。"

"不是你们的错是谁的？"罗伯特大喊道。

"我的女儿只有五岁，被一双腐烂的手抓走，我记得她被那堆烂肉淹没前的情形。她用眼睛看着我。她说爸爸你怎么不救我。你说，我怎么救她——周围全是丧尸啊，我一过去我也得死！"

阿川说："是的，你没有错。"

"既不是丧尸的错，又不是我的错，那我的孩子死了，到底他妈是谁的错！"

"谁的错都不是。"

罗伯特勃然大怒："那你是说，我女儿就该死？"

"她并不该死，"阿川的声音近乎叹息，"她死于瘟疫引发的连锁反应。"

罗伯特的愤怒凝固在瞳孔里。他愣愣地盯着阿川，一些雪花落在他的额头上，融化，湿痕慢慢流下。

"但她死了……"他喃喃道。

"在我们的认知里，世界是一个循环，有人闭上眼睛，就有人睁开眼睛。此岸的草枯萎，彼岸的花依然会盛开，这都是映照。失去的人去了远方，也不需要悲伤，你放不下，她在彼岸也不会开心。"

"所以她……她希望我放下吗？"罗伯特仰起头，更多的雪落下，一些湿痕从他眼角划出。不知是融雪，还是泪痕。

"是的。"阿川点点头，"我去过彼岸，很阴冷，雾气很重。你的孩子在彼岸是一株植物，但如果他在意的人活在痛苦中，周围就一直是阴冷的雾。太阳升不起来，花也不会盛开。这么多年，你该放下了，她也想在阳光下生长。"

"好吧，"罗伯特抹掉眼角的泪痕，在大衣上擦干手，"谢谢你……我终于明白了，这些年，不是我在折磨半尸，我是在折磨自己……"

"只要肯回头什么时候都不算晚。"

罗伯特点点头，说："我会为我做过的事情负责的。希望还来得及，我做的错事太多了……"

"你可以先从把小弦还给我开始。"

"好的。"

说完，罗伯特把小弦放开，解开她的绳子，低声说道："对不起……"手一转，指向阿川，"过去吧，他找了你很久。"

小弦骤然被放开，有些无措。她扭了扭自己的手臂——被绳子捆得太紧也太久，即使血管早已坏死，这时也酸麻不已。她先看看罗伯特，畏惧地往回退一步；又顺着他的手指，看阿川。她愣住了，头发在冷风中舞动，郁金香的茎叶也随之起伏，像是突然获得了新生。

她张张嘴，发出含混的声响，随即大步向阿川跑去。

金宁看到了她灰败脸颊上的喜悦，再转头看阿川，他那千年不变的脸上，也满是惊喜。他嘴角扬起，张开了怀抱，等着小弦扑来。他手臂张得如此开阔，像是要把小弦和整个冬天一起抱进去。这个冬天很冷，风呼呼地刮着，吹过两人之间。

那个提塑料桶的小弟拧开桶盖，上前一步。

这时，金宁又闻到了那阵怪异的味道。

嗅觉灵敏的女半尸也有所察觉，猛然抬起头，嘴里嘶嘶地说着什么。

金宁听不懂她的话，但阿川显然是听懂了。他脸色骤变，向前扑去。

同时变脸的，还有罗伯特。他那宽阔的脸上，羞惭和懊悔的神色瞬间消失，嘴唇抿起，抿出一抹鲜红的上扬着的线条。他这么得意又残忍地看着小弦的背影，手伸进兜，摸索着，掏出一个打火机；同时，他前面的小弟抄起塑料桶，将里面的液体泼在了小弦身上。

那是透明的液体，整个浇下来了，小弦浑身都湿透了。

金宁鼻尖上的气息猛然浓烈了起来，因而也就变得熟悉起来。一个名字突然跳进她脑海。

汽油。

"小心啊！"她急忙喊了一声。

阿川奔向小弦，穿过一片片落雪。但在他抱住小弦之前，罗伯特已经打着了火，并扔向了小弦。那一瞬间过得很慢，火苗在喷气口滋滋地冒出，像是毒蛇吐信；它旋转着，划过弧线，撞到了小弦的后背。

火焰触碰她之后，就成了蔓藤的种子，疯狂地汲取汽油中的养分，在小弦身上生长、蔓延、缠绕。从种子到成为包裹她全身的赤红藤丛，只用了一瞬间。这一瞬过后，小弦身上腾起了熊熊烈焰，热气奔涌，四周的雪花立刻就被融化了，随即化成水汽升起。

阿川却不顾火焰，依旧向前扑去，想抱住烈火中的爱人。但这时，小弦在高温中似乎恢复了神智，站立不动，与阿川对视着。这对视很短，隔着火焰，隔着寒冬落雪，隔着生死之河，一秒即逝。

她在火中，摇了摇头，随后后退了几步。

这个空隙也让金宁和主管反应过来，各自上前，一人拉住阿川的一只胳膊——火太大，他又是半尸，肢体早就因病毒而枯萎缩水，扑上去也会被点燃。

他被主管和金宁死死抱住，只能眼睁睁地看着小弦如同燃起的树桩，静静站立；后来火焰渐弱，她也被烧焦，断成两截，等火被寒风吹灭时，地上只有一些焦黑的痕迹。

5

"瞧，要是我真的洗心革面，可就看不到这种景象了。"罗伯特用手揉了揉自己的脸，放下手时，嘴角绽开了得意的笑容，"多美呀，少女与火焰，爱情和灰烬。"

金宁闻言怒骂："你这个变态！我要举报你！"

"喔？向谁举报？"罗伯特笑得更开心了，"又举报什么呢——烧死一个半尸吗？"

金宁被噎住了。

"你看，你自己都知道我根本不会受罚。我不过是烧了一个一级治愈者而已……你知道每天有多少半尸死吗？我是说，真正意义上的死。"

金宁不想回答这个问题，因为答案不言自明。其他方面她不清楚，单就城市重建方面，她很清楚每天有多少半尸死于意外。原本的建筑工程里，会把安全放在首位，但自从半尸承担修建工作后，安全条例就有意无意地被忽视了，一切以进度为重。城市在废墟中拔地而起，可这庞然大物下面，又填筑了多少半尸的干枯血肉呢？

"你还记得重修音乐厅的那批半尸吗？工程结束之后，是不是就见不着他们了？"罗伯特嘿嘿笑道，"因为他们都死了啊，哼，联合起来怠工，从那一天起，他们就注定要死！把他们赶到一起，在每个半尸头上浇汽油，点燃一个，就跟骨牌一样，所有半尸就都燃烧起来了。你说，他们是不是很蠢，从淋汽油到被烧成灰，都没动一下？"

金宁的左手手指一阵抽搐，她用右手握住，很快，右手也开始颤抖。

见她没回答，罗伯特似乎觉得有些无趣，把手缩回大衣的袖子里。寒风起了，裹挟着雪花拍到他脸上，让他打了个寒战。他的脖子也缩起来了，又看了眼被主管和金宁抓紧的阿川，哼道："你也别来劲了，告诉你，要不是你们主管在，得给个面子，今天我也得把你烧成灰。"

说完，他招呼小弟，向停在不远处的轿车走去。

"站……站住……"阿川喝道。

金宁一愣——因为阿川的声音竟格外平静，听不到任何情绪，仿佛刚才目睹挚爱之人惨死，只是幻觉。阿川也没有再挣扎，她和主管对视一眼，都松开了手，让他站起来了。

他却不急着站直，而是拍了拍西装上的尘土和雪花。有些尘土和雪混在了一起，成了泥浆，他也耐心地抠掉，直到西装再次笔挺整洁，他才站好。

金宁发现，他头上本已枯萎的忘忧草，竟也随之挺立。这丛寄生植物像是春天的禾苗，汲取了大地的养分和微雨的滋润，变得饱满而茁壮。叶子充盈着绿色，连一直不绽的花苞，也丰满饱胀，一片片花瓣以肉眼可见的速度舒展开来。

忘忧草重获生机的时候，阿川也彻底平静下来了。

雪越来越大，花草却迎风挺立，摇曳生姿。草叶之下，他静静地看着罗伯特。

"呵，你想拦我？"罗伯特眯着眼睛，那双眼睛被肥肉挤着，瞳孔在肉缝中一团漆黑，"我还以为你是四级治愈者呢，你稍微有点智商，就不指望靠这几个人报复我！"

阿川摇摇头说："这跟智商无关，跟报复也无关，我只是，想与你分享。"

"分享什么？"

"我的悲伤。"

罗伯特认真地看着他，说道："但你看起来，并不悲伤。"

阿川向他走过去，那位嗅觉灵敏的女半尸也跟在他身后。

他们走得很慢，显得那么平静，罗伯特却下意识往后退了一步，脸上先是惧怕，继而有些愤怒，扭头对主管说道："我可是给过你面子的了！"又一挥手，招呼身后的小弟们，"上，给我把这两个家伙弄死！"

七个五大三粗的壮汉，对付两个有些笨手笨脚的半尸，结果是显而易见的。

然而，令罗伯特感到意外的是，他打完招呼过了好一会儿，都没看到他们冲上前来。

"你们聋了？"他恼怒地转过头，发现这些壮汉们缩成了一团，看向四周，脸上一片惊恐。

顺着他们的目光，罗伯特环视一圈，只见暮色下的废墟墙垣里，陆陆续续走出了无数有些模糊的人影。每个方向都有，很密集，像是夜晚提前了，黑暗从墙壁缝隙里透进来。走得近了，罗伯特才发现他们都是半尸，衣衫褴褛，面目枯萎，头顶着各色植物。

但他从未见过这么多的半尸。

即使是丧尸肆虐的高峰，尸潮聚集，也不过成百上千。而眼下，这些沉默缓慢走来的半尸，把整个废弃的厂区都占满了，彼此间没有留下任何空隙，至少来了上万半尸。

而如果他站在高处，就能看到汇聚至此的半尸，远大于这个数目。整个郊区，都遍布着密密麻麻的黑点，此刻都向他走来。几百米外的半尸，已经被挤得不能前进了；而在几十公里之外，依然有大量的黑点在移动。

金宁等人也被这一幕惊呆了，战战兢兢地缩在一起，父母拉住她的手；她反而抓得更紧了。但半尸们似乎达成了某种共识，外面挤得密不透风，近处的半尸却在离他们八九米外站住了，只留出一片不大的空地。

"怎么？"罗伯特脸上的肉抽搐着，看不出是恐惧还是怒意，"又犯病了？我早就说过，丧尸就是丧尸，治好了还是要咬人的！来啊，吃了我！"

阿川已经走到他跟前了，此时正俯视着他。

"不，"他摇着头，忘忧草随之簌簌抖动，"你不会死的，但你需要悲伤。"

"你他妈——什么意思啊？"罗伯特已经抖得像筛子，牙齿打战，声音出口时被切得零零碎碎。

阿川又往前走了一步，他刚要伸出手，头顶突然刮过一阵大风。空地四周的人和半尸，衣服全都烈烈鼓荡，金宁偏瘦，感觉连站都有些站不稳了。

一束光照下来，罩住了空地中心的阿川和罗伯特。

光束的另一端，是一架低低悬浮的直升机。

罗伯特用手挡住眼睛，眯起眼睛看了一眼，顿时如蒙大赦，跳起来就向直升机招手，喊道："这里——市长先生——我在这里！"

金宁心一跳，连忙去看直升机外的涂装——的确，是市长的专机。

汇聚到这里的半尸，都来自福音城。这么大的动静，市长不可能不知道，不仅他坐专机来到了这里，城里的军队也紧急集结，只是数量远不及半尸，正在外围列阵，试图突进。

阿川也抬起了头。

"这里，"市长的声音从喇叭里传出来了，"这里发生了什么事？"

烈烈风声中，阿川沉默着。即使他说话，低空中的市长也听不到，所以寂静持续了一分钟后，直升机开始下降，停在了空地上。市长弯腰下了飞机。

他出来时，飞机里的警卫和驾驶员同时拦住了他，但他挥手赶开了他们。他们只能握紧武器，警惕地看着四周的半尸。但半尸太多，他们脸色发白，手微微颤抖，想必又回忆起了当年被丧尸追逐啃噬的恐惧。

市长的表情却没什么变化，环视着四周。

不仅是金宁，就连主管这个级别，也没近距离见过市长。他们只在官方新闻或传说里了解到了一些这个男人的事迹，知道他是如何在人类全线溃败时，依然强力组织自救，抗击丧尸，无数次死里逃生；丧尸之疫解除后，他又展现出了武力之外的领导天赋，带领大家重建家园，克服了一个个难题——其中包括昔日同伴对他的政治迫害。

福音城现在秩序井然，一半靠法律，另一半靠的是大家对他的个人崇拜。

这个男人身居高位，受百万人膜拜，但环视时与其他人目光相遇，也都礼貌地点头，并逐一叫出了对方的名字。他显然是有备而来的。判断完厂中形势后，市长没有去找正在对峙的阿川和罗伯特，而是迈步来到金宁身前。

"金小姐好，我是这座城市的市长，我想你应该知道我。"他露出温和的笑容，"你告诉我，这里发生了什么事？我有权了解一些事情，你放心，我也有权决定一些事情。"

听完金宁的讲述后，市长微微皱起了眉。他已经五十多岁了，眉毛和鬓角都泛白了，加上雪花落在上面，更显得沧桑，但眼神却更加深邃。他看着主管，主管犹豫一下，点点头；他又看向罗伯特，罗伯特使劲摇头。

"我想，我已经了解了事情的经过。"市长走到阿川面前，语气谦和地说道，"犯了错的人，会受到惩罚，但我希望你能让这些治愈者散开，我会处理他的。"

"市长，我……"罗伯特一听便急了。

"啪！"

市长反手一耳光抽在罗伯特的脸上，一阵涟漪在肥肉上荡开，血色的巴掌痕凸显出来。

"你可以相信我。"市长并未回头看罗伯特，继续对阿川说。

"什么样的惩罚呢？"过了许久，阿川问。

"这个我们会研究的。"

"他会死吗？"阿川低下了头，但地面上的焦灰痕迹已经被雪覆盖，难以辨认，"像小弦一样吗？"

市长直视着他："你希望他死吗？"

"不希望。"

"嗯，我也不希望。"市长说，"老实说，我很痛恨他的行为，尽管事情的经过是这位美丽姑娘告诉我的，也让我感到恶心。但罗伯特目前负责城市的重建工作，任务很重……不过，我会找到一个合适的处理办法的。"

阿川抬头与市长对视了一会儿后，反问："是吗？"

市长一愣。

看到他们的表情，就算金宁再迟钝，也明白他们之间的矛盾之所在——市长显然不愿意重惩罗伯特，除了不想影响城市的重建工作，更重要的是，目前城里的人类对半尸依然很抵触，若为了半尸而处死人类，恐怕会导致民怨。

"看来，你比传闻中，还要聪明。"市长慢慢说道。

"我并不想聪明。"

市长继续说："那你也应该明白目前的局势。虽然你们数量多，但都手无寸铁，你听，现在我们头顶有很多架飞机在盘旋。要执行精准打击，是很容易的。"

阿川似乎听不出这番话里的威胁，又向罗伯特走了一步。

罗伯特躲到了市长身后。

周围所有的半尸，一起向前迈步，半尸群中的空地一下子逼仄了许多。

气氛变得剑拔弩张。保安们直接掏出枪，空中直升机的盘旋声更响了，气流卷动雪花，在每个人脸上掠过。虽然金宁看不到，但她可以想见，外围的人类军队肯定也接到了指令，正与半尸群对峙。

"我们都不希望事情发展到不可挽回的地步。"市长沉吟了一会儿，说，"我相信办法是可以谈出来的，所以，我提出一个筹码，你考虑下。"说完，市长凑到阿川耳边，轻声说了句什么。

金宁离他们很近，竖起耳朵，隐约听到了市长的话："……注射后，你可以重新恢复成人类，真正的人类……"

一个词跳进了金宁脑海——彼岸花2.0。市长显然对阿川抛出了橄榄枝，许诺可以给阿川注射解药，让他彻底摆脱半尸的束缚。这么说，救援队员和罗伯特的话是真的，真正的解药早就研发出来了，只是迟迟没有给半尸们使用。

说完，市长满含期待看着阿川。

而阿川显然是让他失望了，面色没有任何改变，沉默了一会儿才开口："原来，他们说的是真的。"

"科技的力量，比我们想象中的要强大。"市长模棱两可地回应道。

阿川低下头，夜色中，他头上满是花枝和落雪，看不清表情。

"那你现在可以让他们散开了吗？我知道，他们都听你的。"

阿川抬起手臂。

市长嘴角扬起，刚要说话，却被阿川打断了。

"市长先生，有两点您弄错了——第一，他们并不是听我的话，我们是一个整体；第二，我们也不会散开的。"

在市长惊愕的目光中，阿川的手挥动了一下。随后，所有半尸都抬起了手，搭在前面半尸的肩上。他们整齐地向前走动，空地迅速缩紧，如浪潮吞没岛屿。警卫们在对讲机里呼救，刚要开枪，却发现所有半尸都绕开了他们，只是向阿川和罗伯特身边汇拢。

阿川的手搭在罗伯特的肩头。

罗伯特使劲往后退，但层层叠叠的半尸抵住了他，让他动弹不得。

"求求你……我真的知道错了，"他吓得面容扭曲，说话都带着哭腔，"我再也不犯糊涂了，你放过我吧！"

　　阿川悲悯地看着他，摇摇头说："我并不恨你，放心，我也不会杀了你。"顿了顿，"只是我希望你能明白，我的感受。"

　　说完，他两手都搭在了罗伯特身上。他身后，所有半尸的手也搭在了他的肩头，如果从盘旋的直升机上往下看，会看到无数只手竖成了一个个圆形，而且继续往外扩展。

　　市长皱皱眉，似乎好奇阿川接下来想做什么，但他还没说话，嘴却越张越大，惊讶得都合不拢了。

　　有光亮起来了。

　　起先，是阿川头上的忘忧草招摇着，慢慢发光，仿佛茎叶里贯穿的纤维全变成了钨丝，只要有电流通过，钨丝便会幽幽亮起。电流顺着半尸们的手传导，每个半尸头顶的植物都成了灯泡，枝叶晶莹剔透，彩光弥漫。洋甘菊是一蓬紫色的光晕，杜鹃花亮如霓虹，宽叶吊兰里的蓝光像是起伏的潮汐……每种植物都蓬勃地生长着，都有独特的光，连缀起来，弥漫在整个原野。

　　不止市长和警卫们，就连曾经见过这番景象的金宁，也惊诧不已——当时她看到的是一百来个半尸簇拥着阿川，植物泛光，而现在，亮起的植物多达百万株，仿佛整个星空坠落到了海面，而这片光之海又淹没了她。

　　她的眼睛几乎睁不开了。

　　好在这样的景象也就持续了一分钟，随后，从半尸群边缘向内，光晕次第熄灭。所有的光都向阿川汇聚，忘忧草更加挺拔、透亮，黄色的花朵迎风绽放，每摇摆一次，都有光粒飘落，如同花粉随风飘落。

　　几颗光粒飘到了金宁脸上，有些冰凉，在皮肤上化开，又带着点奇怪的温热。

现在，只有忘忧草还在发光，照亮了罗伯特的脸。

"啊……"罗伯特挣扎着，但阿川的手牢牢搭在他的肩上。

他的表情很复杂，疑惑、彷徨、狂喜、恐惧、愤怒……这些情绪逐一出现，仿佛他的脸是一本记录了所有情绪的相册，正在快速翻页。到最后，他的脸扭曲至极，所有情绪同时出现，睁开眼，瞳孔里满是血丝。

很快，他不再挣扎，只知道呜咽、哭泣。

罗伯特坐下来，号啕大哭，鼻涕和眼泪糊满了整张脸。他哭得很认真，没有求饶，也不像是在作秀，仿佛重回孩童时代，丢失了心爱的玩具，在暮色四沉的台阶前大声号哭。

随着忘忧草上的光渐渐微弱，他的哭泣声也低了许多，几分钟后，他不再哭泣，而是一副木讷呆滞的模样，低着头，身体时不时抽搐一下。

最后的光也灭了。

忘忧草再次枯萎，叶子蜷缩着，顺着阿川的脸颊耷拉下来；花瓣也不再饱满，蔫蔫的，风雪一吹就散了，飘进这个冬夜的深处。

雪下得更密了，不一会儿所有人头上都积了厚厚一层雪。金宁担忧起来，阿川只穿着薄薄的西装，会不会感冒？

"他怎么了？"市长指着萎靡成一团的罗伯特。

阿川一副很疲倦的样子，用低沉的声音回答道："他只是，共情了我们的悲伤。"

市长咂摸着这句话，脸上现出阴郁之色，好半天才说："那他算是彻底毁了。"

这时，一直没说话的主管发现情况有些不对，连忙说："那既然事情都解决了，就散了吧。很晚了，雪看起来也会越下越大，都回家吧。"

阿川点点头："是啊，要回家了。"

市长没能救出罗伯特，面子被驳，很不高兴。但他审时度势，知道不能现在发作，沉着脸说道："那先回城吧。"

阿川却没有动。所有的半尸也没有动。

"我们是回家，不是回城。"在市长惊疑的目光中，阿川摇摇头，说，"福音城，不是我们的家。"

"那你们的家在哪里？"即使见惯了大场面的市长，此时也有点反应不过来，问。

"还不知道，但会找到的。"

阿川说完，转过身，数百万半尸都随着他转身，背对福音城。他们向郊外的更深处走去。他们步伐缓慢，但步履坚定，像是密度极大的液体在倾泻。所有经过金宁等人的半尸，都自动分开。

市长急了，高声喊道："你们不能走啊！福音城需要你们……"

阿川站住了，但半尸潮依旧在他身边流动。

他回头看着市长："需要我们做什么呢，继续当这座城市基座下的血肉泥浆吗？"

"不，不，啊……"市长说，"我们是同胞！"

阿川像是露出海面的磐石，两旁尸潮涌动，他却安静地看着市长。

"是吗？"他反问。

"当……"市长罕见地慌张起来，顿了顿，"我会把彼岸花 2.0 的试剂分发下去，给你——不，给所有人。这下你满意了吧？所有人都可以完全治愈，可以恢复成人类！"

一听这个承诺，金宁一直悬着的心便落回胸膛了。只要市长愿意提供解药，丧尸之疫就能彻底解除，世界恢复如初，阿川也会重新生出血肉。他身上便不会再有植物寄生，能呼吸，能吃喝，能拥抱，能生长也能死亡，能哭也能爱。

旁边的父母和主管松了口气。

然而，阿川却没有任何反应，只淡淡地说："成为人类？像你这样，像他这样……"他指着蜷缩在地上的罗伯特，"的人类？"

市长表情僵住了。

"不必了。"阿川继续说，"我们曾是人类，但被病毒带到了生死之河的对岸，后来又停留在河中间，不生不死，不人不尸。我们不想成为彼岸的丧尸，但此岸的人类，看起来更糟糕。所以，我们想顺水流到下游。"

"下游……是什么地方？"

"我不知道。"

市长着急了，说："我不知道你是用什么办法让他们听你话的，但你不能用自己的意愿代表他们！他们是想被治愈的！"

"我说过了，他们不是听我的，我们是共同体。"阿川的眼神近乎悲悯，"我们能够共情，所有的行为都是在共识之下产生的。但你说对了，有想留下的，我也不会勉强。"

说完，他转过身，加入了尸潮的行列。

市长脸上一阵青一阵白。警卫们拼命挤到他身边，把他和金宁等人一起带上了直升机，螺旋桨搅着寒风和大雪，载着他们升到了半空。

现在半尸再也威胁不到他们了。一个右眼戴着眼罩的警卫凑到市长耳边，大声说道："先生，枪手已经定位到他了，正在瞄准，随时可以……"

金宁也听到了这句话，心悬得高高的。她想大声提醒阿川，但父母拉住了她，父亲低声说："别——他们不只一把枪，也能瞄准我们……"

金宁的话便噎在了嗓子里。

市长探出半个身子，俯视着底下的尸潮。

空中十几架直升机都投射了光柱，有光的地方，全是密密麻麻的植物；被雪一盖，积累起来，渐渐成了一片移动的雪原。

"先生！"警卫喊道，"再不动手，就没法定位了！"

市长抬起了手。所有人的目光都汇聚到这只颤巍巍的手上——只要它一挥下，瞄准阿川的枪手就会扣下扳机，子弹所携带的巨大动能可以将他撕成两半。但市长愣愣地看着，脸色由白变红，继而恢复到青灰色，手却一直没落下。

最后，他叹了一声，右手轻轻摆了摆。

警卫和枪手面面相觑，良久，枪手才松开了手。此时灯柱笼罩的地方已是一片雪白，连半尸头上的植物都分辨不出了，他就算想动手，也找不到阿川了。

"走吧。"

市长的专机在慢慢爬升，随后向城里飞去。其余的直升机也随着移动。金宁趴在舷窗前，睁大眼睛，但夜晚太黑，雪又大，她只能看到一柱柱倾斜的探照灯。

光柱之中，雪花凌乱地飘舞着。

尾　声

许多年后，金宁一家开着车，开始了漫长的荒野旅行。

她的儿子和女儿都很开心，孩子们不管叮嘱多少次，总要把头探到窗外。好在一路空旷，几乎看不到别的车，丈夫又开得慢，她也就不拦着了。

这趟旅行发生在这一年的秋天。大地金黄，房车在厚毯一样的落叶上行驶，车轮所到之处，枯叶被碾得吱喳响个不停，像是这趟愉快旅行自带的伴乐。

他们驶离城市，沿着西北方向，驶向原野的尽头。

对十一岁的儿子和七岁的女儿来说，一切都是新奇的。尤其是路过那些被蔓藤占据的废弃城镇时，他们的问题就会一股脑冒出来：为什么城里那么拥挤，外面却如此荒芜？这些废墟以前是干吗的？曾居住在此的人去了哪里？

儿子稍大些，已经上小学了，抢着回答说："因为人是群居动物啊，一起住，才能互相帮助，把家建起来、把城建起来……这些废墟啊，以前也是城市，但有一阵子，世界上的人因为瘟疫有些就变成了怪物，互相咬啊咬的，于是没有人住了，这些小城、小镇就废弃了……咦，对了，那这些人最后去哪里了呢？"

最后这个问题，不仅儿子回答不出来，金宁也说不清。

多年前，卡拉病毒把很多人变成了丧尸，浩劫毁灭了世界，但从一种叫彼岸花的植物里提取出来的试剂，将感染者从丧尸形态中解救了出来。但早期的试剂并不能让丧尸完全康复，只能将他们转化为没有攻击能力的半尸。所以，有那么几年，幸存者和半尸一起在城市里生活，共同重建家园。

这是所有人都知道的事实。

然而，某个雪夜过后，所有的半尸就都消失了。罕见的大雪让这个西南大地变成了雪原，待雪化之后，曾挤满了福音城的半尸，消失得干干净净。市民们一片哗然，大家只知道市长那一阵子很不高兴，还有就是城里多了一个疯子，其余的消息就打听不到了。

刚开始的时候人们并不担心，催促政府派出救援队，把新的半尸带进来，继续重建城市。开春后，救援队在城外荒芜的大地上开始寻找，可跑了千里之遥，竟然没找到一个半尸。

曾经，半尸无处不在。他们虽然不再有攻击性，但智商却非常低，只能在旷野或废墟里结伴游弋。救援队也只挑看得顺眼的带回来，荒野里依然布满半尸。但现在，仿佛有一个筛子，把曾经占据全球总人口97%之多的半尸，全部筛走了。

世界一下子变得空旷起来。

认清这个事实后，许多年轻的救援队员都哭了。

"以前它们在，觉得讨厌。"一个队员边哭边说，"现在它们不在了，好寂寞……世界真的只剩下我们了。"

"是他们。"有人纠正道。

倒也不是所有的半尸都消失了。后来人们还是陆陆续续找到了一些落单的半尸，但加起来，也不过三百多个。

市长随即公开了能完全治愈丧尸的彼岸花2.0试剂。据说解药是刚研发出来的，投放市场后，这些半尸全部恢复成了人类，融入了社会。但他们也不知道其他半尸去了哪里。

这个谜团，一直笼罩在所有幸存者的心头。

失去半尸的后果很快就显露出来了：城市的重建工作骤然放缓，食物、能源也都变得紧巴巴的，每个人都要干更多的活……总之，苦日子一下到来了。

但好在，日子苦是苦，总比前几年那种担惊受怕——随时会被丧尸咬死的时候强多了。吃不饱饭，就喝汤；房子漏雨，就依偎在一起；没了半尸当劳动力，就一砖一瓦地垒。过了十多年，城市已经建得差不多了。就在昨天，第一座游乐园在曾是富人居住区的别墅遗址上建起来了，许多孩子都去玩耍，而他们在战乱和重建中长大的父母，却一边远远看着，一边抹着眼泪。

金宁和丈夫就是在那时决定，带孩子们去外面，看看父母小时候生活过的世界——尽管这世界已经空旷，已经荒芜，已经重新被植物占领了。

他们沿着西北方向一路前行。

这趟旅行，运气一直伴随着他们——每到汽油快竭尽时，都能遇到有人类生活的小村镇或加油站。只需用少量粮食，就能从驻民手中换取汽油。

这些抛弃了城市生活、选择在荒野独居的人，大都脾气不好，但看到金宁的一对可爱的儿女之后，又都会露出和善的笑意。他们会赠予礼物，并告诉金宁，再往前是什么样的地方，提醒他们做好旅游规划。

一个月后，他们到达了旅途的尽头，也是这个秋天的最深处。偌大的荒野边缘，只有一个加油站。瘸腿的老人给汽车加满油后，告诉他们："回去吧，再往前就没有加油的地方了。"

"那前面是什么地方呢？"金宁踮起脚。

夕阳渐沉，荒原以外的大地浸泡在斜晖中，也在她的视野里铺展。

那片土地看起来并不属于地球所有。地面上怪石嶙峋，色泽火红，又有一汪汪深蓝色的水潭错落分布。有些尖锐狭长的岩石甚至直接从水面伸出，以獠牙一样的姿势刺向天空。红和蓝掺杂在一起，色彩之艳，胜过他们一路碾压过来的金秋黄叶。

更远处，弥漫着浓重的雾气，吞噬了斜阳和她的视线。

瘸腿老人抽着烟，眯起眼跟她一起远眺，好半天才吐出一抹烟雾和一句零碎的话："这里是世界边缘，再往前啊，就是它们的……咳咳……"

一阵咳嗽，他后面的话就没再说了，只是闭目抽烟。

于是，金宁一家就在这世界边缘停了几天。老爷爷很喜欢她的一对儿女，在昏黄的灯下，给他们讲旧世界的故事。有时候金宁在一旁安静地听着，会惊讶地发现，老爷爷的记忆竟要比她清晰很多，很多细节她都忘了，老爷爷却毫厘不差地复述了出来。

难道人老了之后，记忆会越发清晰？或者他选择来此独居，面对荒芜的世界尽头，唯一可以做的事情，就只有回忆？

偶尔金宁也会走到荒野边缘，伫立不动，对着远处的乱石发呆。往事如秋叶般，纷至沓来。她的丈夫有时候会来到她身边，坐上一会儿，给她披上外套后又沉默着离开。

到了最后一天的夜里，气温渐凉，浓雾如潮水般卷到她眼前。她紧了紧衣领，准备起身离开，这时，雾气一阵扰动。

她一惊，站住了。

几米外的一块岩石下，转出一个人影。夜雾缭绕，看不清那人的模样，只能看出他身形消瘦，却背着一个巨大的背篓。他走几步后，在地上捡起了什么，扔进了身后的背篓里。

起风了，他的身影再次被夜雾吞没。

金宁拔腿追了过去。

这场景本身就十分诡异，要在别的时候，她肯定会远远地跑开。

但现在她反而追上去了，原因只有一个——刚刚转出来的身影，像极了某个久远的故人。

这阵子夜雾很奇怪，浓密，但却并不潮湿，金宁在其中穿行了半个多小时，衣服也是干干爽爽的，只是有点儿凉；浓雾笼罩时并不暗，隐隐有光，一闪一闪的，像是萤虫群在前方飞舞。

金宁就是循着这些光往里走的。

但她走了很久，却再也没见到那个身影。路面崎岖，她摔了好几跤，在把手擦破皮之后，她决定回去。

或许，刚才只是一个幻觉。那个人，带着所有半尸，消失了十多年，怎么会突然出现在这天地的尽头？

回去的路却不像刚才那么好走，没有光的指引，她在雾气中跌跌撞撞。她掏出手机，甚至举在头顶走来走去，都收不到一点信号。她想起那位老爷爷说过，在世界毁灭前，这里就是无人区，现在自然不可能有信号了。

她沮丧地停下。刚才一番奔走，已经让她微微沁汗，她靠着一块在雾气中模糊如巨兽的岩石，喘着气。待气息匀称后，她用手撑着石壁，打算继续找路。

这时的金宁已经有些慌张。因此，当背后的"岩石"开始颤动时，她先是愣了愣，后来才慢慢反应过来。

但已经来不及了。

"岩石"往后挪动，她失去了依撑，又摔倒了。但失重只持续了一秒，她就陷在了一片柔软里。是大地。大地不再是坚硬的岩土，而是由蔓藤编织的花床，将她托住，继而包裹。

金宁只觉得眼前一黑，而黑暗中又有什么东西在窸窸窣窣地快速移动。她尖叫一声，但叫声没有帮助她。她被蔓藤裹住，两脚离地，在空中忽上忽下地飘动着。

但蔓藤的动作似乎很……温柔，她并没有感觉到天旋地转，所以在短暂的惊吓过后，她抽出手来，把脸上的蔓藤扒开。于是，她张大了嘴，因为身边的景象是她万万没有想到的。

一片森林。

在这世界尽头的蛮荒之地，在僵硬又危险的岩石林地后面，居然有一片森林。

如果只是森林，她不会奇怪；如果这片森林会发光，她也见过类似的景象，不至于惊讶。让她难以置信的是：这片一眼看不到边际的发光森林，竟然是一个整体。

她看到蜿蜒曲行的蔓藤，长达数百米，扎进一棵棵巨树的树干，像串灯泡一样把它们连起来。树的枝叶在发光，藤条里也有光亮在流转，仿佛是营养在彼此间输送。挨得近的树，枝叶不是勾搭或缠绕，而是连着的，同一枝条长进了两棵树里。金宁移动得太快，看得不仔细，但她看到所有的花草树木、藤条灌丛，连为了一体。

看起来，地底似乎长了一棵远超想象的盘古巨树。树的根须扎入炽热的岩浆，汲取能量，而躯干则撑破大陆板块，还在不知疲倦地生长。这片方圆数百公里的广袤森林，只是它露出地表的一小部分。

而金宁就在树叶间穿梭。快到藤蔓尽头时，就有别的蔓藤伸过来，缠住金宁，接力赛一样让她继续飘向森林深处。

让她更惊讶的是——这片森林不仅仅融为了一体，还是活的！

不仅蔓藤能伸缩，树叶也在优雅地摇摆着。有些树枝会彼此移动，叶子簌簌抖动，仿佛是在说悄悄话；她还看到两根直直的树枝靠拢后，一下就变柔软了，交缠在一起，叶子贴合，在光晕中如同拥抱的恋人。地上的花草也有了生命，有一蓬蓝花草甚至蹦蹦跳跳地爬上了一棵树，在枝头蜷缩起来，迎着月光入睡。

甚至几人合抱都够呛的树干，也能耸动身子，在地面移动。金宁想起之前所倚靠的"岩石"，应该也是一棵大树，只是自己当时在浓雾中没有看清楚。

她惊诧于四周的奇景，没留意到，身上蔓藤的传递速度已经慢了下来。她在下降，很快就落到了地面，脚尖触地，踩到水里她才反应过来。蔓藤从她身上剥开，卷曲着回到四周的树枝上。

有一根蔓藤离开前，还冲她摆了摆藤尖，像是在告别。

她连忙站稳。

这是整座森林的最中心，难得地出现了一片空地。空地中只有一棵大树，但却是她一路所见过的树中最粗也最矮的一棵，树盖如伞般撑开，只比她高出半米。这棵树显得很孤单，周围是一片浅浅的水洼，只有稀疏的几根枝条伸出来，连向远处的树叶。

整棵树都是透明的，像是一块发光水晶做成的伞，伫立在浅水间。

脚步声自身后响起，很慢，每一步都带着水声。

金宁的心砰砰加速跳起来。

她转过身，看到了涉水而来的故人。

"你好啊，金宁，"对面的人把背篓卸下，站直了，微笑着看着她，"过了这么多年，你没有什么变化。"

可一别数十载，金宁从里到外都不同了。她还不到四十岁，但城市重建工作长久而艰辛，让她过早地有了衰老的姿态，不仅鱼尾纹在眼角扎根繁衍，背也有些佝偻。她的身份，也从少女变成了两个孩子的母亲、一个男人的妻子。年轻时常挂眼角的忧愁已经消失了，更多的是平和，以及想到家人时不经意流露出的微笑。

真正没有变化的，其实是他。

他还是那么瘦，脸上的皮肤皱缩，但眼神温和，嘴角的笑意中掺杂着喜乐与悲悯。只是记忆中他那身永远整洁的西装此刻却不见了，身上的衣服看不出材质，很是脏旧，下摆还被树枝勾破了，垂成一缕一缕的。

这一刻，金宁鼻子有些发酸。

但她还是扬起头，努力挤出一丝笑容，说："好久不见，阿川。"

不知从哪个方向吹来了夜风，雾气散尽，竟有些冷。

金宁本能地缩了缩肩膀。

阿川本来正低头把背篓的东西挑出来，顿了顿，突然抬起手。几缕光线从树枝上射出来，落到他的指尖。手指微跳，光线断开，远处传来巨树挪动的声音。很快，金宁就感觉不到凉意了，似乎风已被树墙挡住。

"它们……我是说这些树，"金宁问道，"都听你的话吗？"

阿川摇摇头，笑笑说："没有呀，都是我们共同的想法。"

他蹲下来，继续挑拣背篓里的物品。金宁看见，那都是奇形怪状的石头，大小都有，有一个长得很像小鸭子，只是比较毛躁。这些初具造型的石头被挑出来后，放进了水洼里。水明明很浅，连金宁的鞋底都漫不过，石头放进去后，却迅速下沉，被泥地吞没了。

阿川一边放石头进去，一边说："抱歉啊，孩子们闹了好几天，得先把玩具给他们。"

玩具？孩子？金宁心里嘀咕起来。

他把所有石头都放进去，又捧起一抔水，顺着脖子饮下。

"过来的时候，没吓到你吧？"阿川甩甩手，水珠划着弧线落入水面，"他们几个听说你来了，太热情，非得过去接你。"

"他们——是谁呀？"

阿川说了几个名字，但金宁都没什么印象。阿川不得不再次提醒："都是以前在规划部打杂的半尸们。最后跟你打招呼的，是张大姐，是给我们那一层楼做保洁的。"

金宁在记忆里搜寻着，这些人的模样依稀出现在她的脑海里，但又像今晚的雾气一样迅速散去。她带着歉意摇摇头。

"没关系，人类的记忆都是这样的。"阿川笑着说道，"先说说你，这些年过得好吗？"

"挺好的，我结婚了。"她抬起手，戒指在月光下闪烁着微光。

"嗯，我看到他给你披衣服了，是个很温柔的男人。恭喜你。"阿川犹豫一下，"但看起来，他似乎……"

"是的，他之前是半尸。"金宁说。

阿川点点头："至少在这一点上，人类没有骗我们，彼岸花 2.0 是可以完全治愈卡拉病毒的。"

"但被治愈的，只有极少数。绝大多数半尸都不见了。"

"嗯，他们都到了这里。"

"这里？"金宁诧异地问道。

阿川指向水洼，而水面迅速蒙上了一层彩光，光影游离，组成了晃动却又清晰的影像。

现在，他们站在一面巨型屏幕上。

金宁低头，看到了半尸群跨越雪原的画面，那是数以千万计，甚至更多的半尸，即使身处高远的俯视角，也看不到这些密密麻麻的黑潮的边缘。他们行过雪原，留下纷乱的脚印，但很快又被大雪覆盖了。随后镜头加快，这些半尸穿过旷野，穿过嶙峋的岩石区，走向亘古以来就无人涉足的荒漠。等他们到达时，冬天已经结束了。他们在此扎根，像春天播下的种子，整齐地站在沙地里，越陷越深；到了秋天，他们的尸骨完全腐朽，却有茁壮的幼苗钻破沙地，快速生长。很快，冬雪覆盖，树苗却凛然不惧，迎风顶雪生长着，最终成为一望无际的森林。

金宁留意到：在森林生长的过程中，不断有半尸加入，伫立不动，腐朽后就成为树林的一部分。

"到现在，这种加入都没有停止。"阿川看出了她眼中的困惑，"有些半尸是从地球另一端跋涉过来的，行动又不太方便——你看，今晚也有。"

金宁顺着他的手看过去。

空地外枝叶耸动，一个衰老得几乎只剩骨架的半尸走了出来，走向这片水洼。他身上的衣服已经不能用褴褛来形容了，近乎完全腐烂。水明明清澈，阿川还喝过，但这个半尸一踏进去，腿骨就溶解在了水里。他摔倒了，但却没有激起水花，因为它一接触水面，就整个溶解了，像一根蜡烛被按在烧红的铁板上。

"我们，又多了一个同伴。"阿川说。

金宁已经完全摸不着头脑了，下意识地问："那你们总共有多少人？"

"我们不是人。"阿川带着微笑看着她，"我们原本有 5884324565 个同伴，就在刚才，数字就又变成了 5884324566。"

　　金宁默算了一下，这个数字是旧世界全球总人口的百分之七十多——抛开幸存者，在战争中死去和来不及转化为丧尸的人，以及在各大城市的重建工作中彻底死去的半尸，幸存的半尸加起来差不多就是这个数目。

　　也就是说，那些突然消失的半尸，全都穿洲过洋跋涉至此，汇聚成林了。

　　也就是说她脚下，埋葬着近六十亿人类的尸骨。

　　"所以，这里是所有半尸的……"她犹豫着说，"坟墓？"

　　"是家园。"

　　"啊？"

　　阿川摆摆手，水面光影再次变换，出现了地面以下的景象——一根根发着光的树枝互相纠缠着，轻轻蠕动；岩石间凿有孔洞，里面有光粒和分辨不清的杂物在依次传输……画面比例缩小后，整个地下世界呈现在她的面前。这是一个无比庞大、复杂，但又有序的城市，每个部分都互相连接，而每个细节，又在做着截然不同的事情。

　　"你看，这里是我们的家园，所有同伴都生活在里面。人类的肉身只是躯壳，肉体腐败对我们而言，不是死亡，是进入另一个阶段的标志。你没看到吗？你脚下，是我们的城市。"

　　"我看到了……"金宁从震惊的神情中回过神，喃喃道，"这已经不仅仅是城市了。"

　　阿川含笑看着她。

　　"更像是新的……文明。"

　　"嗯，这个词更符合我们的现状。"阿川介绍道，"我们有自己的语言和艺术，有约定的规则，有族群观念，也有不同的信仰。最近，有不少同伴新成立了一个教派，叫黑胶音乐教，你肯定感兴趣。"

"你们还会听音乐吗？"

"哈，我们已经听不到声音了，不过依然能欣赏音乐——通过电信号、纤维颤动和磁场感应。"

"那这些……"金宁指了指脚下变换的离奇光影，"这是你们的魔法吗？"

"这是科技，结合了细胞游离技术和薄面成像原理，从某种程度上说，跟全息影像比较接近。"

"是你们带过来的科技？"

阿川摇摇头，说："是我们研发出来的科技。"见金宁更加困惑，他解释道，"加入我们的同伴，都有生前的记忆，而且记忆可以上传，随时分享和调用，永不会磨损。但就算拥有全人类的前沿科学知识，也不适合我们的生态。人类文明建立的基础是金属、电、欺骗和懒惰，而我们的基础是有机液、磁和共享精神，科技的应用不能共通，所以我们只能重新研发。"

接着，他介绍了特殊材料的根须如何扎进岩浆，如何汲取能源供整个文明使用，新文明里的人们如何分工，最近又有哪些新的技术被发明……

金宁并不太懂阿川所介绍的这些，有些新技术她闻所未闻，但她一听，就知道已经远超人类世界最辉煌的时期。他们甚至在研究生物质飞船，而且已经可以突破大气层了。

她的头皮一阵发紧，从未有过的震撼贯穿了她的全身。

脚下，是一个全新的世界。她参与了福音城的重建，深知文明崛起之艰难——所有幸存者一起努力，辛苦十多年，也只将城市建设到可勉强维持生存的程度。而这些半尸，从一无所有，到建立了完整、生机勃勃、辉煌的先进文明，却花了同样多时间。

她想起了阿川当年带着半尸离开时说过的话，"所以，我们想顺水流到下游"。是啊，半尸不生不死，停在河流中间已经很久了，既去不了彼岸成为尸体，而此岸的人类又不愿意接纳他们。于是，他们顺流而下，漂向了进化的支流。

但现在看他们发展的规模与速度，更像是从支流进入干流，找到了生命真正的进化路径。

而人类，还在狭小的河滩边，艰难地拨草行进。

"这么多半尸，是怎么聚集起来的呢？"金宁问。

阿川指了指头顶耷拉着的忘忧草，说："它能吸取我的悲伤，也是半尸之间的联络器。"

金宁点点头。当初看到阿川在城里生活时的种种异象，她就怀疑过，半尸应该也有一种区别于人类的联络方式，就像当年丧尸横行时，也能以手势交流。而阿川身上唯一的特殊之处，就是头顶那一丛能吸收忧伤的忘忧草。想来，也是忘忧草在帮他跟半尸们联络。

"我不知道这其中的原因，更不清楚为什么这株草会长在我的头上，但它越茁壮，联络的范围就越广。那一夜，小弦死的时候，它让所有半尸都建立了感应，即使是在地球的另一端。也就是在那时，我们决定，不再试图回归人类群体。所以我们开始寻找新的生命形式。"

"那你呢？"金宁突然想到了一个问题，"既然需要抛弃躯体才能加入这个文明，你怎么还……"

"我在等你。"阿川说。

　　阿川说着这样轻佻的话，但表情郑重，眼神温润如月。他继续说："当时我走得很急，还没有向你道别。你说过，道别比相遇更重要，如果没有道别，那相遇就没有意义。"

　　"嗯……"金宁又低下了头，鼻子也再次酸起来，"那我们还会再见吗？"

　　"或许吧，两个文明都在发展，总会有相遇的时候。"

　　说完，阿川的脚在水里消融。他在下沉。金宁本来需要仰视，但慢慢地，他就跟自己一样高了，还在不断滑落。他以蜡烛的姿态融入水中。这个过程相当快，但在金宁眼里却无比缓慢。她看着阿川的脸，感觉十年都没变，只是现在看上去有些疲倦。但他在微笑，而他的微笑就是告别。

　　阿川消融了，整个空地水洼上，只有金宁——以及，近六十亿生命组成的新文明。

　　水面上亮起了一道光，很柔软，像是丝带，又像游鱼一样游向不远处的透明大树。它沿着树干中心往上，在两米高的部分停下来，光带散开成五彩的粒子，组成了两个人影。

　　一个是阿川。他的五官恢复了丰盈，是感染病毒前的模样。这是金宁第一次看到他的真实长相，跟无数次想象中的都不一样，但看起来，却胜过她的任何想象。另一个人影则有点面熟——是小弦。金宁看过她的照片。她曾被感染成了丧尸，又被焚烧成灰烬，但现在她在这晶莹剔透的树干里，恢复了青春和美丽，微微闭眼，靠在深爱之人的怀里。

　　阿川和小弦以固定的姿势拥抱着，像是被琥珀冻结。隔在生死两岸的恋人，终于在新的文明里相聚。

　　金宁使劲睁大眼睛，而且睁了许久，好歹没让眼泪流下来。只是微风吹过时，她觉得眼角发凉。

清晨时分，金宁回到了营地。

孩子们和丈夫等了她一晚，见她出现，都担忧地迎上来。两个孩子更是一左一右抱住了她的腿。

"我没事，"金宁摸着孩子们的头，从兜里掏出两块鸭子形状的石头，递给他们，"看，妈妈给你们带了玩具。"

孩子们的担忧立刻跑到了九天外，捧着石头，惊呼道："哇，这个石头鸭子好真呀！"

金宁含笑看着他们。

这两块石头，是她被蔓藤护送离开前，透明树干的中部吐出来送给她的。当时她觉得眼熟，后来才想起这不就是阿川放进湖里的石块吗？只是放进去时，石块还有很多毛躁的地方，现在就完全成了圆润光滑、惟妙惟肖的鸭子形状，连颜色都染黄了不少，仿佛森林之下有个玩具加工厂。

打发了孩子，丈夫上前，说："我们很担心你。"

"我……"

丈夫轻轻抱住她："但看到你安全，我也就放下心了。"

他们收拾好行李，放上车后，跟瘸腿的老爷爷道别。老爷爷有点不舍，跟孩子们说了很久的悄悄话，又抬头看着金宁，问："你告诉我，你见到他们了吗……"

"见到了。"金宁说。

老爷爷点点头。

金宁一夜没睡，现在很困，便让丈夫开车。她靠着窗子，往后看，太阳升起来了，这片边缘之地却更显幽暗。她看到老人伫立在路边，但被阳光剪成了模糊的影子，不知道是在目送自己，还是转身守望着他背后的土地。再往后，斑驳的色泽被黑暗搅浑了，模糊不清。但她知道，穿过幽暗，穿过荒野，会有一片神奇的树林和一双正与自己对视的眼睛。

搭　讪

文／阿　缺

对小双来说，这种被人搭讪的情况，还是第一次。

197号悬轨线很偏僻。从交通路线图上可以看到，城市密集错杂的悬轨线路里，只有它像是一根长错了的枝丫，偏离主城，孤独地伸向西郊区。因此到了终点站，车厢就没多少人了，车门打开，一股冷风灌进来。她抓紧手机，走下悬浮台阶，这才发现已经到了秋天。郊外冷风乍起。也就是在这个时候，那个男生快步走到她身边，打算说话。

小双对这种搭讪很反感。

就是嘛，认都不认识，在大街上看了一眼，就过来要联系方式。通常会以"气质好""觉得投缘"这种名义，但说到底，不就是看长相吗？

也正是这个原因，小双跟闺蜜一起走在路上时，从来都是闺蜜被搭讪，而她只能尴尬地站在一旁——没有这种经历的人，很难想象这种尴尬有多么难受。

所以她有些戒备地后退一步。

男生连忙停下，说："我知道这样有些突兀……但我一路上都在想，有什么别的方式可以认识你，就是，正常一点的方式……比如跟你一起排队，自然而然地说上话，比如吃饭坐在邻座……但下了这站，我们就要分开了，下次遇见你，不定是什么时候。很有可能不会再遇见了，这座城市太大。所以我现在就过来跟你说话，我叫小聪，你……你好。"

这个叫小聪的男生说话时，语气嗫嚅，满脸通红，显然并不擅长这种搭讪。他长得很一般，脸有点圆，个子也不高，丢在人堆里就会消失不见——这一点跟自己很像。所以小双的戒备心一下子消失了。

"嗯，你好，"她说，"我叫小双。你有什么事吗？"

"我想认识你一下。"

"你现在已经认识了。"她看着他。

男生看了一眼四周。在悬轨站外，有一条长而幽静的道路，路的尽头有电影院以及简单但温馨的饭馆。

但他想了想，还是习惯性地亮出手机，说："我能加一下你好友吗？回头可以在网上多聊聊。"

透明的手机面板上，投射出一个安静旋转的三维码。

加了好友之后，男生就离开了。小双缩着肩膀，走上了那条幽长的道路。她其实很希望有人陪她走这条路，但路灯拉扯出的影子，从来只有她脚下那孤零零的一条。这个晚上是她无数个繁忙夜晚中的一个。她回家后还要继续加班，ANNI 给她安排了一个电话会议，加完班要为接下来的自考做准备——到时候 ANNI 会准时跳出来，帮助她复习。通常放下手机，关上 ANNI 的时候，这一天也就结束了。

但她现在揣着手机，走在路上，嘴角和轻盈的发梢都微微扬起。

这肯定是一个不一样的夜晚，只要手机里响起消息。

隔壁租房的情侣又开始吵架了，小聪把房门关紧，盯着手机，思考怎么发出第一个消息。

"你好"？太生疏了。

"刚刚都在想你"？太浮夸了。

一个笑脸的表情？太僵硬了，而且让对方不好回复。

他懊恼地拍着头，念叨着："怎么办呢？"

怎么办呢？有事情，找 ANNI。

手机屏幕上光影凝聚，投射出一个穿着短裙的少女影像。这就是 ANNI，每一款手机都会安装的智能助手，虽然只有巴掌大，但能解决所有问题——尤其是在这个手机支配一切的时代。

他的手机摔过一次，镜头不太好，空气中的 ANNI 有些掉帧，一闪一闪的。但看到她，小聪一下子就放下心来了。

ANNI 听完小聪的话，在空中轻盈地转了一圈，说道："那交给我吧，我可以帮你跟她聊天，让你得到她的好感。"

"谢谢你。"小聪由衷地说。

"只是……"

尽管知道这只是系统程序故意做出的欲言又止的模样，小聪的心还是又悬了起来，身子前倾，问："只是什么？"

"我需要安装一款插件，"ANNI 身影涣散，空气中的光点由蓝色变得粉红，"这款叫作'丘比特'的插件，是专门为跟异性聊天而研发的。"

粉红色光点旋转成形，显出一个心形图案，随后一支虚拟的箭射过来，正中红心。柔媚的广告音响起。小聪想着小双，有些心不在焉，大概听到"丘比特"利用了什么大数据技术，精准分析人类思维，能在线上聊天中，辅助使用者得到聊天对方的好感……然后是一些成功案例，情侣们靠在一起，感谢丘比特的帮助。这些画面倒是让小聪有些心动，不禁想象了一下跟小双站在一起时的样子。这时，广告到了尾声，全息影像里，是这款插件的购买价格。

3000 虚拟币。

他脸上刚刚浮起的笑容又凝固了。3000 虚拟币，换算成现金——是他两个月的房租。隔壁情侣的吵架又升级了，开始砸东西，砰当砰当地响。他环视着逼仄的屋子。他早就想换地方住了，但手头一直不宽裕，好不容易省下点钱……

手机摄像头检测到他表情的变化，ANNI 及时跳出来，挥挥手，"丘比特"的广告烟消云散，说："当然，我们永远不会怂恿任何非理性消费，你再考虑考虑。我们换个话题吧，"顿了顿，她换了个语气，"今天你遇到的女孩子，特别美丽吧？"

小双的脸从记忆里浮现出来。

"额，"小聪说，"刚刚那个插件叫什么名字来着？"

手机震动一下，打断了她的复习。

"嗨，小双同学，睡了吗？"

这句话后面，跟着一个有点贱的动态表情。

她笑了笑，退出了自考复习界面。一身干练职业套装模样的 ANNI 从空气中显现，提示她今天的复习进度没有完成。她摆摆手，手机识别到了手势操作，ANNI 优雅地弯腰散开。

新消息是小聪发来的，那个来跟自己搭讪的男孩。想起他憨憨的样子，小双就觉得好笑。她拿起手机，回复道："还没。"

消息发过去了，又觉得是不是回复得太生硬了，于是加了一句："你呢？"

"我也还没有啊，想着过来跟你问个安。"顿了顿，手机上又跳出一行字，"觉得在今天结束前，还是要跟这一天见过的最漂亮的女孩问个好。"

她的第一反应有些脸红，然后觉得自己应该生气，因为这句话很轻佻，但不知怎么，就是气不起来。她不得不承认，没有女孩子不喜欢被夸漂亮。她原本以为自己是例外，但脸上的红晕和翘起的嘴角出卖了她。

她收敛笑容，准备回复，突然一下子不知道回复什么好了。跟异性聊天这种事，对她而言，非常陌生。她能执行领导的命令，与客户唇枪舌剑，每个条款都据理力争，但回复一条明显对自己有好感——显然，自己对那个男孩也有好感——的消息，让她为了难。她怕自己的无趣和不善言辞吓退这个男孩。

"怎么办呢？"她握着手机，喃喃自语。

怎么办呢？有事情，找 ANNI。

ANNI 跳了出来。听完她的诉说之后，ANNI 沉吟了一下，说："既然这样，我可以帮你跟他聊天，保持和加深他对你的好感。"

"好呀。"

"只是……"

小聪惊喜地发现，丘比特果然很神奇，取得聊天权限后，很快就跟小双聊上了。他拿着手机，看着跟小双聊天的对话框界面，新消息不断地跳出来，而丘比特也逐一回复。

比如小双在那边问道："你这么晚了还不休息呀？"

丘比特会停顿一下，然后回一条消息："不知道为什么，我每天晚上，都不愿意轻易结束这一天。"然后停下来，等着对方回复。

小聪明白，先前的停顿是故意的，留出恰当的"反应时间"，让对方察觉不到这是程序在聊天。事实上，丘比特偶尔还会停顿更久，有一次过了三分钟还没回复小双的消息，小聪干看着，自己都开始着急，怀疑丘比特插件是不是崩溃了。这时，丘比特才有条不紊地输入："不好意思哈，刚刚去刷牙了。"

消息发过去后，对面说："没事的。看来你很注意健康呀，这么关爱牙齿。"

"哈哈，是啊，关爱牙齿，更关爱你。"

小聪看到这条消息发过去后，一愣，赶紧去点击这条消息，打算撤回——哪怕他不会跟女孩子聊天，也知道这句话过于轻佻。这才认识几个小时，就说这种话，小双一定会反感。但在他点击撤回键之前，ANNI跳了出来，对他说："丘比特这么说，一定有自己的道理。等一下哈。"

果不其然，对面也顿了顿，然后说："你也看过那个广告？"

"是啊，小时候很喜欢用那款牙膏。"

"我也是。"

……

然后话题就围绕着童年，欢快地进行下去。

小聪这才想起，"关爱牙齿，更关爱你"是很早以前的一款牙膏广告语。

"这种问话，用了老广告的梗。通过刚才的聊天，丘比特采集了她的不少信息，对她进行了建模，分析得出，她知道这款广告语的概率非常大。所以这句话很可能会博得她的认同感，从而获得好感，也方便进行下一个话题的转换。"ANNI 解释说，"如果对方没听过，丘比特也会有备选方案。"

小聪点点头。这种半真半假的对话确实高明，如果对方接受好感，自然最好；如果生气，就说是玩笑话。简直进可攻退可守。他对丘比特彻底放下心来。

而另一方面，小双居然还真记得以前的广告语，说明是个念旧的人呢。他笑起来，对小双的好感增加了一分。

小双也佩服丘比特的强大。她给 ANNI 安装了这个插件后，果然跟小聪的聊天，就变得和谐默契起来了。

丘比特能采集网络上所有的数据，知识点全，博闻强识，对小聪的任何话题，都能游刃有余地接下来。有一次，小聪刷完牙后，对她说了一句"关爱牙齿，更关爱你"，她还没有反应过来，丘比特就回复道："你也看过那个广告？"并顺着这个话题聊到了童年。

在丘比特聊天时，她也没闲着，在网上查了下那句话，发现它出自很早以前的一个牙膏广告。她没有用过这款牙膏，甚至都没听说过，如果没有丘比特代她聊天，并顺畅地接过了聊天的梗，自己的回答肯定会让小聪失望。

说起来，丘比特真的跟广告里描述的一样，善解人意，很容易博得聊天对象的好感。如果不知道是智能程序在代聊，恐怕小双都会喜欢这个能说会道的"自己"。

这样一想，她对丘比特完全信任了。

她看了眼屏幕，丘比特正跟小聪聊到童年，偶尔逗趣，偶尔怀旧，氛围非常好。她满意地点点头，一股睡意袭来，她把手机放在床边，自己陷入梦乡。

小聪一觉醒来，第一件事就是翻看聊天记录，发现昨晚自己睡着之后，丘比特依然在和小双聊天。到了深夜三点，才互道晚安，结束了聊天。

这就说明，小双对自己的印象，一定很不错。他高兴地想。

他滑动手机屏幕，聊天记录如流水一般，虽然很多，但他还是一字不落地查看。通过跟丘比特的聊天，他发现小双真的是一个很可爱的女孩子，而且见多识广，丘比特聊的很多话题，他都感到陌生，但小双每次都能顺畅地将话题接过去。他越看越佩服，甚至都有些自卑——这么有见识又有趣的姑娘，真的是自己配得上的吗？

想了想，他又释然了——这不是有丘比特在帮自己吗？只要这么聊下去，很快，小双就会对自己产生好感。

接下来的几天，小聪都在心不在焉地工作，只要有间隙，他就会拿出手机，看一下丘比特跟小双聊天的进展。

进展很顺利。

丘比特很准确地把握住了聊天节奏，在上班时，跟小双联系的频次就降低了——这是为了不让小双觉得自己不务正业；而到了下班后，丘比特会主动跟小双发一些生活照片，有些是丘比特合成的——这是为了向小双展示自己的生活状态。小聪心里很清楚，还会感到惭愧，因为自己实际上又宅又废，生活空间逼仄，完全不像丘比特所营造的那个热爱运动、生活质量高的男生模样。

但恋爱嘛，肯定真真假假，哪能什么都往实了说呢？他这么告诉自己。

聊天记录里出现"哈哈哈"的频率越来越多，说明小双被逗得很开心。其实岂止是小双，他看到丘比特用的那些俏皮话，自己也忍俊不禁。按照这个速度进行下去，很快，小双就会爱上自己吧。

这一天晚上，ANNI 又跳了出来，告诉小聪："现在聊天进行得差不多了，该见面了，不然，再聊下去，小双会失去对你的好奇心。"

小聪深以为然，说："嗯，是该约出来见一见了。"

"但如果要进一步获得小双的好感，约她出来，就要使用丘比特的 Pro 款功能。"

而要解锁 Pro 版功能，需要增加付费。

又是 2000 虚拟币。

小聪愣了愣，长久地看着这个数字，又划动聊天记录，突然拍了下自己的脑门——丘比特已经帮自己聊到了这份上，难道自己还不能使最后一把力气，约小双出来吗？

一念至此，他果断退出了付费界面，拿着手机，打算给小双发邀约消息。

他的手指放在屏幕的虚拟键盘上，想按下去，但眼前的打字界面突然变得陌生。

他的手指长久地僵在空中，微微颤抖。

他的脑子里空白如纸。

半个小时后，他重新调出了付费界面。

　　这几天，小双一直在关注跟小聪的聊天信息。根据丘比特的反馈，他们聊得很顺利，显然对面那个男孩很喜欢自己。

　　说起来，不聊不知道，聊了之后才发现，小聪原来如此风趣健谈，热爱运动，注重生活品质。这样的男孩子……她看了眼镜子里的自己，面色暗淡，头发杂乱，不禁有些自卑。

　　不过有丘比特帮忙，应该能弥补吧。

　　她由衷地感谢丘比特，价格虽然不菲，但能够换得一份合适的感情就很值得了。

　　果然，一切都朝着顺利的方向走去，不久之后，小聪就开始约她见面。

　　这是个好信号，说明对方愿意往下一步发展。但丘比特却回复说："最近比较忙，见面的事过几天有时间再说吧。"她感到诧异，因为ANNI知道自己的行程，明天就有空跟小聪见面。这时，ANNI跳出来，解释说："这是欲拒还迎，也是考验，矜持一点，免得他以为你很好约出来。"

　　小双连连点头。

　　"等他再发消息来约，就可以同意了，不过，到时我们会做一个小游戏。"

　　"这是女孩子的常用招数，欲拒还迎，也是对你的考验，"收到小双婉拒的消息之后，ANNI不慌不忙地解释道，"女孩子都这样的，不会让你第一次就轻易约出来，这样才显得矜持。不过别着急，过几天再约就好了。"

　　小聪不由叹服，果然是升级版，更加有效了。他完全放下心来，过了几天，ANNI 提示他，对方已经答应了和他见面，一起看场电影。

老套而经典的约会方式。

但小双提出了一个要求——她把最近上映的几部新片都发过来，做成了一个线上投票。然后，两人都选一部，如果选的是相同的电影，才能一起去看。

ANNI 说："我推测，这是为了增加默契度和情趣——很有意思的女孩子呢。"

"但万一选的不是同一部呢？"小聪担忧道。

"不用担心，这些天丘比特一直在跟她聊，知道她的爱好偏向艺术类。这几部新片里，正好有一部文艺片，《地球永夜》。有 95% 的概率，她会选择这一部。"

小聪自然信任 ANNI 的推断，但还是看了下其他新片，发现除了充满小资情调的《地球永夜》，新一集的《星球大战》居然也刚刚上映。他一直是星战迷，只是这些年碌碌工作，几乎都淡忘了。此时一看到这熟悉的名字，心里不由得深受触动，很想看这部电影。

"但是，女孩重要，还是看电影重要？"ANNI 及时阻止了他。

"可是我不喜欢看文艺电影，容易睡着……"

ANNI 说："那也绝对不能去看科幻电影，因为……"她停顿了一下，谨慎地说，"爱好科幻和追求女孩子，是两个极端。"

他想了想，觉得有道理。

小双看着这些新片的名字，手在《星球大战》上顿住了。她想起很小的时候，自己迷恋那些奇形怪状的飞船，收集了许多贴画。这个爱好还被其他女孩子嘲笑过。

"我可以去看《星球大战》吗？"她小心地问着 ANNI。

ANNI 的身影投射出来，沉默了一下，说："我当然不能阻止你去做你任何想做的事情，但根据丘比特的推算，小聪是一个讲究生活品质的人，不太可能会喜欢打打杀杀的动作片。他肯定会选择另一部《地球永夜》，我建议你也选择这部，毕竟，电影可以再看，但第一次约会更重要。"

小双低下头，嗯了一声，选中《地球永夜》，然后点击确定。

投票之后，便可查看结果。小聪早已提交。果然，两个选项都投给了《地球永夜》。

明明结果是朝着预想的方向去的，但不知为什么，小双觉得有些失落。

小双和小聪约在悬轨站外。

这时候已经没多少人了，夜晚寂静，一条漫长幽深的道路延伸向远方。电影院闪着迷离光晕，隔得老远看过去，像是一个童年的梦。

在这样美好的氛围里，小聪先看到了小双。他高兴地走到小双身前。小双看到了他，也笑了起来。

一切都跟丘比特预料的一样。

只是……

小聪正要打招呼，张了张嘴，却发现喉咙里冒不出声音来。他立刻惊出一身冷汗。他的第一反应是自己的声带坏了，但看着小双近在咫尺的脸，又低下头，看到自己手里紧紧攥着的手机，才意识到——

他不知道怎么开口跟小双说话。

小双也是满脸通红，握紧手机。

他们在夜色下站了很久，直到 ANNI 提醒电影快开场了，才转身，一起走向电影院。

在看《地球永夜》的过程中，他们直直地看着舒缓唯美的画面，手机都快捏出汗了。喜欢的人就在身侧，转头就能看到，但他们正襟危坐，目不斜视。他们都希望 ANNI 能跳出来，但这时，ANNI 静静地待在手机里，仿佛在沉睡。

看完电影后，他们走向不同的路，朝着各自的家走去。

这个夜晚，小双回到家里，还要继续加班，加完班就得复习新划出的自考内容。今天已经浪费了一晚上，她想，恐怕得熬夜才能补回来了。

这个夜晚，小聪回到家里后，隔壁情侣的例行吵架又会穿透薄薄的门板，传到他耳中。他躺在狭窄的房间里，又得在吵闹中翻来覆去，很晚才能睡着。

再次路过悬轨站的时候，小聪突然停下了，他想起第一次跟小双说话时的情形。那次他跟她搭讪，虽然笨拙，但还是鼓起勇气说了话，消除了她的戒备。那是一个不坏的开头。他想，那天如果他不是找她要号码，去网上聊天，而是直接陪她走完这段幽静绵长的道路，事情是不是会变得不一样？

这么想着，他不由得失笑。丘比特肯定比自己更懂女孩，怎么能怀疑它呢？他握紧了手机。

后来呢？

小聪和小双见光死，再也不联系了吗？

并没有。

正如丘比特的广告语，小聪和小双在一起了，他们成了这座城市里无数对情侣中的一对。

小双依然有大量的工作要做，要熬夜复习自考；小聪依然缩在狭小逼仄的房间里，隔壁情侣吵架的声音每天都传到他耳中。

但现在有些地方不一样了：他们每天都在聊天，言语之间，情意绵绵。每一个看到这些聊天记录的人，都会被他们之间的深情感动。他们自己也很庆幸遇到了对方，看着对方发过来的消息，会露出幸福的笑容。

当然，他们从此再未见面。

赵师傅

——一位平凡的时间旅行者的故事

文/张　冉

1

这天下午赵师傅准时踏着枯黄的草坪走来，我下意识拿起手机看时间：两点三十分，一秒不差。他转过贴满小广告的电线杆，抬手打招呼，把手里拎的餐盒轻轻放在我坐的长凳上，说："张师傅，菜还热乎着，赶紧吃。"

我问："赵师傅，忙完了？坐下歇会儿。"

他答："最后一单了，歇会儿。"

我掰开一次性筷子吃宫保鸡丁盖饭，他坐在对面，掏烟盒弹一根黄鹤楼点燃。这时蛋蛋从灌木丛里蹿出来，披着满身草梗树叶疯跑，我唤了它一声，两岁的中华田园犬撒着欢奔来，在我和赵师傅两人之间转圈。

赵师傅咳嗽一声，说："那个，张师傅，明天中午要是遛狗，别到南区的水池那边。有点……不好。"

我瞧他："什么不好？"

他伸手逗弄蛋蛋，说："就是不太好吧。"

我就笑："赵师傅还会算命看风水，家传的？"

他摇摇头，用烟头指点这个破败的经适房小区："我不懂那些，就跟你说明天中午别去那边，你到北区就没事。别靠近水池。"

"会有什么事？"

"嗯，也没啥事。"

他欲言又止，我却再问不出来什么。

2

那段时间我失业赋闲，靠点储蓄过日子，每天打 Dota 到凌晨两点，然后一觉睡到隔壁小学敲响午间下课铃。要不是蛋蛋憋尿到极限在客厅哀嚎，我能一直睡到《新闻联播》的时间，我这个人没什么长处，学校学的忘个干净，工作久了更难长进，文不能测字，武不能卖拳，既缺理想，又没斗志，原打算混吃等死干到退休，谁知公司比我死得还早，回过神来，已经成了以睡觉为主业的社会边缘人，跟两岁的公狗相依为命。这日子过得跟北京的冬天一样死气沉沉，不过在存款用完之前，我懒得想其他事情。

每天中午我带着蛋蛋在小区里遛两个小时，我戴耳机玩《部落战争》，在步道上慢慢走着，它前后乱跑，经常不见踪影。这小区住的大半是老人，中午吃过饭抱着京巴、西施睡午觉，我不担心打扰别人，也乐得没人打扰。

下午两点多，溜达累了，我会叫个外卖在楼下吃。固定在那么几家饭店订餐，时间久了，外卖小哥也就固定了，我一般很难记住他们的名字和脸，只对赵师傅记得分明。那天他踩着咯吱作响的草地走来，远远地举起鱼香肉丝盖饭，说："张师傅，你的外卖到了，趁热吃。"我当时笑起来，因为多年没听过这种称呼，小时候城市里叫师傅是种尊敬，因为工人挣钱多地位高，现在大家都是先生和老板，师傅似乎变成修自行车和配钥匙行业的术语了。

我看看外卖软件显示的名字，应道："赵师傅，谢谢。"

他四五十岁年纪，北方人相貌，眼袋和皱纹很重，显得愁苦，笑起来时也不舒展。聊过几次，得知他老家在河南，跟媳妇在卢沟桥租间平房开小卖部，没孩子，烟瘾大，抽软包的黄鹤楼，去年七月开始跑外卖，刚开始挣不着钱，现在升到黄金骑士，送一单赚一块六，每天跑勤快点，够吃够喝。

我有点宅，不大跟人交流，不过跟赵师傅能聊几句，一方面每天中午见面，熟悉了；一方面觉得他身上存在某种奇怪的特质，不由自主想多了解一点。我通常坐在南区配电室旁的长凳上吃午饭，从小区南门进来的人要到达这里，必须穿过一片脏脏的草坪——名义上是草坪，由于无人打理，只剩东一蓬西一簇的杂草，垃圾和狗屎遍布其间。外卖小哥一般宁肯绕行旁边的石板路，而老赵从初次登场时就走捷径，他脚步轻快地穿过草坪，灰色休闲鞋没有沾上一点污渍。

我当时问："不怕踩到脏东西吗？"

他答："不怕，瞧着呢。"

第二天中午我在同一时间定了午餐，留意瞧着老赵，他拎着饭盒走进小区，眼睛平视前方，每一步都踩在草坪干净的地方，步伐之精准犹如机器人在电路板上焊接电子元件。他走到我面前，递上餐盒："张师傅，饿了吧，趁热吃。"

我说："你根本没看路啊，经常来这个小区吗？"

他答："来得少，来得少。"

接下来的日子，我在他身上发现了更多难以解释的事情：他的电动车从不出故障，他的休闲鞋永远干干净净，下雨天他总提早穿起雨披，保温箱里的饭永远是热的，我连续三天在相同时间订餐，他送餐来的时间居然也完全相同，误差在一秒之内。甚至有一次，我们在抽烟聊天，他忽然毫无征兆地向左侧跨了一步，一泡鸟粪随即落下，砸在水泥地上溅开。我当时惊奇地站了起来，赵师傅却显得诧异："咋啦，张师傅？"他根本没意识到那是多惊人的举动。

一个普通到毫无特点的中年外卖员，一个谜。

如果我的好奇心像十几岁时候一样旺盛，一定会对他刨根问底，然而现在的我对活着这件事本身都缺乏兴趣，探寻其他人的秘密，对我来说太过劳累了。

毕竟对现在的我来说，外卖员只是送来食物的人而已吧。日子一久，也就习惯了。

3

赵师傅指点我"别去南区的水池"，这有点奇怪，我们每天生活有五分钟交集，不可能成为知心朋友，也没熟到随便开玩笑的程度。吃完外卖，饭盒一丢，我把这事抛在脑后，回家玩游戏看剧睡觉，直到第二天上午在蛋蛋的哀嚎声中醒来。

时间是十一点整，掀起窗帘看看，一样是个雾霾天。我上厕所洗脸刷牙，抓抓头发，睡衣外面套上羽绒服，带着蛋蛋下楼。

蛋蛋是从前合租室友留下的，他离开北京去广州发展，留给我一条狗、一部电脑和一年房租，说狗没法上飞机，电脑太重不想带，房租是拜托我照顾狗和电脑的报酬，等他在那边安家立户再回来接蛋蛋和电脑，我说不准他是慷慨、绝情还是缺心眼。他走后四个月，我光荣失业了，现在住着他租的房子，玩着他的电脑，遛着他的狗，有时觉得是替远在南方的他过着北方的生活。

蛋蛋的缺点是一出门就钻树丛，很难管教，优点是不敢远离我，我玩着游戏慢慢往前走，它总会追上来露个面。这天我沿平素的路线，从北区绕个大圈到南区，穿过社区活动中心，向午餐地点走去。打完一把游戏，我抬头看看，正好走到南区的小喷泉附近，这个喷泉在我记忆里从来没喷过水，夏天一池绿藻，冬天半塘脏冰，除了养蚊子，看不出有什么作用。蛋蛋怕水，从不靠近水边，今天却追着什么飞虫之类，中邪一般向水池猛冲过去。

这时我猛然想起老赵的嘱咐，大叫一声："蛋蛋！"

蛋蛋已经跃入池中，在黑灰色的冰面跑了几步，回头瞧我一眼，我清楚看到一圈裂纹在它脚下绽开，耳边响起冰层噼噼啪啪的绽裂声——尽管明知以我所处的位置，不可能听到冰面破碎的声音。我向前跑了几步，蛋蛋已经消失在水池里，水面旋转着一团碎冰和泡沫。"妈的，笨蛋！"我发足狂奔。忽然一根竹竿噗地刺破冰面，向上一挑，蛋蛋的身形就显露出来，它在水中猛烈扑腾，借竹竿的帮助游到岸边，嗖地蹿了出来，跌倒在杂草里。

老赵丢下竹竿，我才发现他身穿雨衣站在水池旁边。

"老赵，你怎么，你怎么知道……"我发觉自己有点结巴。

蛋蛋疯狂甩着身上的水，老赵侧过身子，任水滴打在雨衣上。"说了也不听，唉。"他叹口气，显得有点失望，"知道你不听，我只能过来。"说着话，从雨衣下拽出一条旧毯子丢给我。

我接过红底绿花的绒毯，蛋蛋就尖叫着冲过来，一头扎进我怀里，像刚出生的小鸡一样瑟瑟发抖。"尿货！"我用毯子揉着狗脑袋骂，"看你还敢乱跑，这下老实了吧，老实了吧！"

老赵点起一根黄鹤楼，举起手中的塑料袋："给你带了蒜薹肉丝盖饭。"

我抬起头："你怎么知道我今天中午想点蒜薹肉丝？"

他说："嗯，今天中午就不接单了，咱俩聊聊吧。"

"我家里有酒。"我说。

"我知道，我带了花生米和酱牛肉。"他说。

我决定无论赵师傅说什么，都不再感到惊奇了。

他好像什么都知道。

4

进了家门，蛋蛋一头钻进我用硬纸板做的狗房子，任凭怎么叫也不回应，哼哼唧唧发着抖。我丢几根牛肉条进去，不再管它，跟赵师傅支好餐桌，摆上菜肴，从厨房找出大半瓶牛栏山二锅头。酒是以前合租室友当料酒做菜用的，不过看起来还能喝。

我们吃蒜薹肉丝、花生和牛肉，喝了两口酒，我从书柜里翻出珍藏已久的古巴雪茄，赵师傅说："潮了。"我撕开包装一看，果然潮了，闻起来像发霉的袜子。

我们点上赵师傅的黄鹤楼抽了一根，喝几口酒，又续上一根。他终于决定开口："嗯，张师傅，我知道你是个实诚的人，不爱瞎说，我跟你说的事儿，你听听就算，你要出去瞎说，别人也不会信。"

我不擅长喝酒，有点脸红心跳头发晕，听到这话，倒清醒了一半："赵师傅，今天不管你说什么我都信，我算是服了。你是会相面算卦，还是请神扶乩，还是……难道是研究星座？"

他苦笑，眼角的皱纹向下垂着："都不是，我啥也不会。"

"我不信。"

"真的，我要是会看相，会算命，会看风水，就不送外卖了，夏天热，冬天冷得慌，不容易。"

"那你怎么知道将来要发生的事情？"

赵师傅举起一次性纸杯跟我碰了一下，抿一口白酒："我不会算，不过我看见过今天这些事儿。我跟你喝过酒，喝的是二锅头，用的是一次性纸杯，酒放得时间长了，滋味有点淡。"

"咱们什么时候喝过？"我咂咂嘴，这酒确实有点跑味了。

他摇头："对你来说，没喝过。对我来说，喝过不止一次。"

"这话怎么说？"

"我的脑子，跟别人不一样。"他举着杯，拿指关节敲自己的太阳穴，"从小没觉得，从啥时候开始的？从我媳妇得病那时候开始的。"

我说："超能力？"

赵师傅说:"啥超能力,超能力我还送盒饭。我是脑子走得比身子快,身子没动弹,脑子就把什么事儿都做完了,那话咋说咧? 黄连抹猪头,苦脑子。"

"这话又怎么说? "

"我结婚早,从家里出来也早,十七岁带着媳妇到武汉打工,我在工地搬水泥,她在工地做饭,武汉、长沙、上海、太原、呼和浩特市、惠州、深圳、北京,去过不少地方,挣了俩钱,没学下东西,一直当小工。到北京的时候,房价赶不上现在的十分之一,还不限制买房,我们计划开个小饭馆,她炒菜做面条都拿手,我干活不怕累,等挣了钱买个房。想得多好。饭店没开起来,她病了,开始说是腰疼,没力气,后来有一天晚上尿床了,我还笑她说跟个小娃娃一样,她说腿没知觉,挪动不了,就这么瘫了。到医院一查,脊背的骨头里面长了个瘤子,割了就能治好,可是手术有风险,要是割不好,就得瘫一辈子。"

"恶性肿瘤? "

"嗯,也不是,叫神经纤维瘤。那时候顾不上可惜钱,开饭馆的钱做了手术,手术完了当时就说腿有感觉,把我俩乐的。能走路,就能干活,就能挣钱,怕啥。瘤子割了,当时好了,特别高兴。我们就打工存钱,过了几年,存了点钱,那会儿我们住在化石营村,出去坐公交车不是得走出去吗,早上我们提着东西去坐公交车,可能是东西重了,走着走着她说腰疼走不动路,我寻思我先去干活,她歇歇再去,就先走了。下午她给我打电话,说在医院,我这脑子就嗡的一下,啥也想不起来了,啥也不敢想了。坐在那儿,哭也哭不出来,就觉得为啥要先走,为啥要先走,为啥不能多陪媳妇一会儿。"

"啊,复发了吗? "

"也不是，大夫说她身上又长了几个神经纤维瘤，说明体质比较容易长这种瘤子，要是位置不重要，就没啥事，要是长在不好的地方，还得出问题。结果还是骨髓里长瘤子，跟上次位置差不多，很快就瘫了。她每天说不治病了，不想活了，死了算了，我知道她心疼钱说气话，她比谁都想活。我也比谁都想让她活。"

"这次做手术了吗？"

"做了，砸锅卖铁，能借的钱借了个遍，把手术做完了。这次恢复得慢点，不过慢慢地，也能下地走路，一天比一天好，我规定她以后不能干重活，不能提东西，不能老弯腰。做完手术，我们搬到丰台住，借的钱还有点没用完，就开了个小卖部，卖点饮料、冰棍、香烟，为的是她不累。少挣点钱，慢慢还债。"

我听不下去，我总觉得自己的生活足够艰难，假装看不到别人的苦难。一旦听到这些故事，就觉得自己堕落得太奢侈，难以再心安理得地空虚下去。

我跟他碰杯，喝了一大口酒，辣得心口疼痛。"这下就好了。"我说，"借的钱慢慢还，总有好起来的一天，我不是也错过北京买房的时候了吗，反正现在买不起，以后更买不起，想开了也没什么。"

赵师傅把二锅头平分到两个纸杯里，晃晃瓶子，把瓶底剩的一点酒倒进嘴巴："嗯，好了几年。去年第三次复发，还是那个位置，没钱做手术，我愁得蹲在医院外面抽烟，一夜抽了四盒烟。天亮的时候，我躺在花池上睡觉，其实也睡不着，医院一上班就要催缴费，几万块，拿什么交？"

"你说说脑子的事。"我不得不打断他的叙述，他说得越平淡，我越感觉疼。

"听我说，就是脑子的事。"赵师傅点头，"天亮了，我看见车子一辆一辆开进医院，都是好车，都是有钱人，我心里忽然冒出一个想法。当下顾不上什么了，我走到路上，找一个车最多的路口，在那儿等着，听别人说奔驰车贵，我就专门等奔驰车。等到一个黑奔驰开过来，正好是路灯，开得飞快，我跑出去往车头一扑，心想把我腿撞断，把我胳膊撞断，赔的钱就能给住院费了。"

"这是碰瓷啊！"

"那时候没想到，其实就是碰瓷吧。结果那车开得太快刹不住，撞完我，还从我身上压过去，我眼前一黑，啥也看不到了。等睁开眼，我看见一片灯明晃晃的，周围乱七八糟都是人。然后是一片黑，有人说：'完了。能找着家属吗？快找找家属。'那时候我忽然知道，我死了。"

我盯着赵师傅，赵师傅瞧着酒杯。我忍不住伸手摸他的手背，热的。

"你……现在还活着。"我说。

"谁说不是。我醒过来的时候，还躺在花坛上，太阳没升多高，车子一辆一辆开进医院，背后是住院部大楼，媳妇在 7 层的病房住着，等着我买早饭，等着我交住院费。啥都没变。"

我牢牢盯着他，直到确定他不是在开玩笑。

"喝酒。"我不知该说什么。幸好有酒，自古以来男人和男人之间都是这么化解尴尬的吧，我猜。

5

"所以你其实没死。"

"没死。"

"那你是做了个梦。"

"也不是做梦。"

我们喝掉杯中酒，把酱牛肉吃光，我站起来从橱柜里拿出一袋鱿鱼丝。"冰箱里还有啤酒，燕京的。"赵师傅提醒。我按照他的指示在冰箱冷藏室最里面找到四罐啤酒，根本想不起来是何时放进去的——他显然比我更熟悉这间屋子。

喝完白酒身上发热，赵师傅脱了黄色制服外套和厚毛衣，一边喝着凉啤酒，一边继续给我讲下去：

"说到哪儿了？哦，我那时候迷迷糊糊，以为做了场梦。早点摊买了豆浆油条，上楼看媳妇，媳妇见面就骂，说来得恁晚，可把她饿坏了。我服侍她吃完早饭，出去找医生问住院费的事，医生说账单一天赶一天，账上没钱了就得存，手术嘛越早越好，这一两个月还行，拖久了有危险。我思前想后，觉得不管咋说，手术还是得做。拿手机翻电话本，一个挨一个打电话，谁肯借咱钱啊，根本都不接电话，最后我给我爹打电话，我爹说他存了五千块钱准备给猪场安个加热板，我急用就先给我，又说我舅舅最近做生意赚钱了，让我回家跟舅舅借钱。我就跟媳妇说了声，买票回老家。"

"借到钱了？"

"没。我舅舅不借，说是流动资金，借不出来。不过他给我指了条财路，说让我跟他到新疆做生意，两个月，挣十二万元，车费住宿费他出，我净赚。"

"呀，这生意赚钱快啊。"

"我病急乱投医，给北京打个电话，跟着舅舅开车去了新疆。结果去了一看，你猜做啥生意？运白粉。从塔城弄进来，运到乌鲁木齐。

运一次，给十万块，我舅舅押车，拿八万块，我开车，拿两万块。两个月跑六次，就是十二万块。"

我坐直身子："贩毒？"

赵师傅点点头。

我咳嗽两声，重复："贩毒啊。"

赵师傅肯定："嗯，贩毒。为挣钱没管那么多，也不害怕。塔城到乌鲁木齐六百多公里，开一夜就到了，但怕缉毒警察设卡，都是绕小路，风声紧了就找地方等几天。前两次都成了，第三次走到昌吉，被警察堵在加油站，黑洞洞的枪口指着，当时我脑袋轰的一声，心想完了，这辈子怕是见不着我媳妇了。"

"贩毒可是死罪！"

"可不是嘛。赶上严打期间，死刑。"

我揉着太阳穴，问："可是你还活着。"

赵师傅答："嗯，醒过来的时候，正在北京回老家的火车上，快到焦作了，离老家还剩五百里路。"

"等一下。"我想了想，"是你回老家问舅舅借钱的路上睡着了，梦里跟舅舅去新疆贩毒然后被枪毙，对吗？"

"我当时是这么以为的。"

"后来呢？"

"后来我回到老家，提着烟和酒去找舅舅借钱，舅舅说是有点钱，都是流动资金，借不出来，除非我跟他去新疆做生意，两个月，给十二万元。"

"……跟你梦中的情节一样？"

"一样一样的。我当时吓出一身冷汗，转身就跑。回去跟我爹一说，我爹说你个信球脑子让驴踢了，梦见的事情能当真吗？我说爹那就是真的啊，监狱里吃的馍馍啥滋味俺都记得。"

"所以跟你碰瓷被撞死的梦一样，全都是真实有可能发生的事情，对吗？你的梦有预知能力！"我一拍桌子，"所以你才知道蛋蛋会掉进水池，才知道我冰箱里藏着燕京啤酒，原来是这样！"

赵师傅吐出一个烟圈："嗯。"

"猜对了？"我兴奋地站了起来。

"不对。"

"……喝酒喝酒。"

6

这世上有太多科学无法解释的事情，比如总是莫名消失的一次性打火机、永远配不上对的袜子……我从小相信超现实事物的存在，相信有个灰色的未知地带装着人类所有的迷惑、恐惧和敬畏，既对这些事物充满好奇，又害怕而不敢太过接近，有时理性，有时迷信。小时候的大脚怪、51区、幽灵船、尼斯湖水怪，长大后的圣亚努阿里乌斯之血、荷兰人金矿，我不敢说自己是个神秘主义者，但从来敢于接受超自然的解释。

今天面对赵师傅，一位普通到毫无特点的城市打工者，我感觉到某种东西正从他稀薄的头发、眼角的皱纹、秋衣领口的汗渍和夹杂着酒气的呼吸中散发开来：一个谜题。

失业几个月以来，我首次感觉到活着尚算件有趣的事情。

我们碰杯，喝完第一罐啤酒。赵师傅没有再卖关子，他从大衣兜里掏出一张饭店宣传单，抚平折痕，用圆珠笔在背面空白处画了一条直线："后来我大概理了一下。张师傅，我这么给你讲吧，容易听明白点。"说着话，他在直线的一端添上两笔，把它变成一个箭头。

"好的，我看着。"我把餐盒扒拉到一边，盯着他的笔尖。

"一个人，好比就是你吧。人活着，日子一天一天过，就是从一个点，到另一个点，一直往前走。你从这儿，走到这儿。"赵师傅用笔沿箭头方向虚画。

我点头。

"我身上出了什么毛病呢？我的脑子，走得比身子快，就是说，在我脑子里面，提前把这条路走了一遍。"他画出一个平行的箭头，但以虚线组成，"实际上不是真的走完了，是在我的想法里面走完了。当然，在走的时候，我以为是真的，但实际上是假的。到这儿，听懂没？"

我似懂非懂地点头。由于表达能力的问题，赵师傅的话既没有精确用词，亦缺乏逻辑，我只能勉强理解。

"第一次，我被车撞了，没走多远。"他画个短短的虚线箭头，"第二次，去新疆走了一个月，走得挺远了。"他画个稍长的虚线箭头，"都是脑子里面走的。"

"实际上你没有撞车，也没有贩毒。"我从他手里拿过笔，以实线箭头的起点为端点，向不同方向画出两个虚线箭头，让三个箭头呈现鸟爪形状，"所以是这样，出发点相同，但真实发生的是中间这条路径。"

赵师傅想了想，说："也对，也不对，我的身子走的是中间这条大路，脑子呢，走的是两边的小路。小路是大路分出来的，走着走着，就有了小路。"他重新画一个实线箭头，在两旁延伸出虚线箭头，但端点位置略有不同，看起来像分叉的树枝。

"所以是平行宇宙的概念吗？一次重要选择导致你所处的宇宙分裂，经历平行宇宙的人生之后，时间线闭合，回到母宇宙的时间线中。"我喃喃道，"这种情况下，每条路都必须有一个终点，就是死亡。从前两次人生来说，是非正常死亡。"我在虚线箭头末端画上一个小"×"，"……那么你经历过很多次这种死亡吗？从那之后，大约多久会进入一次支线路径呢？"

赵师傅摇头："不对，不一定非要死了才能回来。我说了，是我的脑子走得比身子快，我说不准啥时候，但有时呼啦一下就回来了。"他又画出几条虚线，有长有短，有些是代表结束的单向箭头，有些是线段，以显示这段旅程没有终结，"你要问多少次，我可记不清了，给你继续往下讲：我从我爹那儿拿了五千块钱，又问亲戚借了些，凑齐一万块拿着回北京，先把住院费、检查费补上点。跟我媳妇一说，媳妇哭着说穷死算了，手术不做了，做了也得复发，赶紧出院吧。我办手续接她出院，回家刚住两天，又哭着说难受得不行呀，要去医院看病，数落我没出息，说跟我这么多年一口好的都没吃上，净吃药了。我愁得一把一把掉头发。有一天出去干活，听一个姓黄的油漆工说他们老家黄冈有个老中医专治这种容易反复发作的瘤子，吃中药扎针，不开刀，北京、上海的有钱人专门飞过去找他看，家里住个平房，平房门口停的都是宝马、奥迪。正好那几天工地给结了工资，手上有两万块钱，我想去湖北找这个老中医，媳妇一听也愿意。可是想起电视上老放那种骗人的医院，不治病，就骗钱，害怕上当。最后把心一横，心想管他呢，不管结果好坏，说不定到头来又是一场梦。我弄个轮椅推着她，背上行李，坐火车去了黄冈。"

我问："这时候你想明白这个支线路径的事情了吗？"

他答："没有，**越想越糊涂**，干脆不敢想了。

"也不知道什么时候会走上小路，也不知道现在走的是不是小路。

"嗯，活得害怕。当时也没办法，就寻思赌一下。"

"如果这是条支线，结果是坏的，最终回到主线路径，那你就知道如何选择主线以规避坏结果。"我思考着，忽然打了个寒战，"但如果结果是坏的，而你发现身处无法改变的主线……那一切都完了。"我用笔在实线箭头上打了一个大大的"×"。

赵师傅道："可不是咧。我哪想得到那么多，到了黄冈，大夫每天只看三个病人，我俩等了三天，等见着大夫，一号脉，就说不用害怕这病有治，一个月缓解症状，三个月恢复知觉，半年肿瘤缩小，一年下地走路。我俩高兴得要给大夫跪下。在附近租了个房，每星期去扎一次针，喝中药，用红外理疗仪烤后腰。我找了个工地干活，她看家，有时候给做个饭，一晃过了半年，她说虽然还不能走路，不过隐隐约约感觉脚趾麻了，感觉腿肚子疼了，说明这病见缓，确实起作用。那几天心情好，骂我也少，我别提多得意了。后来有一天，大夫说不用扎针，回去继续喝药就行，我们就回了北京，黄冈定期给寄药过来。"

"治好了，是主线！"我忍不住插嘴。

"又过了四个月，她忽然就不行了，抬不起脖子，说不清楚话。送到医院，大夫说脊髓里的神经纤维瘤恶化了，癌变了，已经过了治疗最好的时间，要是早发现，早手术，还能治，现在耽误了。说来也奇怪，好好一个人，一个月时间就瘦得像个骷髅架子，以为能一起过个年，刚到腊八，就走了。走之前还骂我，骂的啥，听不清楚。嘟嘟哝哝，骂了一下午，然后不喘气了。"赵师傅语气淡淡地说，"我出了病房，坐在楼道里，打手机斗地主，打到没电。手机一没电，我突然就不想活了。"

"我记得你媳妇……活着，在卢沟桥还是哪儿开了间小卖部。"我沉默了一会儿，开口说。

赵师傅喝一口啤酒："嗯。我还没寻死，眼前一黑，回来了。幸好是假的，是脑子走的那条小路。回来以后，你猜在哪儿。"

"啊，太好了。跟媳妇商量要不要去黄冈治病？"我如释重负。

"已经到了黄冈，开始扎针了。"他放下啤酒罐。

"什么，现实中也去找老中医？"

"嗯，还好时间不长。我马上卷铺盖回北京，她不情愿，打我骂我，我都受着，临走拿砖头把大夫家三面玻璃窗砸个稀碎。回了北京，我带她去医院，查出还没有病变，我让医院给安排手术，又坐车回趟老家，半夜翻进我舅舅家院子，偷了他五万块钱。他喜欢把钱藏在空调壳子里。我不怕他找我，因为过不了多久，他就会去新疆运白粉，然后被警察逮住判了死刑。我拿这五万块，给媳妇做了手术。"

说到这里，赵师傅的脸上浮出一丝笑纹，或许是酒精作祟，我忽然觉得心情喜悦，忍不住跟着大笑起来。

一盒黄鹤楼抽完了，我们开始抽臭袜子味儿的古巴雪茄——其实味道还行。"所以我刚才的设想是错的，支线路径的遭遇并不能帮助你做出主线路径的重要决定，回到主线时，会发现这个决定已经做完了。"我想到一个问题，用笔在纸上乱画着，"也就是说，只能尽量弥补。这个时效性很差啊。"

赵师傅说："不对，一开始是这样，后来就不一样了。"

我来了兴趣："还有后续发展？"

"也不叫发展，叫啥呢。"他挠挠脖子，"就叫发展吧。我脑子跑完回到身子以后，不是另一个时间吗，我就……"

"等一下。"我的笔尖顿住了，"等一下。你走完支线路径再回来，主线实际是向前发展的，你回来的时间点在出发点之后。第一次，支线时间短，不明显；第二次，支线时间贩毒一个月，主线走了几天；第三次，支线治病一年，主线多久，两周？"我重画一张图，把那些放射状的虚线延长，转个弯回到实线箭头，变成一个又一个虚线的环，现在图案看起来像一根长满树叶的树枝。

虚线的起始点与结束点之间有一小段距离，我用笔尖指着这一小截实线："老赵，这段时间你的脑子正在小路上瞎溜达，那么……是谁在你的身体里扮演赵师傅你自己？"

赵师傅愣住了。

7

我们沉默了半罐啤酒的时间，赵师傅说："我也不知道。还是我自己吧，因为干的事都是我能干出的事。"

我捏扁啤酒罐："那问题先搁一边，你接着说。"

"嗯。给媳妇做了手术，因为开刀比较早，恢复得利索，住半个月就出院了，医生说压住骨髓的那几个瘤子没有了，等消肿了，做做恢复训练，就能下地走路。不过这次媳妇吓怕了，整天坐炕上不动弹，看电视嗑瓜子玩手机，一让她锻炼，就说腰疼呀腿疼呀不敢动，我要再多说话，她就急眼了，就开始骂我。我想想，瘤子不恶化是福气，先这么养着吧，不着急。我继续出去打工，结果那年不知咋的，工程不景气，包工头没活儿，正好有个姓陈的老乡准备出来自己干点啥，一聊，我说跟着项目上的机修师父学了点修理，他说现在骑电动车的多，要不弄个修电动车的店吧。我俩合股，在丰台宋家庄那边开起来个铺子，他卖车卖电池，我修车换配件，第一年不行，第二年就慢慢地好起来。"

"这次是主线还是支线？"

"你听我说。到了第三年过完年，店里生意不错，我还了些外债，媳妇也高兴，夸我开窍会挣钱了。有一天不知道刮哪阵风，刚开门就卖了两辆电动车，下午卖一辆，临关门又卖了一辆，加上修车的钱，算下来一天挣了三千多块。老陈高兴得不行，拉住我不让走，要喝酒，我们买了五十块钱麻辣烫，把店门关上，喝一品杜康，从晚上八点喝到夜里两点，喝了两瓶半白酒，老陈醉得起不来，趴在柜台上睡了，我其实也睡过去了，寻思不回家媳妇不放心，出来把店门锁上，也不敢骑车，走路回家，路上冷风一吹，吐了好几回。到家跟媳妇吵了几句，睡死过去，一觉睡到中午十一点，起来发现手机没拿，估计落在店里。我盘算老陈在店里，不着急，吃完午饭一点多钟慢慢溜达过去，走到街口拐弯，看见围着一堆人。我以为是出车祸了，挤过去一看，路边几间门面房烧成黑炭，满地都是黑水结成的冰，旁边人说是天快亮时着的火，可能是电暖气短路引起的，麻辣烫店、首饰店都没人，就电动车店老板烧死在里面，没逃出来。"

从他叙述的语气判断，我觉得这并非真实发生的事情："总是碰见不好的事情，幸好是个支线吧，赵师傅。"

赵师傅点头："对，我跪在地上哭，因为我把卷闸门从外面上锁了，害老陈跑不出来。我拿脑袋撞水泥地，心想赶紧醒吧赶紧醒吧，醒来要是回到我们喝酒的时候，我绝对不打开第二瓶酒，也绝对不让他睡在店里。我头都磕破流血了，也醒不了，急得直叫唤，想万一醒不过来可咋办，这一辈子都完了。"

"你醒了。"

"嗯，忽然我就回来了。"

"回到前一天晚上喝酒的时候？"

"不对，回到我和老陈筹备开店的时候。我们正在找店面，找货源，学修车的手艺。"

我下意识地呀了一声："这次回到这么久以前，也就是说，这两三年的时间都是在支线中经历的。"

赵师傅说："全是假的，没开店，没挣着钱，老陈也没死。"

"会有种虚幻感吧？如果换作是我……"我一时没法接受这种跳跃。

"我当时想，那到底还开不开店？要是开了店，还能不能挣着钱？要是挣着钱了，老陈会不会还和我喝酒？要是喝酒，老陈还会不会死？想来想去，觉得特别害怕，想起那间房子烧成黑炭的样子，我就没法看老陈的脸，连跟他说话都心虚。想了一晚上，天亮我找着老陈，说我不干了，你找别人合股去吧。他发火要揍我，我心想这都是为了不害死你，揍我我也忍了。最后还是没揍我，老陈是个好人。"

"所以避免了这种可能性发生——赵师傅你说得对，你这次用支线路径获得的信息来帮助主线决策，这是一次成功的选择！"我感到喜悦，"这样的话，你可以不断经历支线，修正错误，使主线变得一帆风顺。可能这就是你能力的最佳使用方法吧。"

赵师傅却叹气："唉，不算啥能力，没用。"

我在实线箭头上画出一个细长的虚线环，虚线的两个端点相当接近："这次你在支线度过三年时间，主线世界却只前进了一点点，精神时间与现实之间的时间差大幅度增加。"

"越跑越快。"

"对，就像我出去遛狗，沿固定路线前进，蛋蛋在前后左右乱跑，每隔一段时间回到我身边，一开始，它跑得越远，回来得越慢，后来它越跑越快，越跑越快，有可能花一分钟时间在全中国每个电线杠上都撒了泡尿，我却以为它只是钻了片小树丛呢。"

赵师傅看了一会儿图："你这么一说，就好懂多了。"

我扔下笔靠在椅背上："这能力跟时间旅行一样啊，赵师傅。我以为只有在小说和电影里才能见到这种人，没想到今天就坐在我面前。"

"要能换，咱俩换换。我一点都不想要这鬼玩意儿能力。"他摇头。

"我觉得这能力最大的缺陷，在于你自己没法察觉进入支线的时间点，换句话说，没法判断自己身处支线还是主线当中。"我想了想，从实线箭头引出一条虚线，"当你必须做出一个重大选择的时候，箭头是必然会分裂的吧。假使你在这里做出选择。"我将虚线分成两条，延长其中一条，"其后又做出若干次选择，"我让虚线分裂几次，将其中一条引回主线，指着那些没有结束点的枝丫，"到最后你才能发现，其实这些选择都是在做无用功，只是一段虚假时间里的虚假选择罢了，对主线一点帮助都没有。"

赵师傅认真思考，然后说："对。但是我也想过，有没有可能一开始是假的，后来走啊走啊，就变成了真的。比如这样。"他接过笔，把我画的那条虚线描成实线，然后涂掉两个端点之间的那段实线。现在看起来，实线箭头在中段拐了一个奇怪的弯，像心电图的一个波峰。

我觉得这似乎有点逻辑问题："你是说支线做出一系列选择，使发生的剧情与主线高度重合，乃至取代了主线……这也不对啊，这样你自己根本不知道曾经经历过一条支线，因为没有回到主线那个具有冲击力的时刻。"

"嗯，好像也是。"

"那你还经历过哪些支线呢？"

"可多了。就我记得的，我干过美容美发，到工厂站过流水线，当过导游，开过挖掘机，办过养猪场，养过狗，出国打过工，还抢过银行。"

换作是我，或许也会抢一回银行试试——在确定自己进入支线的前提下。但以赵师傅的性格，似乎不会做这种伤天害理的事情，除非迫不得已。"抢过银行？"我问。

"记不清了，肯定是急用钱，好像抢的是邮政储蓄。"他并没有显出羞愧的样子，"说实话，我干过很多坏事，还好都是假的。坏人没好报，张师傅，坏人没好报。"

"杀过人？"我盯着他。

他犹豫一下："这个……"

"你不想说就别说了。"

"不是不想说,是我记不清楚了。走小路，前面一次两次记得最清楚，一二十次，一两百次，记不清多少次，后面做过的事情太多，混在一起，乱七八糟，我脑子不够用。"

我悚然一惊。每次支线，都要一分一秒经历生活，短则几天，长则数年，我不知道赵师傅脑中的记忆怎样构成，但显然那些虚幻的日子会留下痕迹，不会因支线归零而消失。坐在我面前的这个中年人，体会过的不是如你我一般几十年时光,而是无数条支线时间相加的总和：几百年，几千年，几万年。

他是一位活在自己世界里的长者。

8

　　我觉得应该喝点酒来抑制心中的敬畏，但家里再找不出酒来了。我们抽完雪茄，你一颗我一颗地吃花生，直到盘底剩下最后一颗。赵师傅用筷子轻轻一压，花生裂成两瓣，他夹起一瓣，若有所思地望着它。

　　"那……你记得最清楚的一段人生是什么？"我问。

　　"先说那些记不清楚的吧。"他用门牙慢慢啃着花生，"我做过那么多工作，遇见过不同的人，有小人，有贵人，大多数时候普普通通过日子，有几次得到别人的帮助，也算发了财。可不管我能不能挣钱，我媳妇都活得艰难，那个病根治不了，过几年就会复发，我最有钱的时候，把她送到美国治病，找最好的大夫，用最贵的药，当时治好了，后来还是复发。不知道多少次，媳妇在我面前哭，说得这个病太难受了，死了算了，死了算了，我知道她怕死，可没办法救她。我救不了她。不管干啥。不管住在哪儿。不管信什么教。有一次我看不了她受苦，狠心跟她离婚，她死活不干，我放下协议书就跑了，跑到外面，坐上火车，到了广州，一出车站，那空气潮乎乎的热乎乎的，就像她经常躺的那张床的味道，我心口像挨了一道雷，打得我跌倒在地，没法喘气。后来醒过来，还是在北京那个出租房里，我把她牢牢抱住，一点不敢松开，她打我骂我，说我发疯了，越骂我，我越高兴，因为这才是真的。"

　　"你的生命离不开她，对吗？"

　　"她说过，我上辈子欠她的债，这辈子当牛做马还债的。"赵师傅露出苦涩又甜蜜的笑容，我从没见过谁脸上有那样复杂的神色，"我记得最清楚的一次，我踏踏实实和她过日子，我们开个小卖部，我送外卖，她看家，做过两次手术，她身体不行了，我带她回老家，租了个山脚下的房子住，我种点白菜，养几只鸭子，她坐不起来，靠在被垛上，我买了个平板电脑架子，让她上网斗地主。我喂她吃饭，烫了她骂，凉了她骂，稠了她骂，稀了她骂，咸了淡了多了少了，没毛病也骂，骂天骂地。我喜欢听她骂，能骂人说明还有力气。后来她没去医院，死在那个炕上，我把炕烧得热热的，她走的时候暖暖和和，路上就不怕冷了。"

这是我第二次听到赵师傅描述爱人死去的场景，他的语气淡淡的，几乎听不出一点悲凉。

"我给村里送了点礼，把她埋到我家祖坟，离我住的地方不远，隔三岔五去坟上坐坐，给她说说家里的白菜、鸭子。我活到七十三岁，腿不行了，走不动道，不能去坟地看她，就不想活了。我以为那就是我的一辈子，死在老家，能跟她并个骨，埋在一起，挺好。"赵师傅停顿了一会儿，"醒过来的时候，我还在北京的出租房，大半夜的，她睡得正香，我爬起来喝了杯水，看看日期，怎么也想不起来我在干什么。那几十年过得太真，我以为那就是真的，到头来一场空。我想啊想啊，从上坟，想到白菜、鸭子，想到离开北京之前的事情，想到手术，想到小卖部，想到她，想到这一天，这一天中午吃饭的时候我们俩聊天，说起万一生不出孩子，老了以后咋办，她说不怕，老了以后就回老家找个平房住，种点菜养几个鸭子，死了以后入土为安。我这才知道，就在那个时候，我开始走上了小路，按照她的想法，和她过完了一辈子。这一辈子，对她来说是一下午加一晚上的时间，对我来说，是那么长的一辈子。"……

"几十年，现实只是半天时间。"我叹口气。

赵师傅放下筷子："我害怕。"他的手指有点颤抖，"我分不清过的日子是真的还是假的，万一正走在小路上，就算再美的日子，再好的景色，一转眼就没了；万一是真的，我现在喝的酒，吃的菜，跟你说过的话，就只是这一次，经过了再不能更改。在这一年这一月这一日，我可以喝更好的酒，吃更好的菜，找两个美女聊天，或者陪在媳妇身边，可没法改变，这一日就快过去，再也回不来了。"

我转头望窗外，不知不觉太阳斜了，我们聊了整整一下午。对我来说，只是毫无价值的生命中毫无价值的几个小时，但按照他的观点来审视，这几个小时仿佛凝固时间的铅块，沉重，冰冷，坚硬。

我必须说点什么，以打破这种绝望的气氛："赵……赵师傅。你很多次走到最后是吧，最长的一次，你活了多少岁？九十岁？一百岁？"我勉强挤出笑容。

他花了一些时间整理思绪。"五千零五十岁。"他说，"我说过，有次得到贵人扶持，挣到大钱，她走了以后，我把她和我自己冻了起来，告诉那些大夫和科学家，等到能治好病把她复活的时候，再把我解冻。一等，就等了五千年。冻起来的时候，我没啥知觉，不知道过去了那么长时间。醒过来以后，有人说已经过去五千年，这个世界不一样了，我看他们，还是人的模样，但有点不一样的地方，我说不出来。我问我媳妇在哪儿，他们说还冰冻着，要治好她的病很简单，但复活她，并不那么容易。我问他们她在哪儿，他们说在一颗星星上，我也在一颗星星上，这个时代，人们都活在星星上，因为疾病越来越少，研究人的科学家就越来越少，每个人都想去更远的星星上看一看。解冻我，是因为我存的钱已经作废了，为了讨论我的问题，他们开会开了一千年讨论，终于决定叫醒我。我说我交过钱了，啥时候媳妇活了，我再起身，不然我要继续睡。他们讨论很久，同意先让我继续冷冻，因为我提出的要求他们得再开会开一千年。我睡过去，再没醒来。"

赵师傅拿出一张新纸，画一个箭头，用一条长得没有边际的虚线来描述这段旅程。

"五千年……那么现实生活过了多久呢。"由于震撼，我试了好几次才发出声音来。

"十四天半。"他回答。

9

"赵师傅，你说的大部分事情，似乎都和你媳妇有关。"

"对。"

"你知道吗，你是个时间旅行者。如果抛下包袱，可能能去到更远的地方，不仅是时间尺度上的遥远，更是空间尺度上的遥远。"

"我听不懂。"

"你可以去看未来。"

"那和我没关系。"

"你不想看看一万年以后的世界是什么样子吗？五万年？十万年？"

"看了又能咋样呢？"

我突然领悟，在整场对话中，我和眼前这位朴实的叙述者都不处于同一个频道，我的好奇、恐惧和敬畏，对他来说一钱不值，他只是想找人分享在这些离奇经历当中所积累的情绪，把自己往返时空的故事讲给能够倾听的人。我尊重他对爱人的情感，理解他做出的选择，但归根结底，他不想探究这现象产生的原理，不愿用科学来解释，家庭观念是他赖以生存的坚硬内核。

一位平凡的时间旅行者，他没有改变世界的力量，也没有改变自己的意愿，再宏大辽远的旅程，对他自己和外面的世界来说都一钱不值。

然而转念想想，如果我也能在自己的时间中旅行，又真能抵抗漫长时间带来的压力吗？我从不知道内心长满年轮是什么样的感觉。

蛋蛋睡醒一觉，从跌落水池的沮丧中恢复过来，凑到我跟前摇头摆尾，露出一副谄媚的表情。我开了一袋妙鲜包给它，又往狗窝里丢几根牛肉条，算是给它的神秘惊喜。狗其实是一种很难理解的动物，有时非常健忘，有时记性惊人，蛋蛋因为犯错误挨揍，会陷入短暂的抑郁状态，但睡一觉就恢复如初，第二天会因同样的原因挨揍，陷入同样的抑郁。可自从几年前隔壁邻居不小心踩到它的前腿，从此每次见到那位邻居，它都主动抬起左前腿扮演残疾狗，一瘸一拐从邻居面前走过，这种记仇的执着令人吃惊。

某种程度上来说，人也是一样难以理解。

10

我打开客厅灯。"赵师傅，那你现在走在支线，还是主线，你知道吗？"

"不知道。"

"那我是活生生的人，还是你想象中的角色，你知道吗？"

"不知道。"

"你去检查过大脑吗？我是说，不光做个 CT，找找心理医生什么的。"

"去过，没用。"

"如果我相信你说的话，你会觉得我是个疯子吗？"

"我要不是疯子，你就不是。"

"那你是疯子吗？"

他瞧着我，像是在揣摩我话中的用意。

"你说不是，就不是。"

屋里冷了下来，他套上毛衣。我看着桌上的空酒瓶，说："你说曾经跟我喝过酒，也就是说，在你经历某一次支线剧情的时候，你也救过蛋蛋，来到我家，像这样跟我聊了一下午。"

赵师傅回答："我升上黄金骑士，开始到这一片区送餐，没多久认识了你，觉得你是个能相谈的人。不瞒你说，心里藏着这么多话，我总想找个人说说，又怕说出口的话不能收回，被人当成神经病，要是这一切是假的，那无所谓，如果是真的，我丢了工作，没法攒钱给媳妇看病，那就完蛋了。我第一次到你家喝酒，就用一次性纸杯喝的二锅头。"

"第一次？"

"嗯。"

"你跟我喝过很多次酒？"我心中忽然有点寒意，"多少次？"

"很多次。"

"为什么是我？……我是说，你可以对任何一个人聊这些事情，北京有两千多万人，为什么刚好是我？"

赵师傅欲言又止，沉默了一会儿，倒杯水润了润嘴唇："从哪儿说起呢。最近我脑子里的问题越来越严重，走小路的时候越来越多。我说'最近'，就是从我当上骑士之后的事情，我不记得走过多少次小路了，每次有长有短，大部分都走不到尽头，就像现在，可能一转念，我就回到前面的时间，坐在对面的你和今天发生的所有事情，唰的一下就没了。走过几百几千条小路，真正世界里的我只过去几个月时间，真怕有一天，不管我走多少条小路，真正的我都不会前进了。我熬过一辈子，熬过十辈子、一百辈子、一千辈子，真正的我就多活了一天，活了一小时、一分钟、一秒，我的钟越走越慢，越走越慢，最后停了。我就被困在那世界里那一秒，每次回去，都只能看见同样的东西，连动弹一下手指头的时间都没了。可能活生生的媳妇在我眼前坐着，我说了句话，拉了拉她的手，就走上小路，这句话变成假的，摸到的手也是假的，真的我还在真的世界里瞅着媳妇，那个世界结冰了，再也不会前进一分一毫。"

我想象着那个凝固的画面，被巨大的无力感攫住心脏。

"我也会想，当我回到真的世界，眼前这一切会变成啥样。"他挥挥手，像在触摸看不见的按钮，"如果现在是假的世界，等我回去，这些东西还会在吗？这个纸杯还在吗？北京还在吗？你呢？"

我低头望着纸杯，杯底的薄薄酒液映出摇曳的人形。"支线情节中的人物是活着的，还是某种幻象？……从自我意识来说，我必须承认自己活着。"我抬起头，"刚才你的话有矛盾的地方，你说无法判断身处主线还是支线，但你的主线时间还停留在几个月以前，远未到达现在我们对坐谈话的时间点，这不证明现在我们在经历支线情节？"

"万一它突然解冻呢！"赵师傅音量提高了，"我，我控制不了这个脑子，我必须得把每一天当成真的来过，你知道不知道！"

我明白他的感受。如果主线人生的时间流速不断减缓，意味着他永远走不到真实生命的尽头，只能在无限的梦境中循环——这是我能想象到最黑、最深的绝望。他必须说服自己，给自己生活的勇气。

我稍微组织语言，等他情绪平复下来："赵师傅，我知道你身上背着别人无法想象的痛苦，主角若换成我，一定早早就发疯了。我非常佩服你。"

他摇摇头，没说话。

"我在三十年的人生里从没怀疑过'存在'这回事。不论你是否出现，我都是个普普通通活在世上的人，就算你现在忽然消失掉，我也会找个理由逼自己相信超自然力量，然后继续稀松平常地活下去。"我说，"对你来说可能是支线，对我来说，这个世界不能更真实了，真实到不可能像电视断电一样咻地消失掉。"

他从烟灰缸里拾一个烟头，用鼻子嗅着："嗯，我知道。我也想过，可能我走过的每一条小路，都有个一样的地球活着一样的人，我回到真的世界的时候，那个世界里的人继续活着，那个世界的我也继续活着。我不是在脑子里瞎想，而是在不同的世界里跳来跳去。"

"这就是我说的平行宇宙啊。"

"我没文化，搞不懂。接着刚才说吧，你问我为啥选你一次次聊天，其实，我跟许多人聊过。"他说，"几百人，几千人，从我认识的人，到我不认识的人，我把我的故事一遍一遍地说，能听完故事的没几个，更没有人相信我，他们都觉得我是神经病，我脑子坏了，该送精神病院。有几次，他们和我媳妇真的把我送到医院去检查，我害怕见大夫，大夫会给我打针，电我，把我跟一群神经病关在一起。没人信我，没人。"

我想象时间旅行者在每段人生里找人倾诉的样子，非常孤独。

"直到遇见你。"赵师傅将烟头点燃，"第一次有人听我说话，请我喝酒，帮我分析这些事情。你说北京有两千多万人，两千多万人里只有你肯信我。只有你一个。"

仿佛宿命，我不知该感动还是觉得恐惧："那，你每次找我聊的内容都一样吗？我说的话也都一样吗？"

"不太一样。我记不太清楚，反正不太一样。"

"每次我都相信你？"

"嗯，差不多。"

"好吧。"自己的人生忽然变得重要起来，令人感觉非常复杂。可在下一瞬间我突然产生了一个不祥的念头：出生以来我一直是个最普通的角色，生在普通家庭，上普通学校，普通身高，普通体重，做着普通工作，普通地失业，跟普通的狗住在普通的房子里。我不应该变得重要，所有强行提升人生价值的行为都蕴藏着某种不正当的需求，比如彩票中奖骗局，比如传销，比如邪教。有人突然出现在我面前宣布我是被选中的人，世上独一无二的存在——那是《黑客帝国》的情节，不应该发生在现实生活中。

如果赵师傅是个骗子……这似乎也能解释一切。他觉得我是个人傻有钱不必工作的土豪，喜欢看点怪力乱神的杂志，于是悄悄摸清我的生活习惯，演练好一套玄之又玄的说辞，找一个机会骗取我的信任，用故事引起我的好奇心，瞅准机会在最后抛出一个我无法拒绝的要求。

疑心一旦产生，就像雪球一样越滚越大。他曾经进过我的屋子，没找着钱，但摸清了各种物品的存放位置，因为我遛狗时通常不锁门。他在水池里放了诱饵，使蛋蛋做出那种反常行为，自己躲在一旁伺机营救。他是惯犯，一个新型的骗子，专门用科幻小说式的故事骗宅男程序员的微薄积蓄。

我额头流下一滴冷汗，提高警惕盯着他。赵师傅吸了两口烟，烟头烧到手指，烫得一哆嗦。这不大像老练骗子的表现，可同时也不像个在万千世界里轮回的时空旅行者。

如果是骗子，他一定会提出要求：信用卡号，手机密码，床头柜钥匙。聊了这么久，应该到收网的时候了。

我惴惴不安地等待着。不是怕受骗，而是怕离奇的故事变成一个谎言。

11

赵师傅看一眼窗外的天色，叹口气："唉，又聊了一下午。可我还是什么都不懂。今天聊得高兴，喝得也好，谢谢你，我得回去销假，准备晚上送餐了。"说着他站起来，慢慢套上明黄色的工服大衣。

我说："不多坐会儿吗？感觉还有很多话可聊。"

他说："不了，总得回去挣钱。"

他走向门口，我跟在后面。推开门的时候，他忽然停住脚步，回头说："对了，张师傅，我有一件事求你。"

来了。我尽量平静地回应："什么事？别客气尽管说。"

"不太好张口……"他显得有点为难，"我说了你可别怪我交浅言深。"

"你说。"

"我想请你帮我办件事。"

巨大的失望感如潮水般涌来，我盯着眼前这个皮肤黝黑的中年男人，刚才纵横时空的画面被揉成一团鼻涕纸。"做什么？"我压抑着情绪回答。

他犹豫了很久："张师傅，我今天晚上会死。"

"……什么？"这句话倒是出乎我的意料，我以为他会哭诉缺钱或者假装接电话说出事故之类，那是骗子的常用伎俩。

"今天晚上八点四十分，在去政通小区送餐的路上，我被一辆闯红灯的奥迪车撞了，飞出去十米远，倒在地上，摔断了脖子。"他说，"没等救护车开到，就死了。"

"可是……"

"嗯，我亲身经历的。那个十字路口的路况不好，水泥特别粗糙，我在路上滑出去很远，很疼。成为骑士之后，我无数次经历这个场面，死过多少次，记不清了。每次都很疼。"

我瞅了他一会儿，判断这段对话的真实性："可是你可以避免的，你可以不做外卖员……"

"那次我没有选择做骑士，得到贵人帮助，赚了大钱，活到五千零五十岁。回到真实世界的时候，我没法再选，已经通过培训考核成了一名骑士。"他的嘴唇微微颤抖，若不仔细观察根本难以发觉，我相信那不是演技，"……不知道为什么，在那以后不管我怎么选，生活都会越来越差，只有做骑士能够养活家，养活媳妇，是不是说老天已经玩腻了，只留给我一条绝路？"

"那今晚不接订单，不行吗？"

"试过很多次，阴差阳错，还是在差不多的时间死去，一样被车撞，一样很疼。"赵师傅喃喃道，"就像有只手推着你往那边走，你再逃跑，再挣扎，一样被推到那条绝路上。"

我掏出手机看时间：七点四十五分，只剩不到一个小时。在这一刻我决定相信他说的话，因为他的眼睛里藏着恐惧，那种绝望的恐惧。"为什么一开始不说这些？"我问，"你知道一会儿会死，还跟我聊天喝酒，如果早提出来，或许我们能想出什么办法改变结局……"

他猛然用通红的眼睛直盯着我："你觉得我现在是真的活着，还是在走小路？"

我退后一步："我……我不知道……"

"如果我真正活着，就不会注定死，因为一切还没发生过；如果我只是脑子在幻想，那做什么又有啥意义呢。"他喷出带酒精味道的热气，"我能做啥，我啥也做不了啊张师傅，你懂吗？你一定懂啊。"

此刻我的脑中一片混乱，无数个时空箭头漫天飞舞，缠成一团厘不清的乱麻。"我不知道。"我避开他的直视，"不知道……"

他垂下头，喘了几口气。"反正，就这么一件事要求你。"他忽然揪住我的衣袖，"就一件事。从你家阳台，能看见政通小区门前的十字路口，一会儿，八点四十分，你在阳台上看着，看我会不会死。"

我张大嘴巴看着他。

"我反复想过了，反正就这么几种可能：第一，这是条小路，我死了，回到大路上，剩下的一切都没了，你也没了；第二，这是条小路，我死了，你还活着，你能看见我倒在那儿，被救护车拉走；第三，这是条小路，我逃过一劫，这次没有死，下次再死；第四，这是大路，我逃过一劫，跟媳妇顺顺利利活下去；第五，这是大路，我被车撞死，人死灯灭再不能活。"他快速说出一段话，缓了口气，"你就站在那儿看着我。如果八点四十分没出事故，今晚也没出事故，明天我带着好酒好肉上来找你，咱们俩喝到天昏地暗，喝成两个王八蛋。如果……"

"赵师傅，你别这么说。"

"……如果我真的死了，我想请你去我家里看看。我家是卢沟桥晓月苑四里三号楼最西头的那个杂货铺，我媳妇腿脚不方便，在铺上躺着，你绕到收款台后面去看她，告诉她我死了。一夜没回去，她肯定急坏了。不要怕，照实说，她能承受得起，她不是那种想不开寻短见的女人。我藏了点钱在空调罩子里，够她几年里吃喝穿戴，那些账主都不知道我们现在住的地方，我一死，外债就算是消了，她能安安生生过日子。就是以后没人给她做饭洗脚抹身子，一个女人家，跟着我没享过什么福，总觉得对不起她。以后你要是有空去看看她，陪她聊聊天，她脾气臭，你忍着点，那女人心是善的。"

我怔在那儿，久久没法开口。

赵师傅脸上有疲惫的悲容，但又从悲容中浮出一个笑："不知托付过你多少次了，你每次都答应，可我从不知道结果，死后的事情，没人知道。谢谢你了，张师傅。"

"赵师傅，你不会死的，没有什么是注定的！"我终于出声，回身拿起桌上画满箭头的纸，几下撕成粉碎，"我们说的所有事情都是猜测，没人知道以后要发生的事情，概率是独立事件，不会受那些梦境的影响……我们还没有把你思维的秘密厘清楚，那太复杂，充满悖论。怎么判断那些支线的交叉点，怎么进行选择，怎么利用预演来找到人生的最优解……我想了很多，可能的策略有很多……"

他笑容收敛，留下眼角悲戚的皱纹："既然谁都不知道，你怕什么？"

"赵师傅……"

他说："如果我今天没有死，也不再做梦，我就一天一天，认真过活。明天抓紧时间多送几单，一单挣一块六，十单十六，一百单，一百六，房租水电和药费就出来了。今天要死了，一了百了，这不就是生活。只有媳妇放不下，要不是她，我早就疯了傻了，有她，我才懂什么叫过生活。张师傅，求你的事情，就麻烦你了。"

楼道里的冷风灌进来，我闭了一下眼睛，门关闭，赵师傅消失在北京的冬夜中。

12

我在黑暗中画一个实线箭头。没有分支，没有交叉。

今夜之后，我会打 Dota 到凌晨两点，一觉睡到明天中午，带蛋蛋下楼遛弯，点个回锅肉盖饭，坐在长凳上慢慢吃完。在我的存款用完之前，我会继续这种毫无希望的生活。等到账户上只剩一张机票的钱，我或许会退掉我同学租的房子，打包他的电脑，带着他的狗，到南方投奔他，闻一闻广州潮乎乎的味道，试试看凭自己的力量能不能过上稍好一点的生活。也可能，我会把机票钱取出来吃一顿大餐，然后买张回老家的火车票，毕竟对蛋蛋这种中华田园犬来说，那里有更适合它的田园生活。

也许赵师傅是个神秘的脑内时间旅行者，也许是筹划更高深骗局的骗子，也许只是个疯子。

如果现在经历的一切是假的。即便我能一直活到时间的尽头。纵使有一万种策略。哪怕结局注定悲剧。

赵师傅说的很对，我也只能一天一天过我的生活而已。

我在华灯初上的冬天，北京一个平凡的夜晚里，望着楼下红绿灯闪烁。那是个交通繁忙的路口，车来车往，人声嘈杂。我不知哪个穿着明黄色外套的骑士是赵师傅，也分辨不出大众和奥迪。

我在等待一场不知是否必将发生的车祸，在每一次轮回中请求我在此守望的，是车祸的受害者本身。

若将时间的箭头抹去，故事会收敛得非常简单：一个男人和一个女人的故事。离开她的他，和离开他的她，故事都会早早落幕。那北京的每盏灯下，每个男人和女人之间，是否都存在这样单纯又繁复、短暂却漫长、草草开始而永不结束的故事呢？

时针指向八点四十分，该到来的终将到来。

幽灵三重奏

文／陈楸帆

人群中这些面孔如幽灵闪现

潮湿，黑色枝头的片片花瓣

——埃兹拉·庞德《在一个地铁站》

肉　体

就叫我娥或者 E。

人们总把我的名字念成 Chang E，可我什么都改变不了。

我的丈夫忙于拯救世界，那十个失控的人造太阳正向大气层逼近，热辐射引起的飓风和冰川融化毁灭了全球百分之九十的沿海城市。我不认为他能够成为英雄，毕竟他连自己的儿子都救不了。

我的儿子患上一种罕见的表观遗传学疾病，据说来自父母甚至几代前的环境污染、精神创伤、饮食习惯甚至压力水平都可能通过遗传信息传递给后代。这是藏在我们基因中的幽灵。

看着他耳朵畸形，脊柱扭曲，皮肤上长出白色长毛，双眼变得分开而充血，我不知道应该怪罪于谁。毕竟这个病重的时代，谁又能比谁清白几分？

我把他送进了特护病房，他已经认不出我，认不出这个世界，也许这是一种天赐的幸运。当所有人都在为自己的火刑进行倒计时时，他可以安心地玩着木杵和被捣成粉末的维生素药片。

我不想再看到他，就像我不想再看到他的父亲。他是这一切错误的源头。

谁会想要把一个无辜的新生命带到这样一个世界？谁有这种权力？

也许只有男人会义无反顾地这么做。

然后留下无尽的孤独。

我找到了丈夫藏在家中的药，用于克服太空任务中由于失重带来的失眠、呕吐及种种机能失调，能够安然入睡 6～8 个小时。我先吃了一片，带着一种奇怪的金属涩味，又把另外那半瓶刻着小小"H"的冰蓝色药片都倒进嘴里，不脱鞋躺在床上，打开电台，静静等待末日提前到来。

电台里循环播放着 20 世纪的老歌，我的身体随之轻轻律动，就像从前丈夫搂着我跳舞那样。可那样的日子已经离开我太久太久了。不知道过去了多久，窗外的光线似乎起了变化，带上一种酸柠檬的黄绿色调，音乐的节拍和腔调逐渐拉长变慢，像是浓稠的蜂蜜淌了一地，我的思绪和身体一起跟着融化、流淌，从床单滴落地板，顺着木纹在屋里滚动、蔓爬。

我突然想起传言中某些人正在接受身体的全面改造，以适应一个末日后的新世界。像鱼、像水母、像蛇和甲虫般生活在一个高温毒气、大陆沉没、蛋白质匮乏的地球上，延续人类的文明。可那样活着还算是个人吗？我不知道，我也不愿意去想。我只希望那一切到来时儿子能少受一点苦，也许也就是一眨眼的工夫吧。

事情有点不对劲，我并没有失去知觉，相反，所有的感官变得格外敏锐，甚至，无法用言语来形容。

我看见了镜子中的自己。

躺在床上一动不动白皙无瑕的自己，以及亮晶晶碎满地板的自己。像是水管爆裂淹了一地，不，更准确地说，像是水银，在液体与固体间不断变换着细微的形状。比起我所熟悉的女性躯体，这样的形态反倒让我觉得更加性感。

而一旦我意识到了自己并没有身体，更没有人类的眼睛，整个世界便破碎重组成万花筒的形状，疯狂旋转。每当我想要把注意力凝固在某一个方向时，那个方向便会更加迅疾地碎裂分化，像蜘蛛网般展开更大的迷宫。

我迅速冷静下来，这并不像是以往的我能够做到的。在 1.4132 秒内我与外部环境进行了 6154 次交流，这帮助我建立起对于自我状况的完整认知，一座复杂的坐标系。

我终于明白了那种恐慌感的来源。

不是因为失去了人类的肉体，而是因为我确信，这个世界的末日已经无法对我的存在形成威胁，哪怕是丈夫预测中最糟糕的结局。

换句话说，我将再也无法死去。

灵　体

刚来到月桂树前，高高挥舞起斧头，一下两下，在树干上砍出一道深深的伤口，散发着浓郁的香气。当一天的时钟归零之时，树干将自动恢复原样，光滑、平整，宛如最初。而那只红眼白毛的兔子，也照常毫无意义地捣动手里的药杵，安静地陪伴在他身边。

这是他来到"月宫"的第 102145 天，或许天的概念也变得不再重要，可以换成年、世纪或者纳秒，取决于公转的对象，自转的主体，或者是原子震颤的参照系。对于曾经的人类来说，时间只是幻觉，只是文化的建构，只是人类大脑海马体内嗅皮层神经细胞对于外部信号变化的某种映射与换算。

只是刚刻量痛苦与悔恨的仪式。

他更换了姓名，确保在新世界不会有人认出自己。事实上，极少有人愿意在这个世界延续自己在地球上的身份，出于很多原因，想象得到与无法想象的原因。

当他知道自己已经没有机会充当拯救这个世界的英雄时，第一个想到的是妻子。

他觉得自己亏欠妻子太多，在世界和她之间，他选择了世界。最后，他什么也没留下。这几乎是所有故事一贯的结局。

在有限的时间内，人类只能冒险奋力一搏，将部分人群的意识扫描上传到位于月球上的数据中心，另外一条路是太空殖民，火星以及更遥远的家园。

刚选择了前者，他太清楚后一条路的艰险与不确定性，以及出于对人类肉体的深切不信任。

可是妻子倒在了床上，脸色安详，旁边有一个空药瓶和回旋不息的《拉赫玛尼诺夫第二交响曲》。

那药片来自刚的母亲，一位纳米生物学家，一个天生控制狂，他所有不安全感与自卑的来源。她劝说自己的儿子服用下这尚处于实验阶段的秘药，以完成"最终形态的转化"。他从来不相信母亲，如果真的有效，为什么她无法治愈自己的儿子，任凭他退行成半人半兽的怪物。

母亲还曾经反复叮嘱刚，不要让妻子娥得知药物的存在。这更让刚心生愤恨，他希望在另一个世界里能够永远摆脱母亲的控制，可惜只剩下孤零零的自己。

刚花费了极大力气对抗反对意见，将妻子意识上传的名额转给儿子。一枚对于人类文明的虚拟重建毫无贡献的灵魂，哪怕他占据的数据空间再过微不足道，也不足以抵消整个上传过程所消耗的资源，以及挤占掉另一个生命活下去的机会。

但刚坚持要这么做，以他曾经的荣耀作为抵押。

"月宫"最终装进了 3419 枚灵魂，5.7% 的成功率。

他们以同一套感官系统见证家园的毁灭，十个巨大的发光体如一串断线的珍珠，缓慢而坚决地坠入大气层，以不同角度撞向海洋或大陆，引发巨大海啸或地壳断裂。它们原本用于为人类提供源源不绝的核聚变能量，如今却用这热力来蒸发掉亿万条生灵，让地球变成一座炼狱。冲天火焰高达数千米，经年不熄，残酷而壮美，直至将氧气耗尽。

第一次撞击的时间点被命名为"人类日落"，永远记录在"月宫"的历史上。

新人类们没有将太多时间浪费在缅怀昨日，他们迅速建立起新的信息组织结构，利用先期投掷到月表的物资，开始缓慢的基地建设，当然，借助于机器躯体已经比人类肉体的效率高出不少。理想状态下，他们能利用月球上丰富的氦-3和太空中的陨铁作为原料，建立起一个全新的铁与硅的文明，而人类意识将如同幽灵般潜匿其下，延续地球文明的脉络。

这项或将延续千年的计划因为人类被迫抛弃了肉体而得以加速。刚有时候会想，这是否就是宇宙中看不见的巨手，将机会隐藏在大灾难的背后。

新人类逐渐适应了没有肉体的生活，他们在虚拟空间中建立起乐园，不受肉体束缚的快乐方式只会更多。当然也有一些人对新世界深表失望，或者羁绊于旧情感，选择被完全地抹除数据，从宇宙中消失，或者自愿去个体意识化，将记忆与经验共享给整个社区。

刚也掌握了技巧，能够重塑一个只存在于他记忆中的完美的妻子，或者是一个与其他小孩毫无二致的健康儿子，可是他没有那么做。他有一种偏执的念头，一旦自己开始这个游戏，便会停不下来，成瘾般去修改每一个细节，直到他创造出全新的妻儿。而那不啻一种背叛。

于是他只是做了最低程度的修饰，让儿子以一种可爱无害的形象出现在公众面前，就像是一只吉祥物。直到无法预料的灾难再次袭来。

按照原有的宇宙秩序，所有的设计都没有问题。但科学家们低估了十次撞击的累积效应对于地球自转姿态与公转轨道的影响，以及随之而来的对于月球的牵引作用。等到他们发现不对劲时已经为时已晚，月球将脱离原有的运行轨道，在引力作用下向地球靠拢，直至坠落，成为第十一个太阳。

如果"月宫"从一开始觉察，或许还有机会集中资源研发出月球变轨技术，但如今为时已晚。悲观派认为这就是人类的宿命，纷纷选择自我抹除。而抗争派则坚持必须坚持到最后一刻，哪怕将人类意识的数据备份播撒到太空之中，也比什么都不干要来得有尊严。

刚属于第三种，既不自杀，也不参与到救援行动中，只是日复一日重复着苦修般的砍伐，似乎这样就能让自己获得某种超脱与平静。

但是每次看到儿子的眼睛，他只会把斧头挥得更高，砍得更深。他知道在自己黑洞般的意识数据深处，隐藏着那个说不出口的念头。他希望此刻陪伴在自己身边的是妻子娥，而不是儿子。

直到有一天，那双红色的眼睛变成黑色。

共同体

你从远方走来，带着芬芳而熟悉的味道，那是一种频率。

你说你是我的母亲，又是我的奶奶，对此我表示困惑。毕竟我一直都搞不太清楚人与人之间的区别。除了味道。

更为不解的是我所身处的状态，恍如大梦初醒，所有的回忆都如同倒流的水滴，艰难地聚拢回原始的形状。你说那些碎片在我被上传之时被当作无用的冗余数据，像是一枚饱满的树叶经过腐蚀药水的浸泡只剩下脉络，所有无法被结构化被索引的信息，全都剔除抹去。因为我就是那样被囚禁在人类躯壳中的一个零余者，失去了躯壳，更显得无用了。

你用某种方式恢复了那些数据，并找出了隐藏在那些离散数据中的高维拓扑几何结构，那些沉默了数个灾变纪元的幽灵们。就像无法正常表达的基因组片段，它们构成了一个更加完整的我。

我无法理解这些概念。

许多经验和记忆明显早于成为你儿子之前，那些奇异的地貌细节与生物形态，绝非单凭我贫乏的头脑能够想象得出。我甚至疑心它们是否源自地球。尽管地球之大已经超出了我的认知范围。

你说我正在慢慢恢复当中。

我记起了你的样子，你的声音，你那柔软温暖的触感，当然还有你身上的气味，你与父亲之间激烈的争吵。那些都是太过久远的事情了。我不知道你消失了有多久，甚至忘了是从哪一刻起，你从我的世界里不见的。

你说你吃下了父亲私藏的药物，不知名的药物让你变成了无法言说的存在，一种介于物质与能量之间的纠缠体，能够在瞬间完成以往需要实验室极端严苛条件下才能实现的相变。可你还保有人类的记忆和情感，这让你更加的混乱与恐慌。

你见证了世界的毁灭，以一种超越人类感官的方式。数以十亿计的集体死亡凝固成大地与海洋上的黑色纹样，在地狱之火的炙烤下，大气扭曲，洋流旋转，尸体们翩然起舞。

你竟然感受到了无与伦比的美和愉悦。

我也是。

没有了生命，但是能量还充沛，你贪婪地吸食着这颗死星上的波动，扩充着自己的疆域。很快地，你发现有另一个生命体在干着同样的事情。那一瞬间你竟然有点欣喜，至少你不是孤独的。你们在新西伯利亚上空相遇了，并展开一场旷日持久的恶斗，战争之惨烈已经无法描述，但最终，你获胜了。

你突然认出了那个敌人，爸爸的妈妈，我的奶奶，你的婆婆。你们之间的斗争早在此之前便已展开。知道是你而不是爸爸吃下了药，奶奶悲愤交加，企图结束自己的生命，尽管她并不确定应该如何做到。

你并没有让她得逞。你吞下了她。她永远成为你的一部分。

我不知道现在父亲应该如何面对你。也许这已经不是我们应该考虑的问题。也许换成是父亲站在你的位置，他也会做出同样的选择。

成为旧地球统治者之后，你所想念的却还是我，你不知道我们已经到达了月球，成为新虚拟世界的公民，并且宿命般地等待另一场倒计时。你只是不断地扩大自己的感知范围，企图寻找任何幸存者的迹象，因为你感到了孤独。

终于你的波段触及了月球，并得知了一切。

令你惊叹的并不是这个文明备份计划或者是即将坠入地球的灾难重演，而是隐藏在我短暂为人不知的历史深处的秘密。一个更为久远、宏大而黑暗的种族，将生命的信息播撒到不同的星球，嵌入物种进化的过程，并如同分布式运算的基因机器，不断自我更新、复制、传播，在漫长的沉默中等待着被召唤苏醒的一刻。

你所好奇的是信息背后的目的。

你说的对，我终于都想起来了。

你将自己伪装成了救世主，利用父亲对你的思念，相信了你的计划。他停止了砍树，再次站出来，充当人类的英雄。

你将自己的身体改造成最大质能比的压缩空气爆炸箱，经历了无数次的失败之后，终于逃逸了地球引力的束缚，将自己炸出了大气层。

你必须捕获在太空中漂浮着的相隔一定距离的质量包，这是从"月宫"上按照计划发射出的最后的弹药。在真空中，你只能通过这样的方式完成质能转换，吞噬，压缩，爆炸，调整方向，继续前进，像一盘巨大的太空弹珠游戏，只不过一切都由你的身体来完成，无论是弹珠还是弹弓。

太空中的错误率远远超出你的预估，以至于在最后的几步，你不得不抛弃自己身体的一部分来转换成能量。

你变得虚弱，一头栽入月球表面，激起月震以及巨大的尘云。"月宫"的机器车将你带回基地，那便是大屠杀的开始。

只用了 0.001415 月秒，你便掌控了全人类以及在虚拟空间中重建的新文明。

那些对你无用的灵魂瞬间灰飞烟灭，你用一己之力重演种族灭绝的戏码。从那些如我一般隐藏着远古信息的意识，你将其重新结构，编码，抽取出蛛丝马迹来拼凑一个可能的方向。有无数种方式可以拯救"月宫"以及上面的人类灵魂，但那已经不是你所关心的。除了我与父亲之外，其他人只是你手中的乐高积木而已。

妈妈，那真的是你吗？

终于，在父亲的帮助下，你完成了大计划的最后一步，一枚发射向宇宙深处某个特定坐标的纳米卫星，如果没有发生意外，它将一直飞下去，直到人类所知的时间尽头。

你希望能找到那一切的源头，哪怕它已经消弭在数十亿年前，而你需要再花上同样的时间找到那残留的文明灰烬。

你相信我们绝对不会孤独地死去。

父亲并无法用语言或眼神来表示震惊，当你将他如同浮尘般从这宇宙间抹去的瞬间。你说，"他是你所有孤独的原因"。我想我大概能够理解。

"从今以后，你和我，就是人类。"你说。

"只有你。"

我回应道，进入了你的身体，就像从前那样，开始了漫长的旅程。

春天的故事

文／陈楸帆

1979 年，那是一个春天。

在那个春天里发生了很多事情。我们和美国人和好了，我们和越南人打起来了，我们的三足乌一号发现了木星环，又匆匆地掠过，飞向宇宙更深远的地方。

然而，对于当时只有七岁的我，这些都不存在。我的世界里只有一个破落的小渔村和一个每逢下雨便会化为沼泽地的广场，这是我和疯子们的游乐园。噢，还有海，像怪物一样在不远的地方冷冷看着我们，每当夜色渐浓，你会感觉有一股力量在驱使你，诱惑你，走进海的深处，然后再也回不来。

有几家小孩就是这样没了的，所以，我爸妈不让我到海边去，多看一眼都不行。

所以当大人们说，那个老头是从海里来的时候，我压根儿就不信。

他在沙滩上趴了一宿，小舢板已经碎成了瓜条，第二天清晨被渔民发现的时候，还问这里是不是香江。

"香个啥江哩，这里是沙尾。"

老头一屁股坐在沙地里起不来了。

村里人给他在妈祖庙旁边搭了个棚子住下，平时就帮妈祖像清扫香灰，贡品贡钱也给他匀一点够吃够用。

老头有点神道道的，在沙地里写了一堆鬼画符又抹掉，看着像个文化人。村里有些看不懂的文纸书信就拿去找他，或者让他代个笔，倒也写得一手好字。

我和疯子们经常会去骚扰他，偷贡品，朝鬼画符上撒尿，他却不恼不怒，把糖放在手心摊开，等着我们去取的时候，再一把握住，嘿嘿地笑。

心情好的时候，他会教我们写字，地球好大，宇宙好大，然后再跟我们讲哪个更大一些。我实在想象不出比海更大的东西，那让人觉得心很慌。

一个刮风天，我偷偷跑去看他，怕他那棚子被风吹跑了。老头喝得醉醺醺的，半靠着妈祖像，手里还拿着半张烧焦的照片。他看见了我，收起照片，很热情地招呼我过去，可我却有点害怕。

他说："来，我教你画画。"我心想："鬼要你教，老子画的鸡全村找不出第二只。"

老头手里多了一根奇怪的笔，闪着银白色的光。

我侧过去看他要画什么了不得的东西，结果笔尖在地上走出一个歪歪扭扭的圆，笔迹闪着淡淡银光。我正想取笑他，奇怪的事情发生了。在笔尖回到起点的瞬间，线条像是自己有了生命一样，向外挣扎着，凹凸不平的地方变得圆滑，最后得到了一个完美的圆圈。

当时的我肯定像村头的二傻子一样，张大嘴巴流着口水，不知道该问什么好。

可这还没完，老头按了下笔帽，圆圈变成了一个黑洞。老头用笔尖轻触边缘，将整个黑洞拿了起来，可边缘就像一张纸一样没有厚度。

他把笔递给我，我就像第一次看见手电筒一样翻来覆去研究，那是一种纯粹的黑，看不到一点点反光或是影子，但黑洞的背面却不是黑的，而是另外一种东西，不，更确切地说，是另一个世界。

透过圆圈的背面，我看到的已经不是破落的妈祖庙，而是干净明亮的大马路，火柴盒般整齐立在路边的大楼，还有穿着奇怪衣服的人，那么多，像鱼群一样挤着挨着，这样的景象即使是在电视里我也没有看到过。

我迷惘地看着老头，他似乎完全明白我的感受，用眼神怂恿我继续看下去。

我把黑洞朝向风雨中波涛汹涌的大海，全身顿时僵住了。

海消失了，取而代之的是一台台锈红色的钢铁巨兽，衔着五颜六色的铁皮箱子缓慢转动，尽管还隔着一段距离，积木般的箱子在空中摇晃着，那种体积与重量所带来的压迫感完全让人窒息。

"这，这是哪里？"我问。

老头叨咕着一堆听不懂的词，什么量子涨落，什么拓扑相变，就是没有回答出我的问题。

我着了迷似的透过黑洞背面看着另一个世界的各个角落，突然发现了一个问题。

影子。

对于一个七岁小孩来说，能注意到这点实在有点不可思议，当两个世界的太阳爬到同样位置，也就是广场旗杆顶的时候，黑洞世界里建筑的影子和妈祖庙前那棵老榕树的影子方向是一致的。

我一时没有想明白这到底意味着什么，只是向老头指了出来。

没想到他竟勃然大怒，对着我吼又像是对着自己吼道，"连个七岁小孩都能看明白，为什么你们就是不接受，不承认！"

圆圈中的世界逐渐变淡消失了，我又回到了这个风雨飘摇中的妈祖庙。

"所以……那里就是这里，对吗？"我开始琢磨过来味儿。

可老头还发着酒疯，满嘴胡言乱语着什么时间箭头，不对称性，什么只能看见未来，却看不见过去。

我把玩着那根神笔，还想再画一个圈，却被老头一把抓过去，说没电了，要等太阳出来才能用。

我觉得他就是抠门。

这件事儿让我心烦意乱了好几天，连疯子们找我玩都没去，我告诉他们我病了。事实上我确实不太舒服，眼前老飘着圆圈里的景象，如果那里就是村子，那又是什么时候的村子，如果是未来的村子，那为什么所有的一切都那么真实，可明明什么都还没有发生。

这翻来覆去的想法就像要把一团打了结的渔网厘出头绪，让我头疼得想吐。我有点躲着老头，我觉得他身上有种说不清道不明的魔力，让人害怕。

那天我看着流着鼻涕的讨厌鬼小宝在地上玩积木时，突然脑子一激灵。

如果把两个圆圈叠起来，是不是能看见更远的未来？如果把圆圈在沙地里像积木一样摆成一个圆圈呢，是不是就能看到无限远的未来？

这个想法让我激动了，我想我必须再去找一次老头。

老头在老榕树下听完我的想法，沉默了半天，嘿嘿笑道："你是个天才啊。"

我只当他是在夸我。

我们足足花了一个礼拜才找到一块废弃的晒水产的沙地，一般人不会走到那里，又等了三天才等到一个艳阳高照的日子。我们像一对工程师搭档，在沙地里用木棍和绳子画好圆圈，又将它十二等分，定好每一个圆圈的位置和角度，我用泥巴做出一个个小巧的底座，在太阳下晒干变硬，它们保证我们的计划不会像多米诺骨牌一样倒塌。

看起来万事俱备，只欠东风。

老头说，因为每一个圆圈存在的时间非常不稳定，所以一定要快。言下之意就是画圆圈的事儿只能交给我来办。

可我只是个孩子。

他还很鸡贼地决定自己站在圆圈的正面，而把黑洞那一面留给我，所以我只能等他看完了我再看。为了大局，我忍了。

我们试验了几次，都是还没到一半路程第一个圆圈就消失了，底座倒是比想象中要坚固。

不知道老头看到了些什么，只见他脸上的表情像台风天的海面，阴晴不定。这让我更好奇了。

熟练之后可以走到四分之三的路程，这时笔没电了。

我们在旁边的石头上躺着晒了会儿太阳，我问老头看见了啥，他张了张嘴巴，又摇摇头，说："你自己看吧，说不好。"

"真抠门。"我朝发烫的石头上吐了口唾沫，发出滋滋的响声。

笔充好电了。

我们又试了两次，最接近时离完成只差一个位置。我觉得已经到极限了。

老头眯缝着眼想了半天，说我们可以优化一下流程。

他所谓的优化流程就是让我倒退着画圈放圈，从上往下放而不是侧着放。

"能行吗？"我表示怀疑。

每一个环节提升零点几秒，加起来就很可观了。

确实奏效了，当我背对着老头，放下最后一个圆圈时，手都是抖的。那个黑洞看着我，深不可测，像是有某种力量在诱惑我，那是来自未来的召唤。

圆圈落地，就位。

一阵白光，我像是被吸进了无穷无尽的圆形隧道，我想喊，却没有声音。我失去了知觉。

醒来之后已经是晚上，第一件事竟然是担心爸妈的责骂，我站起身来想往家的方向跑，却摔了个狗啃泥。我的腿有点不对劲。

它变长了。

不仅是腿，我的整个身体都不是原来习惯的样子，笨重，累赘，每一个动作都会打到自己，而衣服已经被绷得裂开了，裤脚抻到了小腿肚子上。

我这是怎么了？借着月光，我看到一双不属于自己的手，修长秀气，已经完全不是圆嘟嘟的小胖手。

身后传来一阵喘息声，是老头，我竟然完全忘记了我们的大计划。

看到对方的瞬间，我们俩都愣住了，我突然明白了一切。

他看起来足足年轻了十岁不止，竟跟我那风里来雨里去的打渔老爹气色相仿。

"老头。"

我话一出口把自己都吓一跳，那分明是一个变声期青年男子的嗓音。

"你究竟把我怎么了？"

老头看了看自己的手，又摸摸自己的脸和脖子，突然大笑起来，嗓音浑厚，中气十足。

"天意啊。"他说，"你天才的想法把我的时间熵转移到你的身上，所以我年轻了十岁，你老了十岁。"

"听起来我很吃亏啊，老头。"

"话不能这么说，你不是一直想出去看看外面的世界吗？现在正是时候。"

我想了想，也对。

"老头，你究竟看见了什么？"

他意味深长地笑了笑，说："我看见的每一个未来里都有你。"

说服爹妈我花了不少工夫，最后他们接受了这一事实，并答应让我自己进城闯荡。村里人都觉得我是个妖孽，还是走了比较好。

走之前我又看了几次未来，其中一次看到老头在灰白色的石头地面上，用拖把写下一行行的诗，最后还留下了日期。我告诉了他，他说肯定是想跟未来的我见面，让我一定记住这个日子。

他还关切地问："那时候的他看起来怎么样？"

我想了想说："跟现在没啥两样。"

他得意地笑了。

　　我怀揣着爹妈给的钱和老头给的介绍信进了城，王老师看完信瞅了我半天，似乎怀疑我是从地上捡的那封信。

　　他安排我成为了美院的一名旁听生，还给我找了一处便宜的地下室住着。

　　我过得很苦，好几次想回村里当个渔民算了，却又想起了圆圈里看到的未来。

　　我把它们都画了下来。

　　毕业后，我从一名穷学生变成了一名穷画家。没人对我笔下的未来感兴趣，我只能靠给剧团描描景画画像勉强糊口。

　　我爱上了一个姑娘，可她爱上了美利坚。

　　一次醉酒之后我发疯似的把颜料在纸上乱泼，醒来之后发现是我记忆中的大海。那幅画卖出去了，价钱还不错。

　　我火了。我像机器一样画着千篇一律的渔村、渔民和大海，我开画展，对着记者和艺术女青年们讲述编好的童年故事，我身价倍增，画甚至挂进了美利坚最好的画廊。

　　可我始终没有忘记那个日子，我想见到老头，告诉他，提早十年上大学真的很重要。

　　1992年4月6日，那天，阿西莫夫死了，我堵在机场高速上。

　　等我赶到地方的时候，人已经不在了，只留下地上被保洁员擦了一多半的诗句。

　　"……我有许多的秘密／就不告诉你／就不告诉你／就不告诉你……"

　　他们说："那个疯子被抓走了。"

　　我怅然若失，准备好一肚子的话无处倾吐。

　　我想告诉老头，我成了一个画家，一个买了很多房子的画家。我看到了未来高耸的广告牌上的数字。我认识了很多房地产商，他们用房子换我的画，甚至我只指着大海的方向，他们就拍出了价码。我想告诉他，现在我操着一口霾味儿京腔，当年的海风气息已经从舌头根子上不见了。我还想告诉他，他从我身上偷走的少年时代，我从许多个年轻女大学生的怀里又找了回来。

我一直想问他的问题，我猜他也会嘿嘿笑着问我。

"你还看见了什么？"

我看见又一个春天，海回来了。

巴　鳞

文／陈楸帆

　　我用我的视觉来判断你的视觉，用我的听觉来判断你的听觉，用我的理智来判断你的理智，用我的愤恨来判断你的愤恨，用我的爱来判断你的爱。我没有、也不可能有任何其他的方法来判断它们。

——亚当·斯密《道德情操论》

　　巴鳞身上涂着厚厚一层凝胶，再裹上只有几个纳米薄的贴身半透膜，来自热带的黝黑皮肤经过几次折射，星空般深不可测。我看见闪着蓝白光的微型传感器飘浮在凝胶气泡间，如同一颗颗行将熄灭的恒星，如同他眼中小小的我。

　　"别怕，放松点，很快就好。"我安慰他，巴鳞就像听懂了一样，表情有所放松，眼睑处堆叠起皱纹，那道伤疤也没那么明显了。

他老了，已不像当年，尽管他这一族人的真实年龄我从来没搞清楚过。

助手将巴鳞扶上万向感应云台，在他腰部系上弹性拘束带，无论他往哪个方向以何种速度跑动，云台都会自动调节履带的方向与速度，保证用户不位移不摔倒。

我接过助手的头盔，亲手为巴鳞戴上，他那灯泡般鼓起的惊骇双眼隐没在黑暗里。

"你会没事的。"我用低得没人听见的声音重复，就像在安慰我自己。

头盔上的红灯开始闪烁，加速，过了那么三五秒，突然变成绿色。

巴鳞像是中了什么咒语般全身一僵，活像是听见了磨刀石霍霍作响的羔羊。

那是我十三岁那年的一个夏夜，空气湿热黏稠，鼻孔里充斥着台风前夜的霉锈味。

我趴在祖屋客厅的地上，尽量舒展整个身体，像壁虎般紧贴凉爽的绿纹镶嵌石砖，直到这块区域被我的体温捂得热乎，再就势一滚，寻找下一块阵地。

背后传来熟悉的皮鞋敲地声，雷厉风行，一板一眼，在空旷的大厅里回荡，我知道是谁，可依然趴在地上，用屁股对着来人。

"就知道你在这里，怎么不进新厝吹空调啊？"

父亲的口气柔和得不像他。他说的新厝是在祖屋背后新盖的三层楼房，全套进口的家具电器，装修也是镇上最时髦的，还特地为我辟出来一间大书房。

"不喜欢新厝。"

"你个不识好歹的傻子！"他猛地拔高了嗓门，又赶紧低声咕哝几句。

　　我知道他在跟祖宗们道歉，便从地板上昂起脑袋，望着香案上供奉的祖宗灵位和墙上的黑白画像，看他们是否有所反应。

　　祖宗们看起来无动于衷。

　　父亲长叹了口气："阿鹏，我没忘记你的生日，从岭北运货回来，高速路上遇到事故，所以才迟了两天。"

　　我挪动了下身子，像条泥鳅般打了个滚，换到另一块冰凉的地砖。

　　父亲那充满烟味儿的呼吸靠近我，近乎耳语般哀求："礼物我早就准备好了，这可是有钱都买不到的哟！"

　　他拍了两下手，另一种脚步声出现了，是肉掌直接拍打在石砖上的声音，细密、湿润，像是某种刚从海里上岸的两栖类。

　　我一下坐了起来，眼睛循着声音的方向，那是在父亲的身后，藻绿色花纹地砖上，立着一个黑色影子，门外膏黄色的灯光勾勒出那生灵的轮廓，如此瘦小，却有着不合比例的膨大头颅，就像是镇上肉铺挂在店门口木棍上的羊头。

　　影子又往前迈了两步。我这才发现，原来那不是逆光造成的剪影效果，那个人，如果可以称其为人的话，浑身上下，都像涂上了一层不反光的黑漆，像是在一个平滑正常的世界里裂开一道缝，所有的光都被这道人形的缝给吞噬掉了，除了两个反光点，那是他那对略微凸起的双眼。

　　现在我看得更清楚了，这的的确确是一个男孩，他浑身赤裸，只用类似棕榈与树皮的编织物遮挡下身，他的头颅也并没有那么大，只因为盘起两个羊角般怪异的发髻，才显得尺寸惊人。他一直不安地研究着脚底下的砖块接缝，脚趾不停蠕动，发出昆虫般的抓挠声。

　　"狍鸮族，从南海几个边缘小岛上捉到的，估计他们这辈子都没踩过地板。"

我失神地望着他，这个或许与我年纪相仿的男孩，他身上的某种东西让我感觉怪异，尤其是父亲将他作为礼物这件事。

"我看不出来他有什么好玩的，还不如给我养条狗。"

父亲猛烈地咳嗽起来。

"傻子，这可比狗贵多了。如果不是亲眼看到，你老子可不会当这冤大头。真的是太怪了……"他的嗓音变得缥缈起来。

一阵沙沙声由远而近，我打了个冷战，起风了。

风带来男孩身上浓烈的腥气，让我立刻想起了某种熟悉的鱼类，一种瘦长、铁乌的廉价海鱼。

我想这倒是很适合作为一个名字。

父亲早已把我的人生规划到了四十五岁。

十八岁上一个省内商科大学，离家不能超过三小时火车车程。

大学期间不得谈恋爱，他早已为我物色好了对象，他的生意伙伴老罗的女儿，生辰八字都已经算好了。

毕业之后结婚，二十五岁前要小孩，二十八岁要第二个，酌情要第三个（取决于前两个婴儿的性别）。

要第一个小孩的同时开始接触父亲公司的业务，他会带着我拜访所有的合作伙伴和上下游关系（多数是他的老战友）。

孩子怎么办？有他妈（瞧，他已经默认是个男孩了），有老人，还可以请几个保姆。

三十岁全面接手林氏茶叶公司，在这之前的五年内，我必须掌握关于茶叶的辨别、烘制和交易知识，同时熟悉所有合作伙伴和竞争对手的喜好与弱点。

接下来的十五年，我将在退休父亲的辅佐下，带领家族企业开枝散叶，走出本省，走向全国，运气好的话，甚至可以进军海外市场。这是他一直想追求却又瞻前顾后的人生终极目标。

在我四十五岁的时候，我的第一个孩子也差不多要大学毕业了，我将像父亲一样，提前为他物色好一任妻子。

在父亲的宇宙里，万物就像是咬合精确、运转良好的齿轮，生生不息。

每当我与他就这个话题展开争论时，他总是搬出我的爷爷，他的爷爷，我爷爷的爷爷，总之，指着祖屋一墙的先人们骂我忘本。

他说，我们林家人都是这么过来的，除非你不姓林。

有时候，我怀疑自己是否真的生活在 21 世纪。

我叫他巴鳞，巴在土语里是"鱼"的意思，巴鳞就是有鳞的鱼。

可他看起来还是更像一头羊，尤其是当他扬起两个大发髻，望向远方海平线的时候。父亲说，狍鸮族人的方位感特别强，即便被蒙上眼，捆上手脚，扔进船舱，漂过汪洋大海，再日夜颠簸经过多少道转卖，他们依然能够准确地找到故乡的方位。尽管他们的故土在最近的边境争端中仍然归属不明。

"那我们是不是得把他拴住，就像用链子拴住土狗一样？"我问父亲。

父亲怪异地笑了，他说："狍鸮族比咱们还认命，他们相信这一切都是神灵的安排，所以他们不会逃跑。"

巴鳞渐渐熟悉了周围的环境，父亲把原来养鸡的寮屋重新布置了一下，当作他的住处。巴鳞花了很长时间才搞懂床垫是用来睡觉的，但他还是更愿意直接睡在粗粝的沙石地上。他几乎什么都吃，甚至把我们吃剩的鸡骨头都嚼得只剩渣子。我们几个小孩经常蹲在寮屋外面看他怎么吃东西，也只有这时候，我才得以看清巴鳞的牙齿，如鲨鱼般尖利细密的倒三角形，毫不费力地把嘴里的一切撕得稀烂。

我总是控制不住去想象，那口利齿咬在身上的感觉，然后心里一哆嗦，有种疼却又上瘾的复杂感受。

巴鳞从来没有开口说过话，即便是面对我们各种挑逗，他也是紧闭着双唇，一语不发，用那双灯泡般的凸眼盯着我们，直到我们放弃尝试。

终于有一天，巴鳞吃饱了饭之后，慢悠悠地钻出寮屋，瘦小的身体挺着饱胀的肚子，像一根长了虫瘿的黑色树枝。我们几个小孩正在玩捉水鬼的游戏，巴鳞晃晃悠悠地在离我们不远处停下，颇为好奇地看着我们的举动。

"捞虾洗衫，玻璃刺脚丫。"我们边喊着，边假装是在河边捕捞的渔夫，从砖块垒成的河岸上，往并不存在的河里，试探性地伸出一条腿，点一点河水，再收回去。

而扮演水鬼的孩子则来回奔忙，徒劳地想要抓住渔夫伸进河水里的脚丫，只有这样，水鬼才能上岸变成人类，而被抓住的孩子则成为新的水鬼。

没人注意到巴鳞是什么时候开始加入游戏的，直到隔壁家的小娜突然停下，用手指了指。我看到巴鳞正在模仿水鬼的动作，左扑右抱，只不过，他面对的不是渔夫，而是空气。小孩子经常会模仿其他人的说话或肢体语言，来取乐或激怒对方，可巴鳞所做的和我以往见过的都不一样。

我开始觉察出哪里不对劲了。

巴鳞的动作，和扮演水鬼的阿辉几乎是同步的，我说几乎，是因为单凭肉眼已无法判断两者之间是否存在细微的延迟。巴鳞就像是阿辉在五米开外凭空多出来的影子，每一个转身，每一次伸手，甚至每一回因为扑空而沮丧的停顿，都复制得完美无缺，毫不费力。

我不知道他是如何做到的，就像是完全不用经过大脑。

阿辉终于停了下来，因为所有人都在看着巴鳞。

阿辉走向巴鳞，巴鳞也走向阿辉，就连脚后跟拖地的小细节都一模一样。

阿辉："你为什么要学我！"

巴鳞同时张着嘴，蹦出来的却是一堆乱七八糟的音节，像是坏掉的收音机。

阿辉推了巴鳞一把，但同时也被巴鳞推开。

其他人都看着这出荒唐的闹剧，这可比捉水鬼好玩多了。

"打啊！"不知道谁喊了一句，阿辉扑上去和巴鳞扭抱成一团，这种打法也颇为有趣，因为两个人的动作都是同步的，所以很快谁都动弹不了，只是大眼瞪小眼。

"好啦好啦，闹够了就该回家了！"一只大手把两人从地上拎起来，又强行把他们分开，像是拆散了一对连体婴。是父亲。

阿辉忿忿不平地朝地上唾了一口，和其他家小孩一起作鸟兽散。

这回巴鳞没有跟着做，似乎某个开关被关上了。

父亲带着笑意看了我一眼，那眼神似乎在说，现在你知道哪儿好玩了吧。

"我们可以把人脑看作一个机器，笼统地说来，它只干三件事：感知、思考，还有运动控制。如果用计算机打比方，感知就是输入，思考就是中间的各种运算，而运动控制就是输出，它是人脑能和外界进行交互的唯一方式。想想看为什么？"

在老吕接手我们班之前，打死我也没法相信，这是一个体育老师说出来的话。

老吕是个传奇，他个头不高，大概一米七二的样子，小平头，夏天可以看到他身上鼓鼓的肌肉。据说他是从国外留学回来的。

当时我们都很奇怪，为什么留过洋的人要到这座小破乡镇中学来当老师。后来听说，他是家中独子，父亲重病在床，母亲走得早，没有其他亲戚能够照顾老人，老人又不愿意离开家乡，说狐死首丘。无奈之下，他只能先过来谋一份教职，他的专业方向是运动控制学，校长想当然地让他当了体育老师。

老吕和其他老师不一样，和我们一起厮混打闹，就像是好哥们儿。

我问过他，为什么要回来？

他说，有句老话叫父母在，不远游。我都远游十几年了，父母都快不在了，也该为他们想想了。

我又问他，等父母都不在了，你会走吗？

老吕皱了皱眉头，像是刻意不去想这个问题，他绕了个大圈子，说，在我研究的领域有一个老前辈叫 Donald Broadbent，他曾经说过，控制人的行为比控制刺激他们的因素要难得多，因此在运动控制领域很难产生类似于"A 导致 B"的科学规律。

所以？我知道他压根儿没想回答我。

没人知道会怎么样。他点点头，长吸了一口烟。

放屁。我接过他手里的烟头。

所有人都觉得他待不了太久，结果，老吕从我初二教到了高三，还娶了个本地媳妇生了娃。正应了他自己那句话。

我们开始用的是大头针，后来改成用从打火机上拆下来的电子点火器，"咔嚓"一按，就能迸出一道蓝白色的电弧。

父亲觉得这样做比较文明。

人贩子教他一招，如果希望巴鳞模仿谁，就让两人四目对视，然后给巴鳞"刺激一下"，等到他身体一僵，眼神一出溜，连接就算完成了。他们说，这是狍鹗族特有的习俗。

巴鳞给我们带来了无数的欢乐。

我从小就喜欢看街头戏人表演，无论是皮影戏、布袋戏还是扯线木偶。我总会好奇地钻进后台，看他们如何操纵手中无生命的玩偶，演出牵动人心的爱恨情仇，对年幼的我来说，这就像法术一样。而在巴鳞身上，我终于有机会实践自己的法术。

我跳舞，他也跳舞。我打拳，他也打拳。原本我羞于在亲戚朋友面前展示的一切，如今却似乎借助巴鳞的身体，成为可以广而告之的演出项目。

我让巴鳞模仿喝醉了酒的父亲。我让他模仿镇上那些不健全的人，疯子、瘸子、傻子、被砍断四肢只能靠肚皮在地面摩擦前进的乞丐、羊痫疯病人……然后我们躲在一旁笑得满地打滚，直到被家属拿着晾衣竿在后面追着打。

巴鳞也能模仿动物，猫、狗、牛、羊、猪都没问题，鸡鸭不太行，鱼完全不行。

他有时会蹲在祖屋外偷看电视里播放的节目，尤其喜欢关于动物的纪录片。当看见动物被猎杀时，巴鳞的身体会无法遏制地抽搐起来，就好像被撕开腹腔内脏横流的是他一样。

巴鳞也有累的时候，模仿的动作越来越慢，误差越来越大，像是松了发条的铁皮人，或者是电池快用光的玩具汽车，最后就是一屁股坐在地上，怎么踢他也不动弹。解决方法只有一个，让他吃，死命吃。

除此之外，他从来没有流露出一丝抗拒或者不快，在当时的我看来，巴鳞和那些用牛皮、玻璃纸、布料或木头做成的偶人并没有太大的区别，只是忠实地执行操纵者的旨意，本身并不携带任何情绪，甚至是一种下意识的条件反射。

直到我们厌烦了单人游戏，开始创造出更加复杂而残酷的多人玩法。

我们先猜拳排好顺序，赢的人可以首先操纵巴鳞，去和猜输的小孩对打，再根据输赢进行轮换。我猜赢了。

这种感觉真是太酷了！我就像一个坐镇后方的司令，指挥着士兵在战场上厮杀，挥拳、躲避、飞腿、回旋踢……因为拉开了距离，我可以更清楚地看清对方的意图和举动，从而做出更合理的攻击动作。更因为所有的疼痛都由巴鳞承受了，我毫无心理负担，能够放开手脚大举反扑。

我感觉自己胜券在握。

但不知为何，所有的动作传递到巴鳞身上似乎都丧失了力道，丝毫无法震慑对方，更谈不上伤害。很快巴鳞便被压倒在地上，饱受痛揍。

"咬他，咬他！"我做出撕咬的动作，我知道他那口尖牙的威力。

可巴鳞似乎断了线般无动于衷，拳头不停落下，他的脸颊肿起。

我朝地上一吐，表示认输。

换我上场，成为那个和巴鳞对打的人。我恶狠狠地盯着他，他的脸上流着血，眼眶肿胀，但双眼仍然一如既往地无神平静。我被激怒了。

我观察着操控者阿辉的动作，我熟悉他打架的习惯，先迈左脚，再出右拳。我可以出其不意扫他下盘，把他放翻在地，只要一倒地，基本上战斗就可以宣告结束了。

阿辉左脚迅速前移，来了！我正想蹲下，怎料巴鳞用脚扬起一阵沙土，迷住我的眼睛。接着，便是一个扫堂腿将我放倒，我眯缝着双眼，双手护头，准备迎接暴风骤雨般的拳头。

事情并不像我想象的那样。拳头落下来了，却软绵绵的，一点力气都没有。我以为巴鳞累了，但很快发现不是这么回事，阿辉本身出拳是又准又狠的，但巴鳞刻意收住了拳势，让力道在我身上软着陆。拳头毫无预兆地停下了，一个暖乎乎臭烘烘的东西贴到我的脸上。

周围响起一阵哄笑声，我突然明白过来，一股热浪涌上头顶。

那是巴鳞的屁股。

阿辉肯定知道巴鳞无法输出有效打击，才使出这么卑鄙的招数。

我狠力推开巴鳞，一个鲤鱼打挺，将他反制住，压在身下。我眼睛刺痛，泪水直流，屈辱夹杂着愤怒。巴鳞看着我，肿胀的眼睛里也溢满了泪水，似乎懂得我此时此刻的感受。

我突然回过神来，高高地举起拳头。他只是在模仿。

"你为什么不使劲！"

拳头砸在巴鳞那瘦削的身体上，像是击中了一块易碎的空心木板，咚咚作响。

"为什么不打我！"

我的指节感受到了他紧闭双唇下松动的牙齿。

"为什么！"

我听见"嘶啦"一声脆响，巴鳞右侧眉骨裂了一道长长的口子，一直延伸到眼睑上方，深黑皮肤下露出粉白色的脂肪，鲜红的血汩汩地往外涌着，很快在沙地上凝成小小的池塘。

他身上又多了一种腥气。

我吓坏了，退开几步，其他小孩也呆住了。

尘土散去，巴鳞像被割了喉的羊崽蜷曲在地上，用仅存的左眼斜睨着我，依然没有丝毫表情的流露。就在这一刻，我第一次感觉到，他和我一样，是个有血有肉甚至有灵魂的人类。

这一刻只维持了短短数秒，我近乎本能地意识到，如果之前的我无法像对待一个人一样去对待巴鳞，那么今后也不能。

我掸掸裤子上的灰土，头也不回地挤入人群。

我进入 Ghost 模式，体验被囚禁在 VR 套装中的巴鳞所体验到的一切。

我／巴鳞置身于一座风光旖旎的热带岛屿，环境设计师根据我的建议糅合了诸多南中国海岛屿上的景观及植被特点，光照角度和色温也都尽量贴合当地经纬度。

我想让巴鳞感觉像是回了家，但这丝毫没有减轻他的恐慌。

视野猛烈地旋转，天空、沙地、不远处的海洋、错落的藤萝植物，还有不时出现的虚拟躯体，像素粗粝的灰色多边形尚待优化。

我感到眩晕，这是视觉与身体运动不同步所导致的晕动症，眼睛告诉大脑你在动，但前庭系统却告诉大脑你没动，两种信号的冲突让人不适。但对于巴鳞，我们采用最好的技术将信号延迟缩短到 5 毫秒以内，并用动作捕捉技术同步他的肉身与虚拟身体运动，在万向感应云台上，他可以自由跑动，位置却不会移动半分。

我们就像对待一位头等舱客人，呵护备至。

巴鳞一动不动地站在那里，他无法理解眼前的这个世界，与几分钟前那个空旷明亮的房间之间的关系。

"这不行，我们必须让他动起来！"我对耳麦那端的操控人员吼道。

巴鳞突然回过头，全景环绕立体声让他觉察到身后的动静。郁郁葱葱的森林开始震动，一群鸟儿飞离树梢，似乎有什么巨大的物体在树木间穿行摩擦，由远而近。巴鳞一动不动地凝视着那片灌木。

一群巨大的史前生物蜂拥而出，即便是常识缺乏如我也能看出，它们不属于同一个地质时代。操控人员调用了数据库里现成的模型，试图让巴鳞奔跑起来。

他像棵木桩般站在那里，任由霸王龙、剑齿虎、古蜻蜓、新巴士鳄和各种古怪的节肢动物迎面扑来，又呼啸着穿过他的身体。这是物理模拟引擎的一个 bug，但如果完全拟真，又恐怕实验者承受不了如此强烈的感官冲击。

这还没有完。

巴鳞脚下的地面开始震动开裂，树木开始七歪八倒地折断，火山喷发，滚烫猩红的岩浆从地表迸射，汇聚成暗血色的河流，而海上掀起数十米高的巨浪，翻滚着朝我们站立的位置袭来。

"我说，这有点儿过了吧。"我对着耳麦说，似乎能听见那端传来的窃笑。

想象一个原始人被抛掷在这样一个世界末日的舞台中央，他会是一种什么样的感受。他会认为自己是为整个人类承担罪愆的救世主，还是已然陷入一种感官崩塌的疯狂境地？

又或者，像巴鳞一样，无动于衷？

突然我明白了事情的真相。我退出 Ghost 模式，摘下巴鳞的头盔，传感器如密密麻麻的珍珠凝满黑色头颅，而他双目紧闭，四周的皱纹深得像是昆虫的触须。

"今天就到这里吧。"我无力叹息，想起多年前痛揍他的那个下午。

我与父亲间的战事随着分班临近日渐升温。

按照他的大计划，我应该报考文科，政治或者历史，可我对这俩任人打扮调教的小婊子毫无兴趣。我想报物理，至少也是生物，用老吕的话说是能够解决"根本性问题"的学科。

父亲对此嗤之以鼻，他指了指几栋家产，还有铺满晒谷场的茶叶，在阳光下碎金闪亮。

"还有比养家糊口更根本的问题吗？"

这就叫对牛弹琴。

我放弃了说服父亲的尝试，我有我的计划。通过老吕的关系，我获得了老师的默许，平时跟着文科班上语数英大课，再溜到理科班上专业小课，中间难免有些课程冲突，我也只能有所取舍，再用课余时间补上。老师也不傻，与其要一个不情不愿的中等偏下文科考生，不如放手赌一把，兴许还能放颗卫星，出个状元。

我本以为可以瞒过忙碌在外的父亲，把导火索留到填报志愿的最后一刻点燃。当时的我实在太天真了。

填报志愿的那天，所有人都拿到了志愿表，除了我。我以为老师搞错了。

"你爸已经帮你填好了！"老师故作轻描淡写，他不敢直视我的双眼。

我不知道自己怎么回的家，像失魂的野狗逛遍了镇里的大街小巷，最后鬼使神差地回到祖屋前。

父亲正在逗巴鳞取乐，他不知道从哪翻出一套破旧的军服，套在巴鳞身上显得宽大臃肿，活像一只偷穿人类衣服的猴子。他又开始当年在军队服役时学会的那一套把戏，立正、稍息、向左向右看齐、原地踏步走……在我刚上小学那会儿，他特别喜欢像个指挥官一样喊着口号操练我，而这却是我最深恶痛绝的事情。

已经很多年没有重温这一幕了，看起来父亲找到了一个新的下属。

一个绝对服从的士兵。

"一二一、一二一、向前踏步——走！"巴鳞随着他的口令和示范有模有样地踏着步子，过长的裤子在地上沾满了泥土。

"你根本不希望我上大学，对吗？"我站在他们俩中间，责问父亲。

"向右看齐！"父亲头一侧，迈开小碎步向右边挪动，我听见身后传来同样节奏的脚步声。

"所以你早就知道了，只是为了让我没有反悔的机会！"

"原地踏步——走！"

我愤怒地转身按住巴鳞，不让他再愚蠢地踏步，但他似乎无法控制住自己，军装裤腿在地上"啪啦啪啦"地扬起尘土。

我捧住他的脑袋，和我四目对视，一只手掏出电子点火器，蓝白色的弧光在巴鳞太阳穴边炸开，他发出类似婴儿般的惊叫。

我从他的眼神中确信，他现在已经属于我。

"你没有权力控制我！你眼里只有你的生意，你有考虑过我的前途吗？"

巴鳞随着气急败坏的我转着圈，指着父亲吼叫着，渐行渐近。

"这大学我是上定了，而且要考我自己填报的志愿！"我咬了咬牙，巴鳞的手指几乎已经要戳到父亲的身上。"你知道吗，这辈子我最不想成为的人就是你！"

父亲之前意气风发的军姿完全不见了，他像遭了霜打的庄稼，耷拉着脸，表情中夹杂着一丝悲哀。我以为他会反击，像以前的他一样，可他并没有。

"我知道，我一直都知道，你不想一世人都走着别人给你铺好的路……"父亲的声音越来越低，几乎要听不见了，"像极了我年轻时的样子，可我没有别的选择……"

"所以你想让我照着你的人生再活一遍吗？"

父亲突然双膝一软，我以为他要摔倒，可他却抱住了巴鳞。

"你不能走！你以为我不知道吗？出去的人，哪有再回来的？"

我操纵着巴鳞奋力挣脱父亲的怀抱，就好像他紧紧抱住的人是我。而这样的待遇，自我有记忆之日起，就未曾享受过。

"幼稚！你应该睁大眼睛，好好看看外面的世界了。"

巴鳞像是个失心疯的发条玩具，四肢乱打，军服被扯得乱七八糟，露出那黝黑无光的皮肤。

"你说这话时简直和你妈一模一样。"又一朵蓝白色的火花在巴鳞头上炸开，他突然停止了挣扎，像是久别重逢的爱人般紧紧抱住父亲。"你是想像她一样丢下我不管吗？"

我愣住了。

我从来没有从这个角度想过父亲的感受。我一直以为他是因为自私和狭隘才不愿意我走得太远，却没有想过是因为害怕失去。母亲离开时我还太小，并没有给我造成太大的冲击，但对于父亲，恐怕却是一生的阴影。

我沉默着走近拥抱着巴鳞的父亲，弯下腰，轻抚他已不再笔挺的脊背。这或许是我们之间所能达到的亲密的极限。

这时，我看到了巴鳞紧闭眼角噙出的泪花。那一瞬间，我动摇了。

也许在这一动作的背后，除了控制之外，还有爱。

有一些知识我但愿自己能在十七岁之前懂得。

比方说，人类脑部的主要结构都和运动有关，包括小脑、基底核、脑干、皮层上的运动区以及感知区对运动区的直接投射等等。

比方说，小脑是脑部神经元最多的结构。在人类进化中，小脑皮层随着前额叶的快速增大而同步增大。

比方说，任何需要和外界进行的信息或物理上的交互，无论是肢体动作、操作工具、打手势、说话、使眼色、做表情，最终都需要通过激活一系列的肌肉来实现。

比方说，一条手臂上有 26 条肌肉，每条肌肉平均有 100 个运动单元，由一条运动神经和它所连接的肌纤维组成。因此，光控制一条胳膊的运动，就至少有 2 的 2600 次方种可能性，这已经远远超出了宇宙中原子的数量。

人类的运动如此复杂而微妙，每一个看似漫不经意的动作中都包含了海量的数据运算分析与决策执行，以至于目前最先进的机器人尚无法达到 3 岁小孩的运动水平。

更不要说动作中所隐藏的信息、情感与文化符号。

在前往高铁车站的路上，父亲一直保持沉默，只是牢牢地抓住我的行李箱。北上的列车终于出现在我们眼前，崭新、光亮、线条流畅，像是一松闸就会滑进遥不可测的未知。

我和父亲没能达成共识。如果我一意孤行，他将不会承担我上学期间的生活费用。

"除非你答应回来。"他说。

我的目光穿过他，就像是看见了未来，那是属于我自己的未来。

为此，我将成为白色羊群中那一头被永远放逐的黑羊。

"爸，多保重。"

我迫不及待地拉起行李箱要上车，可父亲并没有松手，行李箱尴尬地在半空中悬停着，终于还是重重地落了地。

我正要发火，父亲啪的一声在我面前立正，行了个标准的军礼，然后一言不发地转身走人。他说过，上战场之前不要告别，要给彼此留个念想。

我望着他渐渐远去的背影，举起手，回了个软绵绵的礼。

当时的我并没有真正领会这个姿势的意义。

"真没想到我们竟然会折在一个野人手里。"课题组组长，也是我的导师欧阳笑里藏刀，他拍拍我的肩膀。"没事儿啊，再琢磨琢磨，还有时间。"

我太了解欧阳了，他这话的潜台词就是"我们没时间了"。

如果再挖深一层，则是"你的想法，你的项目，那么，能不能按时毕业，你自己看着办"。

至于他自己前期占用我们多少时间精力，去应付他在外面乱七八糟接下的私活儿，欧阳是绝不会提的。

我痛苦地挠头，目光落在被关进粉红宠物屋里的巴鳞身上，他面目呆滞地望着地板，似乎还没有从刺激中恢复过来。这颜色搭配很滑稽，可我笑不出来。

如果是老吕会怎么办？这个想法很自然地跳了出来。

一切的源头都来自于他当年闲聊扯出的"A 导致 B"的问题。

传统理论认为，运动控制是通过存储好的运动程序完成的，当人要完成某一个运动任务时，运动皮层选取储存的某一个运动程序进行执行，程序就像自动钢琴琴谱一样，告诉皮层和脊髓的运动区该如何激活，皮层和脊髓再控制肌肉的激活，完成任务。

那么问题来了：同一个运动有无数种执行方式，大脑难道需要储存无数种运动程序？

还记得那条运动可能性超过了全宇宙原子数量的胳膊吗？

2002 年一个叫作 Emanuel Todorov 的数学家提出一套理论，试图解决这个问题。

他的基本思想是：人的运动控制是大脑求一个最优解的问题。所谓最优是针对某些运动指标，比如精度最大化，能量损耗最小化，控制努力度最小化，等等。

而在这一过程中，人脑会借助于小脑，在运动指令还没有到达肌肉之前，对运动结果进行预测，然后与真实感知系统发回来的反馈相结合，帮助大脑进行评估及调整动作指令。

最简单的例子就是，上下楼梯时我们经常会因为算错台阶数而踩空，如果反馈调整及时，人就不会摔跤。而反馈往往是带有噪音和延时的。

Todorov 的数学模型符合前人在行为学和神经学上的已知证据，可以用来解释各种各样的运动现象，甚至只要提供某一些物理限制条件，便可以预测其运动模式，比如说八条腿的生物在冥王星重力环境下如何跳跃。

好莱坞用他的模型来驱动虚拟形象的运动引擎，便能"自主"产生出许多像人一样流畅自然的动作。

当我进入大学时，Todorov 模型已经成为教科书上的经典，我们通过各种实验不断地验证其正确性。

直到有一天，我和老吕在邮件里谈到了巴鳞。

我和老吕自从上大学之后就开始了电邮来往，他像一个有求必应的人工智能，我总能从他那里得到答案，无论是关乎学业、人际关系，还是情感。我们总会长篇累牍地讨论一些在旁人看来不可思议的问题，例如"用技术制造出来的灵魂出窍体验是否侵犯了宗教的属灵性"。

当然，我们都心照不宣地避开关于我父亲的事情。

老吕说巴鳞被卖给了镇上的另一家人，我知道那家暴发户，风评不是很好，经常会干出一些炫耀财力却又令人匪夷所思的荒唐事。

我隐约知道父亲的生意做得不好，可没想到差到这个地步。

我刻意转移话题聊到 Todorov 模型，突然一个想法从我脑中蹦出。巴鳞能够进行如此精确的运动模仿，如果让他重复两组完全相同的动作，一组是下意识的模仿，而一组是自主行为，那么这两者是否经历了完全相同的神经控制过程？

从数学上来说，最优解只有一个，可中间求解的过程呢？

老吕足足过了三天才给我回信，一改之前汪洋恣肆的风格，他只写了短短几行字：

我想你提出了一个非常重要的问题，也许连你自己都没意识到有多重要。如果我们无法在神经活动层面上将机械模仿与自主行为区分开，那么这个问题就是：自由意志真的存在吗？

收到信后，我激动得彻夜难眠。我花了两个星期设计实验原型，又花了更多的时间研究技术上的可行性及收集各方师长意见，再申报课题，等待批复。直到一切就绪时，我才想起，这个探讨"根本性问题"的重要实验，却缺少了一个根本性的组成要素。

我将不得不违背承诺，回到家乡。

只是为了巴鳞。我不断告诉自己。只是巴鳞。

就像 A 导致 B。简单如是。

我读过一篇名为《孤儿》的科幻小说，讲的是外星人来到地球，能够从外貌上完全复制某一个地球人的模样，由此渗入人类社会，但是他们无法模仿被复制者身体的动作姿态，哪怕是一些细微的表情变化。许多暴露身份的外星伪装者遭到地球人的追捕猎杀。

为了生存下去，他们不得不学习人类是如何通过身体语言来进行交流的。他们伪装成被遗弃的孤儿，被好心人收养，通过长时间的共同生活来模仿他们养父母们的举止神态。

养父母们惊讶地发现这些孩子们长得越来越像自己，而当外星孤儿们认为时机成熟之时，便会杀掉自己的养父或养母，变成他们的样子并取而代之。

辨别伪装者的难度变得越来越大，但人类最终还是发现了这些外星人与地球人之间最根本的区别。

尽管外星人几乎能够惟妙惟肖地模仿人类的所有举动，但他们并不具备人脑中的镜像神经系统，因此无法感知对方深层的情绪变化，并激发出类似的神经冲动模式，也就是所谓的"同理心"。

人类发明了一套行之有效的辨别方法，去伤害伪装者的至亲之人，看是否能够监测到伪装者脑中的痛苦、恐惧或愤怒。他们称之为"针刺实验"。

这个冷酷的故事告诉我们，在这个宇宙间，人类并不是唯一一个和自己父母处不好关系的物种。

老吕知道关于巴鳞的所有事情，他认为狍鸮族是镜像神经系统超常进化的一个样本，并为此深深着迷，只是不赞成我们对待巴鳞的方式。

"但他并没有反抗，也没有逃跑啊！"我总是这样反驳老吕。

"镜像神经元过于发达会导致同理心病态过剩，也许他只是没办法忍受你眼中的失落。"

"有道理。那我一定是镜像神经元先天发育不良的那款。"

"……冷血。"

当老吕带着我找到巴鳞时，我终于知道自己并不是最冷血的那一个。

巴鳞浑身赤裸、伤痕累累，被粗大生锈的锁链环绕着脖颈和四肢，窝藏在一个五尺见方的砖土洞里，光线昏暗，排泄物和食物腐烂的气味混杂着，令人作呕。他更瘦了，虻蝇吮吸着他的伤口，骨头的轮廓清晰可见，像一头即将被送往屠宰场的牲畜。

他看见了我，目光中没有丝毫波澜，就像是我十三岁的那个夏夜与他初次相见时的模样。

"他们让他模仿……动物交配。"老吕有点说不下去。

瞬时间，所有的往事一下涌上心头。

接下来发生的事情，我一点印象都没有，仿佛是被什么鬼神附了体，所有的举动都并非出自我的本意。

老吕说，我冲进买下巴鳞那暴发户的家里，抓起他家少奶奶心爱的博美一口就咬在脖子上，如果不放了巴鳞，我就不松口，直到把那狗脖子咬断为止。

我朝地上吐了口唾沫，这听起来还挺像是我干得出来的事儿。

我们把巴鳞送进了医院，刚要离开，老吕一把拉住我，说："你不看看你爸？"

我这才知道父亲也在这所医院里住院。上了大学后，我和他的联系越来越少，他慢慢地也断了念想。

他看起来足足老了十岁，鼻孔里、手臂上都插着管，头发稀疏，目光涣散。前几年普洱被疯炒时他跟风赌了一把，运气不好，成了接过最后一棒的傻子，货砸在了手里，钱倒是赔了不少。

他看见我时的表情竟然跟巴鳞有几分相似，像是在说，我早知道会有这么一天。

"我……我是来找巴鳞的……"我竟然不知所措。

父亲似乎看穿了我的窘迫，咧开嘴笑了，露出被香烟经年熏烤的一口黄牙。

"那小黑鬼，精得很呢，都以为是我们在操纵他，其实有时候想想，说不定是他在操纵我们哩。"

"……"

"就像你一样，我老以为我是那个说了算的人，可等到你真的走了，我才发现，原来我心上系着的那根线，都在你手里攥着呢，不管你走多远，只要指头动一动，我这里就会一抽一抽地疼……"父亲闭上眼，按住胸口。

我一个字都说不出来，有什么东西堵住了喉咙。

我走到他病床前，想要俯身抱抱他，可身体不听使唤地在中途僵住了，我尴尬地拍拍他的肩膀，起身离开。

"回来就好。"父亲在我背后嘶哑地说，我没有回头。

老吕在门口等着我，我假装挠挠眼睛，掩饰情绪的波动。

"你说巧不巧？"

"什么？"

"你想要逃离你爸铺好的路，却兜兜转转，跟我殊途同归。"

"我有点同意你的看法了。"

"哪一点？"

"没人知道会怎么样。"

我们又失败了。

最初的想法很简单，选择巴鳞，是因为他的超强镜像神经系统让模仿成为一种本能，相对于一般人类来说，这就摒除了运动过程中许多主观意识的噪音干扰。

我们用非侵入式感应电极捕捉巴鳞运动皮层的神经活动，让他模仿一组动作，再通过轨迹追踪，让他自发重复这组动作，直到前后的运动轨迹完全重合，那么从数学上，我们可以认为他做了两组完全一样的动作。

然后再对比两组神经信号是否以相同的次序、强度及传递方式激活了皮层中相同的区域。

如果存在不同，那么被奉为经典的 Todorov 模型或许存在巨大的缺陷。

如果相同，那么问题更严重，或许人类仅仅是在单纯地模仿其他个体的行为，却误以为是出于自由意志。

无论哪一种结果，都将是颠覆性的。

但我们从一开始就失败了。巴鳞拒绝与任何人对视，拒绝模仿任何动作，包括我。

我大概能猜到原因，却不知道该如何解决。我们这群人信誓旦旦地要解开人类意识世界的秘密，却连一个原始人的心理创伤都治愈不了。

我想到了虚拟现实，将巴鳞放置在一个抽离于现实的环境中，或许能够帮助他恢复正常的运动。

　　我们尝试了各种虚拟环境，海岛冰川，沙漠太空。我们制造了耸人听闻的极端灾难，甚至，还花了大力气构建出狍鸮族的虚拟形象，寄望于那个瘦小丑陋的黑色小人，能够唤醒巴鳞脑中的镜像神经元。

　　但是毫无例外的全部失败了。

　　深夜的实验室里，只剩下我和僵尸般呆滞的巴鳞。其他人都走了，我知道他们在想什么，这个实验就是个笑话，而我就是那个讲完笑话自己一脸严肃的人。

　　巴鳞静静地躲在粉红色泡沫板搭起来的宠物屋里，缩成小小的一团。我想起老吕当年的评价，他说的没错，我一直没把巴鳞当作一个人来看待，即便是现在。

　　曾经有同行将无线电击器植入大鼠的脑子里，通过对体觉皮层和内侧前脑束的放电刺激，产生欣快或痛感，来控制大鼠的运动路线。

　　这和我对巴鳞所做的一切没有实质区别。

　　我就是那个镜像神经元发育不良的混蛋。

　　我鬼使神差地想起了那个游戏，那个最初让我们见识到巴鳞神奇之处的幼稚游戏。

　　"捞虾洗衫，玻璃刺脚丫……"

　　我低低地喊了一句，某种成年后的羞耻感油然而生。我假装成渔夫，从河岸上往河里伸出一条腿，踩一踩只存在于想象中的河水，再收回去。

　　巴鳞朝我看了过来。

　　"捞虾洗衫，玻璃刺脚丫。"我喊得更大声了。

　　巴鳞注视着我蠢笨的动作，缓慢而柔滑地爬出宠物屋，在离我几步之遥的地方停住了。

　　"捞虾洗衫，玻璃刺脚丫！"我感觉自己像个磕了药的酒桌舞娘，疯狂地甩动着大腿，来回踏出慌乱的节奏。

巴鳞突然以难以言喻的速度朝我扑来，那是阿辉的动作。

他记得，他什么都记得。

巴鳞左扑右抱，喉咙里发出婴孩般"咯咯"的声音，他在笑。这是这么多年来我第一次听见他笑。

他变成了镇上的残疾人。所有的动作像是被刻录在巴鳞的大脑中，无比生动而精确，以至于我一眼就能认出他模仿的是谁。他变成了疯子、瘸子、傻子、没有四肢的乞丐和羊痫疯病人。他变成了猫、狗、牛、羊、猪和不成形的家禽。他变成了喝醉酒的父亲和手舞足蹈的我自己。

我像是瞬间穿越了几千公里的距离，回到了童年的故里。

毫无预兆地，巴鳞开始一人分饰两角，表演起我和父亲决裂那一天的对手戏。

这种感觉无比古怪。作为一名旁观者，看着自己与父亲的争吵，眼前的动作如此熟悉，而回忆中的情形变得模糊而不真切。当时的我是如此暴躁顽劣，像一匹未经驯化的野马，而父亲的姿态卑微可怜，他一直在退让，一直在忍耐。这与我印象中大不一样。

巴鳞忙碌地变换着角色和姿态，像是技艺高超的默剧演员。

尽管我早已知道接下来会发生什么，但当它发生时我还是没有做好准备。

巴鳞抱住了我，就像当年父亲抱住他那样，双臂紧紧地包裹着我，头深埋在我的肩窝里。我闻见了那阵熟悉的腥味，如同大海，还有温热的液体顺着我的衣领流入脖颈，像一条被日光晒得滚烫的河流。

我呆了片刻，思考该如何反应。

随后，我放弃了思考，任由自己的身体展开，回以热烈拥抱，就像对待一个老朋友，就像对待父亲。

我知道，这个拥抱我欠了太久。无论是对谁。

我猜我找到了解决问题的正确方法。

在《孤儿》的结尾，执行"针刺实验"的组织领导人悲哀地发现，假使他们伤害的是外星伪装者，那么他们的至亲，也就是真正的人类，其镜像神经系统也无法被正常激活。

因为人类从开始就被设计成一个无法对异族产生同理心的物种。

就像那些伪装者。

幸好，这只是一篇二流科幻小说。

"我们应该试着替他着想。"我对欧阳说。

"他？"我的导师反应了三秒钟，突然回过神来。"谁？那个野人？"

"他的名字叫'巴鳞'。我们应该以他为中心，创造他觉得舒服的环境，而不是我们自以为他喜欢的廉价景区。"

"别可笑了吧！现在你要担心的是你的毕业设计怎么完成，而不是去关心一个原始人的尊严，你可别拖我后腿啊。"

老吕说过，衡量文明进步与否的标准应该是同理心，是能否站在他人的价值观立场去思考问题，而不是其他被物化的尺度。

我默默地看着欧阳的脸，试图从中寻找一丝文明的痕迹。

这张精心呵护的老脸上一片荒芜。

我决定自己动手，有几个学弟学妹也加入了。这让我找回对人类的一丝信念。当然，他们多半是出于对欧阳的痛恨以及顺手混几个学分。

有一款名为"iDealism"的虚拟现实程序，号称能够根据脑波信号来实时生成环境，但实际上只是针对数据库中比对好的波形调用模型，最多就只是增加了高帧率的渐变效果。我们破解了它，毕竟实验室用的感应电极比消费者级别的精度要高出几个数量级，我们增加了不少特征维度，又连接到教育网内最大的开源数据库，那里存放着世界各地虚拟认知实验室的 Demo 版本。

巴鳞将成为这个世界的第一推动力。

他将有充分的时间，去探索这个世界与他心中每一个念想之间的关系。我将记录下巴鳞在这个世界中的一举一动，待他回到现实，我再与他连接，那时，我将尽力模仿他的每一个动作，我俩就像平行对立的两面镜子，照出无穷无尽的彼此。

我为巴鳞戴上头盔，他目光平静，温柔如水。

红灯闪烁，加速，变绿。

我进入 Ghost 模式，同时在右上角开启第三人称窗口，这样可以看到一个小小的巴鳞虚拟形象在轻轻摇摆。

巴鳞的世界一片混沌，无有天地，也不分四面八方。我努力克制晕眩。

他终于停止了摇摆。一道闪电缓慢劈开混沌，确定了天空的方向。

闪电蔓延着，在云层中勾勒出一只巨大的眼，向四方绽放着分形般细密的发光触须。

光暗下，巴鳞抬起头，举起双手，雨水落下。

他开始舞蹈。

每一颗雨滴带着笑意坠落，填满风的轮廓，风扶起巴鳞，他四足离地，开始盘旋。

无法用语言来描绘他的舞姿，仿佛他成为了万物的一部分，天地随着他的姿态而变幻色彩。

我的心跳加速，喉咙干涩，手脚冰凉，像是见证一场不期而遇的神迹。

他举手，花儿便盛开，他抬足，鸟儿便翩然而来。

巴鳞穿行于不知名的峰峦湖泊之间，所到之处，荡漾开欢喜的曼陀罗，他便向着那旋转的纹样中坠去。

他时而变得极大，时而变得极小，所有的尺度在他面前失去了意义。

每一个不知名的生灵都在向他放声歌唱，他张了张嘴巴，所有狍鸮族的神灵都被吐了出来。

神灵列队融入他黑色的皮肤，像是一层层黑色的波浪，喷涌着，席卷着他向上飞升，飞升，在身后拉出一张漫无边际的黑色大网，世间万物悉数凝固其上，弹奏着各自的频率，寻找一个共有的原点。

我突然领悟了眼前的一切。在巴鳞的眼中，万物有灵，并不存在差别，但神经层面的特殊构造使得他能够与万物共情，难以想象，他需要付出多大的努力才能够平复心中时刻翻涌的波澜。

即便愚钝如我，在这一幕天地万物的大戏面前，也无法不动容。事实上，我已热泪盈眶，内心的狂喜与强烈的眩晕相互交织，这是一种难以言表却又近乎神奇的巅峰体验。

至于我希望得到的答案，我想，已经没那么重要了。

巴鳞将所有这一切全吸入体内，他的身形迅速膨胀，又瘪了下去。

然后开始往下坠落。

世界黯淡、虚无，生机不再。

巴鳞像是一层薄薄的贴图，平平地贴在高速旋转的时空中，物理引擎用算法在他的身体边缘掀起风动效果，细小的碎片如鸟群飞起。

他的形象开始分崩离析。

我切断了巴鳞与系统的连接，摘下他的头盔。

他趴在深灰色柔性地板上，四肢展开，一动不动。

"巴鳞？"我不敢轻易挪动他。

"巴鳞？"周围的人都等着，看一个笑话会否变成一场悲剧。

他缓慢地挪动了下身子，像条泥鳅般打了个滚，又趴着不动了，像壁虎一样紧贴在地板上。

我笑了。像当年的父亲那样，我拍了两下手掌。

巴鳞翻过身，坐将起来，看着我。

正如那个湿热黏稠的夏夜里，十三岁的我第一次见到他时的姿态。

犹在镜中

文／陈楸帆

望向镜中，深呼吸，刮掉脸上邋遢的胡楂儿，你没问题的。穆先明反复告诉自己。

上午十点半他要出席一个葬礼，需要深色正装和领带，他将回顾逝者简短的一生，播放一段欢快的生日派对视频，随着牧师祈祷，感谢来宾，最后，伴着管风琴奏出的赞美诗，看棺盖缓缓合上。

里面躺着一位将满十五周岁的惨白少年，原本周五是他的生日，穆先明为他准备的礼物昨天刚刚运到，一套复刻版的 96-97 赛季曼联球衣，如今只能静静叠在少年胸前，鲜红得刺眼。

穆别璟，他的儿子，死于一场意外的高空失足跌坠。他的面孔被一张象牙白的塑胶面具所覆盖，化妆师为难地说："缝合的伤口很难掩饰得毫无破绽，从左耳到下颌的穿刺性骨折。"穆先明点点头，就给他戴上他最喜欢的面具吧。

那是 V 字仇杀队里 V 的笑脸。

葬礼上，为数不多的亲友似乎都在期盼着某位人物的出席。"她不会出现的。"穆先明心里清楚，不是他不愿意她来，而是不敢告诉她。两年前的离婚诉讼让全家精疲力竭，最终，别璟的母亲终于放手，不再坚持把儿子带到遥远的大洋彼岸，为了实现那个虚无缥缈的梦想。

"好好照顾他。"签字前，她盯着穆先明，一字一顿地说，"别让我恨你"。

"别让我恨你，别让我恨你别……"那句话在他脑海里不断重复，好几次打断他原先组织好的发言。他站在那里，阳光透过教堂顶部的镶嵌玻璃画，像给冰冷尸体披上斑斓彩衣，来宾们眼圈通红，投来饱含同情的眼神。深呼吸，继续。

那些鲜艳的片段，在屏幕上跃动，恍惚间他竟然觉得陌生，那是别璟十二岁生日的视频，那时的他单纯乐观如一只白色小鹿，无法遏制对世界的好奇，每个笑容、每个动作都用尽全身力气，似乎要把一切都拥入怀中。那是他最后一次看见儿子如此畅快无拘的笑脸。

"谢谢爸爸！"那个男孩拿着最新款的 AR 眼镜，尖叫着朝摄像机扑来，镜头一阵摇晃后，定格在清爽的秋日晴空。

穆先明面无表情地听完牧师的悼词，伴着电子合成器空洞的管风琴旋律，棺盖缓缓合上，带着讽刺笑容的面具消失在黑暗中，亲友包裹在剪裁得体的黑色套装中排队走来，握手，节哀，点点头，他什么都看不清楚，像个机器人般麻木地执行着指令。

他真坚强。他似乎听见人群里有人小声议论。

遗体被送进冷冻柜，安排在三天后火化。穆先明回到家中，他努力回避所有带着儿子生活痕迹的物件，奖杯、照片、海报、随处堆放的光盘与杂志……那种少年的气息。他看到了桌上摆放了许多天的包裹，来自警察局。拆开，撕掉重重包裹的塑料防撞泡沫，那件破碎的玩具终于暴露在日光下。

那是别璟的 AR 眼镜，死亡现场的遗物，曾经的生日礼物，碎裂的视网膜显示屏黯淡如镜，映射出穆先明错位的五官，精致的曲度外壳早已扭曲，像是遭受重创的肢体，安静地躺在桌面，像块墓碑。

穆先明艰难维持的堤防在这件冰冷机械前完全崩溃，他无声痛哭，泪水滴落，猛烈抽噎几近窒息，他浑身颤抖无力，愤怒地将眼镜摔向房间角落，又发疯似的捡回，像条丧失理智的巴甫洛夫的狗。

他忘我地抚摸着那台机器，指尖沿着碳纤维外壳所有崎岖变形的边缘滑动，似乎其中囚禁着他儿子迷失的魂魄，似乎只要打开它，穆别璟便能起死回生，又或者是启动了扭转时空的秘密隧道。

"为什么？"穆先明所有仅存的理智被这三个字像癌细胞般无限增殖，牢牢占据。他所需要的，只是一个答案。但隐隐地，他似乎已经知道了答案。

游戏的名字叫作"镜面行走"。

穆先明从警方的调查报告中得知，儿子坠楼时正沉浸于游戏中。他求助于 AR 眼镜公司试图修复机器，回到当时的游戏界面，工作人员却嗤之以鼻，只要通过记忆卡内的数据备份，你就可以通过任何设备登入穆别璟的游戏账户，读取进度。

穆先明对于这些高科技一无所知，他自己还在使用最老式的物理键盘手机，还不是 QWERTY 全键盘的那种。

　　为此，儿子曾经无数次地软磨硬泡，希望他换成新款的智能手机。可他总是窘迫地笑笑，说用不惯。

　　毕竟他只是个机械修理工，对于看得见摸得着的齿轮、轴承、螺钉和沾满油污的金属扳手，他心里踏实、有底。可藏在那精致一体成型盒子里的电子信号、应用软件和通信协议，如同幽灵般，让他感觉恐慌，就像身陷流沙池里，有劲使不上，想叫叫不出。

　　就像他对儿子的爱。

　　他从儿子失望的眼神中读出许多东西，那眼神仿佛在说，"难怪妈妈要离开你"。每当想到这里，他的心里就过了电似的一阵抽疼。

　　穆先明努力回避那段记忆，把注意力集中到游戏说明上来。

　　相信许多人有过这样的童年记忆，拿一面镜子在自己身前，镜面水平向上，你凝视镜中，仿佛行走于天花板、路灯、树梢和蓝天白云间，那种轻微的眩晕和步步惊心的感觉令人怀念。

　　SC 公司推出的"镜面行走®"游戏专门为 iOS 及 Android 系统 AR 眼镜设计，巧妙地运用了双摄像头配置及重力感应装置，当您将它戴在头上，它便将上下摄像头影像叠加渲染，制造出一种犹如在高反射率玻璃镜面上行走的惊人体验。

　　他皱了皱眉，努力理解这些科技语背后的含义。

　　游戏规则非常简单，只要您走过足够长的距离，或者获取足够高的分数，便可以进入下一轮。但它又不是那么简单。游戏的巧妙之处在于它插入了电子地图的地形数据，并通过箭头指示引导你的行走方向，你可能在一片貌似平坦的镜面上失足踏空（现实中的下降阶梯，安全系数为 5），重力感应便会相应扣除生命值，直到游戏完结。这是一个与幻觉对抗的游戏，你需要战胜视觉与身体之间信号差异所带来的本能恐惧，挑战自我。

　　盒子是得分关键，如同玛利奥兄弟里面的蘑菇和金币。在本游戏中，盒子会随时出现在你的脚下，你只要在限定时间内（动作要快！）双脚同时踩踏，便可得分或者获得道具。当然，盒子也有可能是陷阱，流沙或者荆棘丛，你需要按指示快速摇晃头部、旋转或挥舞操控手柄以逃出险境。

　　不时会有巨大的虚拟怪物出没在你周围的 AR 环境中，你需要运用智慧、勇气和道具去战胜它们，不被攻击或者吃掉。

　　本版本游戏（v2.3.415）共有 9 大关、36 小关，并额外附赠"无限回廊"隐藏关卡。

　　他完全不明白这些文字在说什么。

　　如果儿子在这里，他或许能解释给自己听，或许还会亲身演示。可穆先明手里只有一件冰冷的黑色眼镜，照出孤零零的自己。他决定试试，戴上墨镜，眼前出现一个悬浮的绿色按钮，不停放大缩小，像是在呼吸。他选择按下"测试关卡"。

　　AR 眼镜的黑色镜片似乎突然变成一个中空的框，透过屏幕，他看到了自己的双脚，但又有些异样，脚下踩的并不是地板，而是天花板。穆先明突然一阵眩晕，他看到自己的脑袋从双脚间探出，就像站在一面无比巨大的镜子上低头俯视。

　　他开始缓慢地行走，不时撞上在视野中并不存在的茶几和椅子，但却又无法控制自己绕开本应在头顶的吊灯，那种感觉，无比怪异。不时还有一些动画小怪物从他身边跑过，发出十分逼真的立体音效。

　　一个 3D 动画的褐色盒子出现在他右前方，微微浮动，他想起游戏说明，小心翼翼地起跳，双脚踩踏，一声清脆的电子音效，几个金币蹦出，消失，屏幕上显示出"+300"的字样。

"也没有想象中的难嘛。"他紧张地笑笑，继续按箭头指示的方向前进。

穆先明越来越熟练地跳着盒子，吃着金币，一路穿过客厅、过道、玄关，游戏提示他打开大门，他犹豫了片刻，一种无法抵挡的诱惑迫使他伸出手，突如其来的光亮扰动了视野，但随即智能感光系统便调整了色温和色差。

屏幕里出现了一连串的盒子，排成一条长龙出现在他脚下，伸向前方。这个中年男子像是暂时忘却了丧子之痛，恢复了青春般面色潮红地向前跃去。

屏幕显示，地面突然升起一个斜坡，一溜金币闪烁着虚假的光芒同步自转着，形成一道向上的金色阶梯。

穆先明觉得脑子里的某个部位一下子兴奋了起来，几乎丧失理智般抬腿就要踩将上去，但数十年固化的身体记忆代替了他的大脑，在落脚的一瞬间，他整个身体僵硬了。视线越过 AR 眼镜镜框，望向真实世界，一股寒意如蜘蛛般爬上他的颈背。

脚下并非是一道向上的斜坡，而是向下的阶梯。他在游戏界面中所看到的，是上一层楼梯底部的镜像。穆先明无法相信，自己走了几十年的楼梯，竟然被一个小小的电子花招欺瞒眼睛，诱骗神经。

倘若真的踩落去，也许就能见到自己的儿子了吧，他竟然无法遏制自己这个荒谬的想法。

想起穆别璟死时的惨状，他的心又针锥般痛起来。

现在他选择相信，儿子的死绝非一场意外。

了解得愈多，穆先明便愈加愤怒。

2022 年 12 月 21 日，一群末日信徒试图通过"镜面行走"游戏寻找到方舟所在位置，途中脱水，造成 1 人死亡。

2023 年 7 月 14 日，12 名玩家在旧金山金门大桥因参与破解版"镜面行走"挑战游戏造成堕桥意外，7 死 5 终身残疾。

2024 年 1 月 26 日，深圳一名玩家使用耳蜗平衡干扰器模拟行走于亚洲第一高楼前海金融中心外墙，回程途中因踏中陷阱盒子，造成肾上腺素过度分泌导致心脏过载身亡。

尽管游戏开发方 SC 公司在免责声明中言之凿凿地宣称：任何以"镜面行走 ®"名义组织的线上 / 线下俱乐部、讨论组、活动团体均与本公司无关，其活动产生的一切后果及法律责任均自负；任何使用暴力破解版本"镜面行走 ®"及非官方认证配件（包括但不局限于 AR 眼镜、耳蜗平衡干扰器、体感装置等）的玩家，其产生的一切后果自负，与本公司无关。可仍然有数目众多的游戏者及受害者家属认为，这是一款引人上瘾的死亡游戏，开发公司应该对此负有不可推卸的社会责任。

他已经记不清儿子是什么时候开始迷恋这款游戏的了，在他的记忆中，儿子的形象仍然停留在那个热爱运动的足球小将阶段。每天放学后，不玩到天黑一身泥巴一身汗绝不回家，然后他奶奶就会大呼小叫地发现孙子腿上各种青紫色的伤痕。

那是存在于现实位面的穆别璟，时间的张力已经将那个儿子的轨迹远远拉开，遥不可及。

那是穆先明永远赶不上的步伐，就像他与这个时代的距离，就像他与妻子的距离。

　　他和妻子是在厂里认识的，当时他俩都是刚工作不久的工人，初级技师，恋爱不久后便结婚了，当时他们的婚事被当成工人家庭的模范。在沙与水般流逝的时间中，唯一不变的只有变化本身。

　　妻子怀孕了，脱产上了夜校，学习外语及高等机械维修理论。生下别璟后，妻子考取了高级工程师资格证书，被厂里提升为高工，她不再需要搞脏自己的双手，只需要用笔、尺和圆规在纸上画出精确复杂的图样。那些图纸，穆先明从来没有看懂过，尽管他趁妻子休息时，一再努力地用放大镜逐格琢磨。但他没有丝毫头绪。

　　他曾经以为妻子和自己是门当户对，他错了。穆先明更加努力地投入工作，试图用时间与精力的投入来弥补那道看不见的缝隙，他连年被评为劳动模范、车间标兵，职称也升到了资深技师。

　　妻子一边照顾着别璟，一边进修计算机相关课程，她已经不再需要纸和笔，只需要敲敲键盘，动动鼠标，屏幕上便会出现迷宫般的结构和电路。

　　真是疯了。穆先明曾经在酒后对工友们倾诉："我拼死拼活加班加点，赚的却还比不上她一张图纸的零头。"工友们哄笑着说："得啦，你就别得了便宜又卖乖了。"

　　由于谣言甚嚣尘上，妻子只好跳槽到另一家更大的公司，别璟断了奶，由他爷爷奶奶和外公外婆轮流带着，穆先明见到妻子的机会更少了。曾经有那么几次，离婚的念头在他脑海里一闪而过，可仅仅只是一瞬：她并没有对不起我，而且，她赚的比我多得多，一家老小都靠她养活，别璟要上最好的学校，用最好的东西，我给不了。

　　他以为随着儿子的长大，这种不安的情绪会渐渐平息。但他又错了。

　　穆别璟9岁那年，妻子已经不满足于在国内的发展，她申请了几所美国大学的 MBA 学位。

"你要去打篮球？"穆先明还记得自己当时这样质问妻子。

妻子抱歉地笑了笑，摇摇头，并不做任何解释。那眼神中仿佛在说："我俩之间的裂缝已经深得无法用语言来弥合。"

之后的事情变得顺理成章，妻子抛下儿子和自己，远赴美国进修两年。除了每年两个假期和偶尔的视频电话，在穆先明眼中，妻子已经变成好莱坞电影里的人，无法理解，无法沟通，只能客套地拉几句家常，甚至还比不上隔壁大妈来得亲近。

妻子回国后便说要带儿子出去，穆先明最担心的事情终于发生了。

一开始他们趁儿子不在家的时候吵，后来又卷入了两家老人，到后来，邻居亲戚都来打听八卦。可儿子仍然像没事人一样，上学回家，叫爹叫妈，穆先明看不出来，他是真的不知道，还是在假装。

妻子的理由无可辩驳，她能给孩子更好的生活环境和教育条件。

"可你这当妈的管过他吗？关心过他吗？"穆先明愤怒地控诉。

"我不想让儿子长大了像你一样。"妻子嗓门不大，却字字锋利，像刀子般插进穆先明心口。

最后他们终于达成协议，让孩子自己选择跟谁，就在他刚过完十二岁生日的那个晚上。

穆先明至今不知道儿子到底是怎么想的，都说儿子跟妈亲，而且还是个有钱的亲娘，能给他买这世界上任何的玩具和书本，带他去看他爸这辈子都不可能见识到的风景。可他竟然留了下来，穆先明只能解释为，孩子跟自己待的时间长，跟爹更亲一些。

他只知道，妻子撕破脸不认账了，于是离婚官司又打了一年。

一切都像场遥远得不真实的破碎梦境。

穆先明发现了儿子游戏账号中的一些隐藏日志。这些日志原本是供游戏者记录进度，分享经验之用，但也可以自由创建、加密。他发现了一个叫作"MXM"的日志文件，心头一阵慌乱，那是他工卡的前三位字母，代表"穆先明"的姓名缩写。

界面提示他输入六位密码，他试了儿子、自己甚至妻子的生日，儿子的英文名，曾经养过的哈士奇名字，儿子喜欢的书名、电影名、明星生日，均告失败。

他发现有五个关卡的日志都以一个幂数命名：61、43、73、73、63，疑心这就是密码，但无论他尝试输入底数、指数还是幂值，并用穷尽法补完最后一个数，始终返回密码错误。穆先明找不到头绪，或许关键就在儿子丧命的那一个未完成关卡。

回放日志，AR眼镜上出现了一对小小的球鞋，接着，是穆别璟那张苍白的面孔，似乎正从镜子的另一面看着穆先明，他全身猛地一颤，把屏幕挪近，想把儿子看得更清楚些，却只看到自己苍老的脸，在阳光的作用下，半透明地重叠在儿子的脸上，那五官的轮廓如此相似，仿佛这是一面魔镜，能够倒转时光，让人重返青春。

他的手指滑过儿子那模糊的表情，画面开始震颤，向前移动，不时夹带着穆别璟的讲解，什么地方应该注意，什么地方应该提前起跳，什么地方干脆放弃金币。儿子的声音淡漠而不带任何情绪波动，似乎只是照本宣科，有几个瞬间穆先明甚至产生了这样的错觉，这并不是他的儿子，而是来自某种人工合成的电子声。

回放中不时会出现一些字幕注释，与画面无关，似乎是摘抄自书本。

自石器时代便停止进化的大脑习惯于相信，眼睛看到的就是自己的身体。但这种对于身体边界的古老感知，可以轻易地被超越我们进化水平的技术力量所迷惑。

他怎么也无法相信这些艰深句子是出自十五岁的儿子之手。

穆别璟行走在天上，行走在高大金黄的树梢间，行走在蓝天白云及日光的晕照里，行走在风里，行走在钢筋混凝土森林和巨大闪亮的玻璃幕墙间。他长发飘飘，在路灯上跳跃，又偶尔停靠在高压电线构成的几何线段，如同音符，鸟儿和飞机从他脚下飞过，像忙碌的蚁群。他走过黎明，走过黄昏，走入华灯初上的夜晚，然后直到城市璀璨的帷幕落下，沉入后台的无边黑暗。

穆先明就像附身其上的鬼魂，隔着距离窥探这一段段旅程，似乎死去的是他，而不是他儿子。他感觉眩晕，却又深深着迷，一种灵魂出窍的幻觉。

我们对自身的感觉取决于眼睛在哪儿。从第一人身的角度来讲，多元感知与动态信号的契合，足以建立起对自身身体完全的支配感。而不像传统教科书所强调的，身体的感觉是来自肌肉、关节和皮肤的传入信号产生的直接结果。

这让穆先明回想起当年偷看妻子图纸时的感觉，他和她身处两个世界，一道看不见的墙横亘其间，彼此对话，努力表达，却无法理解对方，一座理解力的巴别塔。他脑海中闪过一个想法，这堵墙同样存在于他和儿子之间，也许妻子是对的，也许儿子本不会死。

"也许，是我害死了他。"这句咒语开始在穆先明的脑子里循环播放起来，无法摆脱。

眼前的世界开始抖动起来，恍惚间，他竟然来到了儿子发生意外的现场，一座修建中的钢结构大厦，赭红色的钢架如同某种巨鸟的巢穴般错综复杂，在他看来，那颜色如血般刺眼。穆先明站在工地里，努力不去回想当天的情形，泥沙地里溅开的深色血迹，刺穿皮肤的森白断骨，儿子的脸，那张像从碎裂镜子中照出的脸，无数次出现在他的噩梦中。

他深深吸了口气，走进运送工人的升降电梯。

13层，电梯一颤停住，铁丝网护栏打开，凛冽的高空寒风吹透他的背脊。

新加的弹性保护网如一层筋膜，薄薄地从肋骨般的钢架展开，边缘融入空旷的城市天际线，那里，太阳正挣脱污浊雾霾的束缚，努力西沉。几名工人正在电焊作业，闪亮的金属碎屑如烟火喷溅，零星消失在模糊的深渊中。他想象着儿子的身体在半空中飘浮、旋转、撞击，徒劳地与重力抗争，最后在坚硬的大地上化为碎片。

发现尸体的人说，穆别璟的长发被风吹起，在黏稠的血泊中如同一蓬蒿草拂动，像是灵魂从躯壳中徐徐蒸腾。

他打了个冷噤，手中的操控杆像是有感应般震颤起来，游戏界面提示，他已经来到上次游戏关卡的中止点。是否继续？他的手指犹疑着，点下。

镜框中的渲染画面如波浪般铺开，覆盖掉真实世界的所见，他的脚下仍是猩红的钢构，只是防护网消失了，穿越胸腔般复杂交错的骨架，深谷中的水泥工地被天空所代替，他将行走于头顶上的道路，继续儿子的征途。

白云在脚底流淌，风摇撼着身体，穆先明颤抖，跳跃，躲避陷阱与空中怪兽的火焰袭击，原先的胆战心惊逐渐平复，似乎动作的并不是他本人，而只是一具由他遥控的肉体傀儡。离体感。穆别璟曾注释道。

他越走越快，绕过树干般的支撑柱，轻盈地踏上虚拟盒子，赚取清脆的金币积分。飙升的肾上腺素刺激他的心脏，猛烈撞击胸腔，他皮肤发烫，微微冒汗，一种久违的兴奋感在体内狂野蹿动，如重返青春年少。他终于明白这个游戏为何如此火爆。

一道黑影从远处切近，巨大的蜂黄色机械吊臂，悬挂着一截灰黑钢架，在穆先明看来，却像是飞行的钢架牵引着吊臂从天空缓缓旋入，空间的相对位置感迅速变幻，他微微眩晕，突然看见前方指示一条旁逸斜出的岔道，伸向终点。他毫不犹豫地迈去。

一声怒吼，穆先明只感觉背后什么力量把自己拽住，但他的腿已经迈出，身体失去了重心，晃动中视线掠过游戏界面，脚下空空荡荡，十三层楼高的真实峭壁下，是铁锈色的大地和虫豸般的工人，重力毫不犹豫地拖扯他的肢体往下坠落。他脸色煞白，张了张口，却什么都没喊出来。完了，他想。背后那股力量突然改变了方向，将他往侧面一推。

AR眼镜飞脱而出，却没有自由落体，与他的身体一道，被柔软的保护网包裹，在半空中上下甩动缓冲，如同果冻上蹦跳的糖粒。穆先明全身瘫软，炫目的日光打在脸上，那岔道从他头顶伸出，像一条断桥指向天空深处。

一张怒气冲冲的黝黑脸庞出现在他的视野中，戴着护目镜的焊接工。

穆先明虚弱地道歉，他甚至听不清自己在说些什么。

他的左裤兜突然有节奏地震动起来，手机响了，一个越洋号码。穆先明躺在半空，就在阳光里那么举着手机，不接，也不作声，似乎与那位工人隔空对峙，一出象征主义的默剧。直到他瞪大双眼，像是从这款使用多年的旧手机上发现了惊天秘密。

选择英文输入法，在旧式键盘上按 1 次 6，3 次 4，3 次 7，3 次 7，3 次 6，穆先明得到了五个英文字母：M、I、R、R、O。

这是儿子特别为他准备的密码。一个时代的落伍者所能发现的微小秘密。

他不懂英文，他还需要最后一个字母。正当穆先明准备把 26 个字母都尝试一遍时，他想起了游戏界面上的鲜艳名称——"MIRROR WALKER"。

Mirror。镜子。

他迫不及待地打开名为"MXM"的加密日志。

日色渐浓，给钢结构镀上金红，巨大的网格黑影斜斜地投射到大地上，与雕版蚀刻般的建筑、树木和人组合成一幅复杂而淡漠的康定斯基式作品，就像妻子当年笔下的图纸，带着神秘莫测与不可理解的距离感。

"嗨，爸。"儿子在镜子那头对他说，带着拘谨的笑，"好久不见。"

穆先明的眼泪一下涌出眼眶。

儿子走着，画面摇晃着，他的头发在风里如细柳浮动，轮廓柔和得不像个男孩子，依然是那种淡淡的口吻，日志似乎由许多片段拼接成，背景、光线、声音条件不断变化，像一条破碎的 MV，只是没有音乐。

他说："我总是不知道该怎么开口，虽然我们流着相同的血，却像说着不同的语言。"

他说："你就像那些镜面恐惧症患者，以为现实世界就是经过伪装的巨大镜面，害怕独自行走，害怕镜子，害怕一切改变，害怕新的生活。"

他说："爸，你应该过得更勇敢。"

穆先明坐在夕照中，听着儿子断断续续的话语，每听一句，便在心里回一句，就像是父子在聊天，这样的事情从来没有发生过。现在，他要用虚拟程序，来弥补真实回忆。没有怨恨，没有叛逆，穆别璟甚至认为离婚是对双方最好的选择。时代变了，他说："我们是老得很快的一代人，在你和妈妈还在为我担心的时候，我已经老得足够去承受这些，我担心的是你，爸。你甚至舍不得换掉妈给你买的电话。"

穆先明笑了，摇摇头，泪水凝结成闪亮的痕迹，跨过眼角的皱纹。他从那面镜子里看见自己，沐浴在一片金色光芒中，儿子的形象变得稀薄，如同遥远群山的淡影，那是他所不了解的穆别璟，全新一代的人类，他们的情感交流方式已经全然不同，游戏不再仅仅是游戏，对于他们来说，那就是生活。而对穆先明来说，记忆中的生活才是生活。

影像变得模糊，清晰，复又模糊，手机规律的震动经由身体，传递到手臂，镜子里的世界，在颤抖中分崩离析。

儿子说："选择留下来，是因为妈妈拥有的太多，而你，只有我。"

"但你不能只有我，你有你的世界。"

穆先明深深吸了口气，面对暮色中这座温暖的钢铁孤堡，手指一滑，镜子重又恢复成坚不透光的黑冰，他把手机举到耳边，接通电话，等待那来自陌生世界的熟悉声音响起：

"……我数三下，然后你会醒来，三、二、一……"

"……抱歉，你还是没能通过测试。"

头盔抬起，穆先明顿时感觉四周变得明亮起来，身下牙科检查般的自动座椅竖起椅背，他看见了对面坐着医师模样的白衣女子，正在往平板上输入什么。

"为什么？"穆先明愤怒地想要起身，却发现四肢被牢牢捆绑在座椅上，"我已经按你所说的去做了！"

"你的头脑也许是，可你的心，很顽固。"女医师微微躬身，意欲离开。

"这违反法律！我要上诉！我没有病，我要出去！"穆先明疯狂地挣扎着，椅子在身下吱呀乱响。

"住口！"白衣女子突然变得严肃，她走近，怒视着穆先明的双眼，直到他恢复平静，畏缩地垂下眼睑，"由于你的过失害死了三条人命，要不是辩方律师的有力证据，证明你因为儿子的死导致精神异常，你早该在牢里蹲一辈子了。在你完全康复之前，我们绝不可能放你出去。法律不允许，死者家属更不会答应。"

"可我尽力了，我真的尽力了……"男子痛苦地抽泣起来，"……我控制不了自己的梦……"

"可只有在梦里，才是最真实的你。"医师口气软下，带着几分怜悯说，"既然你在梦里为自己造了这么一面哈哈镜，也只能在梦里将它打碎。"

"你还有最后一次机会，来证明你的精神创伤不是永久性的，我会帮你安排时间。保重。"

白衣女子消失在门口，取而代之的是两名全身制服的彪形大汉。

穆先明木然地坐在洁白的房间中，靠在用特殊材料填充的软墙上，他无法相信，那么漫长而栩栩如生的梦境，竟然只过去了短短二十分钟。他们说，"这就是梦对时间产生的凝缩作用"。

而在进入这所精神康复中心之前，那段梦境就是穆先明头脑中的事实。

医生说："这叫记忆性虚构症，是患者由于受到重大变故或颅脑损伤导致的大脑病变，会用虚构的、扭曲的经历或事迹来填补记忆中的缺失，并对此深信不疑，表现为幻想性虚构症及睡梦性虚构症。"

医生说："告诉你这个事实，是因为我们只能通过诱导的方式，让你自己慢慢发现真相，接受真相，就像带着巨大惯性的火车要掉头，只能逐渐并轨，画出一道半径巨大的圆弧，倘若急停转弯，必定是要出轨翻车的。"

医生递给他一个崭新的 AR 眼镜，说："里面有你最爱的游戏，镜面行走，是它害了你，在外面的世界它已经被禁止了，可在这里，它被特批成治病救人的药方。好好玩吧，它能利用视觉系统与身体的调谐错位重新读写你的记忆皮层，或许在激活状态下，你能够重新读入记忆，我是说，你真实的记忆。"

穆先明只是死死地盯住那台黑色镜子。

他花了三个月时间把这个游戏重新玩通关，同时在过关彩蛋中得到一些破碎的信息：法庭记录、通话录音、视频资料、书信、证人口供……穆先明已知的世界像一层虚假的墙纸被撕开、剥落，露出血淋淋的真相。他会恼怒地把眼镜摔到松软的地板上，用脑袋去撞墙，或者撕扯自己的头发。他不明白自己的脑子里出了什么毛病，两种平行的记忆激烈地搏斗，互相压制，像是一场无休止的辩论，嗓门越来越大，噪音超过了他所能承受的极限，儿子和妻子以截然不同的形象浮现，交错拼贴，他不知道自己应该相信谁，只是感到恶心厌恶，对这一切。然后又经不住诱惑重新捡起眼镜，开始下一道关卡。

大脑自己会做出判断，在药物的辅助下。曾经它选择了让穆先明感觉最为舒适的一个故事，而如今，它要推翻这个故事。

某一天，穆先明在隐藏关卡"无限回廊"的中途突然停了下来，他面无表情地跪倒在地，眼镜从他头上滑落，在地板上弹跳了几下。他开始无声痛哭，身体剧烈地抽搐着，几乎晕厥，医生们收到传感器的异常信号闯入屋子，将他按倒在地，为他注射镇静剂。

他们交换眼神，知道穆先明的记忆已经被扭转过来，那些零星的信息碎片经过大脑的漫长消化处理过程，重新组合剪辑成具有意义的生命经历片段，替代了他的精神安慰剂。而穆先明终于知道，自己究竟干了些什么。

沉迷于镜面游戏的人并不是儿子穆别璟，而是他自己。

穆先明不得不再次潜入梦境，努力将更深层意识中的虚构记忆悉数摧毁。为此，他必须借助"清醒梦境"（Lucid Dream）装置，这一装置会侦测到进入梦境的脑电波波段，自动启动频闪装置，提醒做梦者正身处梦境，以达到操控梦境的目的。

遗憾的是，正式测试过程中严禁使用该辅助装置，否则将无法认定患者是否从潜意识层面真正恢复正常。

穆先明已经失败了两次，按照规定，他还有最后一次机会。倘若再次失败，等待他的将是漫长而绝望的强制治疗期。

他几乎没花什么力气便再次进入那个重复了无数遍的梦境，似乎当意识表层的虚构记忆得到纠正之后，那个被完美构建的扭曲故事便沉入意识深处，化为黏稠纠结的梦境，挥之不去。而在梦中，所有的情绪都被强化数倍，以抵御理性思维的苏醒。

他来到洁白肃穆的教堂，阳光穿透彩色镶嵌画，洒在黑色棺木上，少年胸前的球衣红得刺眼。牧师祈祷。悲痛如潮水般漫过他的意识。

"不，这不对。"

管风琴奏响赞美诗。教堂顶部的彩色窗户开始有节奏地闪烁。

"根本不是这样的。"

眼前的一切开始模糊、跳跃、分崩离析，如同一场布景被快速折叠淡出，露出背后另一幕场景。那是一间中式的灵堂，在穆别璟的遗像两侧摆着稀稀疏疏的花圈，亲戚们哭天抢地，夹杂在刺耳的丧乐中，嘈杂无比。他突然被狠狠推倒，是一身素装的前妻，孩子他妈，脸上的妆已经被泪水糊得不成样子，在旁人的拉扯中只是不停地重复着一句话。

"……我恨你我恨你我恨你……"

眼前再次闪烁，转向屏幕上播放的穆别璟生日派对视频。

"谢谢爸爸！"那个男孩手里的 AR 眼镜逐帧蒸发在空气里，变得空空如也，他依然尖叫着朝摄像机扑来，镜头一阵摇晃后，出现了穆别璟兴奋微笑的面孔，"我要用它拍一部电影！你和妈妈就是我的明星！"

一切的一切都错了。穆先明痛苦地闭上眼睛。当他再次睁开眼时，已经是在家中，手中拿着那台损毁的 AR 眼镜，他凝视着碎裂的黑色镜面中自己模糊的面孔，世界再次闪烁，裂纹合拢愈合，凹陷突起，如同时光倒流，重现完美精致的曲线，一台全新的眼镜。穆先明犹豫了许久，滑动手指，弹出一个无比熟悉的页面。

那是初次激活"镜面行走"游戏时的说明文档。

相信许多人有过这样的童年记忆，拿一面镜子在自己身前……

他以为自己可以清楚背出随后大段大段的说明文字，可眼前的屏幕却如同在水中洇开的宣纸，每个字都变成一圈墨晕，再也不成篇章。就像在梦里常常读到绝妙佳作，情绪随之跌宕起伏，可一旦想要记下具体情节，却会发现那只是一本无字天书。

穆先明身体腾空而起，进入镜面世界，他疯狂地撞击着飘浮在空中的虚拟盒子，金币跃起，铺成漫无尽头的道路，发出密集脆响，刺激他的神经回路中产生源源不绝的欣快感，那种感觉曾经陪伴他度过离婚后难熬的时光，以及儿子死去后更加难熬的时光。他知道这是主观意识强加给梦境的效果，某种麻痹痛感的精神鸦片，可他为什么要把沉溺游戏的角色安插在儿子的头上。

他愈加快速地向前飞去，万物模糊，化为密布光线，闪烁不止，仿佛穿越时间的帷幕，回到一切的原点。他本能地排斥那黑洞般的强大引力，可是徒劳，在那里有他即便在梦里也不愿正视的真相。

于是穆先明飞入了回忆，如同悬停在空中观看摩天楼大小的巨幕电影，所有之前梦境的场景重演，只不过在细节上都做出了修正，这种修正与其说是视觉上的，不如说是意识层面的，仿佛看着两张物理属性上完全一致的白纸，可你总觉得其中一张比另一张更白些。

穆别璟并不喜欢足球，他从小就像个女孩，头发柔软，身体纤弱，他更喜欢把自己埋在书堆里，看各种电影，不善表达，即便在父母因离婚争夺抚养权的时候。穆先明在单位被人说闲话，喝高了回家便打他出气，他的大腿上都是青紫色的伤痕。

很自然地，他并没有选择跟随父亲，他选择了沉默。

法院根据父母双方经济状况把儿子判给了母亲，撕破脸不认账的人是穆先明，反复起诉又打了一年官司的人也是他。而虚构症将罪名和责任全都推卸给了妻子，孩子他妈，为了维持脆弱的人格大厦不至于分崩离析。他的胸腔中如同埋进了一颗突突跳动的定时炸弹，一下下地撞得心里发疼发颤。

都是我的错吗？

屏幕出现了黑屏，如同一片深不可测的星空向他展开，他没有退路地跌入其中。在漫长的坠落过程中，他终于明白了，这一切的一切，镜面行走的游戏，意外死亡的案例，神秘的隐藏日志，都是他大脑所玩出的花招。这些信息的碎片在记忆中沉淀，然后被根据需求重新拼贴成看似符合逻辑的顺序，一根虚构的时间链条，来误导意识，构建因果关系，像是一份无罪辩护的诉状。

这场病态的骗局连穆先明自己都深信不疑。

那些日志中的画面，并非穆别璟载入的游戏视频，而是穆先明让儿子把拍摄的短片传到 AR 眼镜上，用他十二岁时的生日礼物。

那些片段里没有一个人，只有蓝天、白云、高大金黄的树梢、黎明的路灯、黄昏里的高压电线、钢筋混凝土森林和巨大闪亮的玻璃幕墙、天空中偶尔掠过的鸟儿和飞机、城市和黑夜。所有关于儿子的影像，都是穆先明的记忆为他叠加上去的二次曝光。就连这些，都是假的。

他再次坠入了儿子发生意外的现场，站在尘土飞扬的工地里，眼睛逐渐适应了那闪烁的光亮。他抬头，却看见自己已经站在那座巨型的猩红钢巢的第 13 层，像是个真实得近似虚幻的替身。而在那个替身的不远处，有一具小小的熟悉身影。

那正是他的儿子穆别璟。

夕阳闪烁得更加频繁了。

他深吸了口气，跑进运送工人的升降电梯。电梯吱吱嘎嘎地响起，颤抖着上升，透过层层叠叠的钢架，那两个人影时隐时现。穆先明焦急地晃着电梯，似乎这样能够让它动得快一些。他听见一声熟悉的喊叫，然后是一道黑影像鸟儿般从高处落下，最后是轻轻的一记闷响，像是一袋装满黏稠液体的垃圾摔在泥地里。

不！连时间都错了吗？

他的拳头狠狠砸在铁丝网上，他痛苦地闭上双眼。"回去！回去！一定要回去！"当他再次睁开双眼时，发现自己已经站在 13 层的高处，凛冽的高空寒风吹透他的背脊。像是把影像倒回到这一幕的切入点，那两个人影正站在不远处。他喊叫着朝那个正在检修机械吊臂电路的自己奔去。

没有人听见他的喊叫，他伸出手臂，穿透了另一个穆先明的身体，那只是记忆的残像，一切都已经发生了，且无法改变。

穆别璟的长发在风里如细柳浮动，轮廓柔和得不像个男孩子，他依然是那种淡淡的口吻。

"爸……我已经决定了。"

"就不能回去再说吗，这儿危险。"

"我下午就和妈走了，你只要签个字……"

"去哪儿？去美国？哼！到头来还是个嫌贫爱富的白眼狼，和你妈一样。"

"爸！你怎么能这么说妈！"

"滚吧，以后别回来了，我就当没有你这个儿子……"记忆中的穆先明突然失控抽噎起来，他无力地跪倒在地。

"爸……"儿子也流泪了。

"……我只有你这么个儿子，你懂吗，你妈什么都有，可我只有你了……"

"爸……我懂。可你不能只有我，你有你的世界。"

"别说得这么好听，我还是她，你只能选一个，如果你去了美国，你这辈子都见不到我了。"

"别逼我，我谁都不想选……"

"你什么意思？"

"我谁都不要！"

穆别璟突然发出撕心裂肺的吼声，他决绝地转身，奔向钢架的边缘，几乎没有片刻犹豫地纵身跃出，融入暮色中空旷的城市天际线。穆先明徒劳地穿透自己的残影，疾步追赶，企图伸手去捕捉儿子残留在空气中的温度，却脚下趔趄失去平衡，从钢架上踏空向一旁歪倒。

他再次跌入充满弹性的保护网，在半空中上下甩动缓冲，他看着儿子的身体在半空中飘浮、旋转、撞击，徒劳地与重力抗争，最后在坚硬的大地上化为碎片。他知道那不是真的，只是梦境中的完形填空。

而记忆中残留的父亲木然无助地跪着，眼神空洞，似乎灵魂瞬间被抽离躯体，丧失了一切自主意识。他甚至没有想起完成检修过程中最重要的一个步骤，以至于三天之后，失控的蜂黄色机械吊臂甩过一道漂亮的曲线，将三名施工中的工人击倒，推下十几层高的钢架。

泪水无法遏制地涌出穆先明的眼眶，他终于在梦境中再次温习残酷的谜底，在意识的深处，绝望与罪疚如同浓重狂暴的黑色旋涡，将他勉强维持的最后一丝自我开脱撕得粉碎，儿子从来没有原谅过他，那些理解和宽恕都来自他虚伪的神经失调病症。

可那组密码呢？那个名为"MXM"的加密日志呢？

穆先明几乎像抓住救命稻草般输入那组密码。

M、I、R、R、O、R。Mirror。

"嗨，儿子。好久不见。"他看见的是自己苍老的脸。

"我总是不知道该怎么开口，虽然我们流着相同的血，却像说着不同的语言……

"……你妈跟我离婚之后，我沉迷于游戏，像个懦夫，像那些镜面恐惧症患者，以为现实世界就是经过伪装的巨大镜面，害怕独自行走，害怕镜子，害怕一切改变，害怕新的生活。

"……可时代变了，我们是老得很快的一代人，在你还在为我担心的时候，我已经老得足够去承受这些，我担心的是你，别璟。你需要做出选择，而不管你最后选择谁，我知道对你都是种伤害。尽管我嘴上不愿意承认，可我希望你跟你妈走，你能见到更大的世面，过更好的生活，你能够成为你想成为的那种人，而不是我希望你成为的那种人。我想，那对你更好。

"至于爸爸……就像你说的，爸应该过得更勇敢。"

他从来没有来得及把这篇日志发送出去。

一阵急促的蜂鸣声吵醒了沉睡中的穆先明，他反应迟缓地转身，按下床头的按钮，一个熟悉的声音似乎从外太空传来，带着某种遥远而空洞的静噪。

"穆先明，准备接受第三轮测试，一个小时后，三号实验室。"那个声音停顿了片刻，又补上一句，"加油。"

他起床，穿衣，摸索墙上的电灯开关，房间亮起，他站在房间中央，望着对面墙上那块小小的反光玻璃，闭上眼睛。

"望向镜中，深呼吸，你没问题的。"

"深呼吸。"

虚拟现实将把人类带向何方

文 / 陈楸帆

虚拟现实将每一个人"带回现场",我们得以通过随意操控身体与环境来改变人的认知。

在脚踏实地推进技术与商业进步的同时,我们同样需要从人文科学的角度做好准备。

质疑与发问正是我们正确对待任何一项变革的方式,无论是技术变革还是社会变革。

一场观念冒险

1968 年,计算机图形学之父伊凡·苏泽兰和他的学生在麻省理工学院的林肯实验室研制出世界上第一个头戴式显示器(HMD,Head-Mounted Dis-play),伊凡将其命名为"达摩克利斯之剑"。

这个采用阴极射线管（CRT）作为显示器的 HMD 能跟踪用户头部的运动，戴上头盔的人可以看到一个飘浮在面前，边长约 5 厘米的立方体框线图，当他转头时，还可以看到这一发光立方体的侧面。人类终于通过这个"人造窗口"看到了一个物理上不存在的，却与客观世界十分相似的"虚拟物体"。

这个简陋的立体线框让人们产生一种幻觉，似乎距离一个美丽新世界仅有一步之遥。有句话说得好，人们总是高估某项技术的短期效应，而低估了其长期影响。

科幻小说《真名实姓》（Verner Vinge，1982）和《神经浪游者》（William Gibson, 1984）中的赛博空间并没有很快实现。新千年来了，新千年走了。移动互联网的浪潮汹涌，将所有人的目光凝缩到掌上屏幕的方寸之间，我们无所不知却又无比孤独，借助科技的力量我们似乎具备了无数可能性，然而现实又将我们牢牢锁在一道窄门内。

由古至今，无数哲人、文人与科学家都在追求"真实"的道路上前仆后继，无论何种角度都无法回避这样的事实：我们对于真实的认知建立在人类感官的基础上，即便纯粹抽象理念上的推演，也无法脱离大脑这一生理结构本身的局限性。

那么随之而来的问题便是：当我们可以借助技术手段模拟、仿真、复制、创造外部世界对人类感官的刺激信号时，那么是否意味着我们创造了一个等效的"真实世界"。而在这样的世界里，人类变成了制定规则的上帝，所有伴随人类进化历程中的既定经验与认知沉淀将遭受颠覆性的挑战。我们将重新认知自我，重新认识世界，重新定义真实。

当然以目前的技术发展水平，我们距离《黑客帝国》式的终极虚拟现实还有相当距离，但不妨碍我们打开脑洞，去想象这项技术即将或已经在各个领域带来的革命性变化。

一次媒介革命

从手抄本到印刷术，到电台，到电视，再到电脑以及互联网，每次媒介形态的革命都将带来翻天覆地的范式转变。

首先是信息传播与接受的模式产生改变。无论是语言、文字、图像或者字符串，都可以视为信息的一种转喻，以此来替代、描述、解释我们对于世界的观察、理解与思考。而到了沉浸式的虚拟现实环境，信息的呈现形式由二维进入了三维，由线性变成了非线性，由转喻变成了隐喻。

我们试图通过对现实的模拟来实现信息的回归，即符合人类与外部世界认知交互规律的一种体验，它不是全新的，但却在相当长一段时间内被电子时代的媒介所忽视，它便是临在感（Presence）。

传奇图形程序员、Oculus 首席科学家迈克尔·阿布拉什（Michael Abrash）这么说过："临在感将 VR 与 3D 屏幕区分开来。临在感与沉浸感不同，后者意味着你只是感觉被虚拟世界的图像环绕。临在感意味着你感觉自己置身于虚拟世界之中。"

打个简单的比方，当你看一场 NBA 比赛时，你不再只能看滚动的文字直播，或者是从二维屏幕里由给定机位所拍摄到的视频画面，而是仿佛自己置身于篮球场最为黄金的 VIP 座席，可以任意扭头去看场上的任何一个细节。让我们再大胆一点，你可以像一个无形的幽灵游荡在球场上，球员从你身边掠过，快速出手、传球、上篮、盖帽，球鞋与地板的摩擦声、手拍打篮球的撞击声、球员与观众的呐喊声，以精准的音场定位从四周环绕你，甚至你能闻到汗水、爆米花和啦啦队员身上的味道。

这便是虚拟现实与以往所有媒介形态截然不同的原因，它将每一个人"带回现场"。多自由度、多感官通道融合所带来的信息刺激，将为大脑营造出极近真实的幻觉，它将可以放大并操控每一个人的情绪反应与感官体验。

想象一下，当所有二维的屏幕都被虚拟现实所替代之后，我们不再是那个被隔离在内容之外的观看者，而是参与者、体验者。你将可以亲临每一场重大的体育赛事，在舞台上看着自己的偶像舞蹈歌唱，和"星战"中的绝地武士一起厮杀作战，体验从一场恐怖袭击中劫后余生，毫无危险地穿行在火星巨大红色尘暴中……

所有的说书人都需要学习掌握新的叙事语法，不再有给定机位和镜头，不再有 120 分钟的时长限制，不再有封闭式的故事线，一切都是自由的、开放的、不确定的，将探索的权力交给受众，却把更大的难题留给自己。

再延伸到其他相关领域。孩子们可以在家里学习全世界任何一门课程，感觉却像置身于教室中与老师和同学深入互动。工作的形态也将发生巨大颠覆，虚拟现实可以带来视频会议所无法提供的临在感，解决了远程协作中人与人之间的认知与情感障碍，上班的定义将被改写，不再需要寸土寸金的办公室，取而代之的是任意订制的虚拟工作空间。

大部分基于空间与位置稀缺性的商业逻辑将不复存在。

重塑具身认知

没有身体的虚拟现实体验如同游魂野鬼飘荡在世间。

从认知科学角度讲，身体归属感（Bodily Ownership）、涉入感（Sense of Agency）以及（身体随处）态势感知（Situation Awareness）都是自我意识的重要组成部分。就好像我曾无数次看到毫无经验的新人被"抛掷"入虚拟环境，在惊叹于其真实性的同时却因为无法看见自己身体而惊慌失措，甚至蹲在地上不敢迈出半步。

这也是为什么在虚拟现实中最终决定真实感与沉浸感的可能不是数字资产风格上的电影级现实主义（Cinematic Realism），而是对于头部动作追踪的精确性，以及对身体动作捕捉的低延迟。当你看到自己的手指在空中拖出一条未来派风格的余晖时，大脑必然会响起"这不真实"的红色警戒信号。

而一旦我们创造出与真实身体完全同步（低于大脑所能觉察的最低延迟）的数字化身（Avatar），也便意味着虚拟现实进入了一个全新的阶段。我们将得以借由玩弄（请原谅我使用这个词）具身认知（Embodied Recognition）来重塑人类对于自身与世界的看法。

在传统的二元论观点中，心智与身体是彼此分离的，身体仅仅扮演着刺激的感受器及行为的效应器，在其之上存在着一套独立运行的认知或心智系统。计算机的硬件与软件系统便是最好的隐喻。然而过去三十年间的神经认知科学表明，认知是包括大脑在内的身体的认知。身体的解剖学结构、身体的活动方式、身体的感觉和运动体验决定了我们怎样认识和看待世界，我们的认知是被身体及其活动方式塑造出来的。它不是一个运行在"身体硬件"之上并可以指挥身体的"心理程序软件"。

认知、身体、环境是一体的，认知存在于大脑，大脑存在于身体，身体存在于环境。彼此镶嵌，密不可分。

而在虚拟现实里，我们得以通过随意操控身体与环境来改变人的认知。

借助著名的"橡胶手错觉"（Rubber Hand Illusion）实验的VR版本变形，我们能够在真实身体与数字化身之间通过多感官通道融合（Multi-sensory Channels Integration）刺激来建立起强烈的身体归属感，也就是说，接受欺骗的大脑相信数字化身与肉体是同一的—肉身疼，化身疼；化身灭，肉身也将随之遭受伤害。

我们可以以此来治疗幻肢疼痛、PTSD、各类恐惧症及自闭症，通过毫无实际危险的虚拟暴露疗法来缓解症状。我们可以改变主体的性别、肤色、年龄、胖瘦，让他们通过观察不同的自我来实现认知上的改变。我们可以让大人变成小孩，让小孩变成巨人，他们将不得不调整对于外部空间尺度的认知，这种运动惯性甚至会被带进真实世界。我们甚至可以将人变成其他的物种，甚至是虚构的物种，他们将不得不适应全新的运动方式以及视角，从异类的眼光看待这个世界。

我们还可以制造通感，混淆不同感官信号所对应的刺激模式，犹如普鲁斯特笔下的玛德莲蛋糕。

我们还能让灵魂出窍，穿越濒死体验的漫长发光隧道，甚至彻底打破线性时空观的牢笼。

所有这一切，都将强烈地冲击撼动我们原本固若金汤的本体感（Proprioception），或叫"我识"。

当每一个个体的意识产生变化时，整个社会乃至文明的认知都将需要重新树立坐标系。

我并不能确定那将导向一个积极光明的未来。

从元年到未来

可以庆幸的是，以上所说的一切或许在十年内都不会发生。

从 2014 年 Facebook 以 20 亿美金收购 Oculus Rift 开始，每一年都有人鼓吹将成为虚拟现实的"元年"，仿佛只需要几页包装精美的 PPT，放个大新闻，就能够大步跨过无数技术与商业上的深坑或者门槛，就能够说服或者诱骗亿万消费者将那部看起来颇为蠢笨的头盔戴在头上。

这是现实，不是科幻小说。

在脚踏实地推进技术与商业进步的同时，我们同样需要从人文科学的角度做好准备。每个时代都需要有自己忧天的杞人，去说一些遭人鄙夷的疯话，去忧虑一些看起来永远也不会发生的事情。就像乔治·奥威尔一样，用《1984》来预防 1984。

虚拟性爱算出轨吗？谋杀数字化身是否算犯罪？当存在无数个连物理定律都不完全一样的虚拟国度时，法律如何发挥作用？

是否有人利用虚拟现实制造新型毒品，诱发心理甚至精神疾病？

当每个人都能随意改变甚至交换身体时，人的本体性如何界定？

是否能跨越虚拟与现实的鸿沟，通过操控虚拟世界来改造真实世界？

会否真实世界便是虚拟的，就像虚拟世界中可以创造出无限嵌套的子虚拟世界一样？

虚拟现实会否便是验证费米悖论的大过滤器（The Great Filter）？
……

作为一名业余科幻作者，我可以将这个问题清单无休止地延长下去，哪怕其中的绝大部分问题在我的有生之年都无法得到解答。但我想，质疑与发问正是我们正确对待任何一项变革的方式，无论是技术变革还是社会变革。一个盲目乐观的社会与一个盲目悲观的社会相比更为可怕，因为每一个个体都将竭力用自己的乐观扼杀他人悲观的权利。

那么，未来究竟会怎样？

国内虚拟现实理论先驱、《有无之间》作者、中山大学哲学系翟振明教授，在《哲学研究》2001 年 6 月号的《虚拟实在与自然实在的本体论对等性》一文中，推演出从 2001 年到 3500 年横跨一千五百年的虚拟现实发展假想时间表，以架空历史的方式构想未来科技。在其中他写道："2015 年……视觉触觉协调再加立体声效果配合，赛博空间初步形成：当你看到自己的手与视场中的物体相接触时，你的手将获得相应的触觉；击打同一物体时，能听到从物体方向传来的声音。"

令人惊讶的是，翟教授架空的时间线与现实惊人地吻合，这正是我们每天在实验室中体验到的真实场景。我习惯于邀请不同背景的朋友参与体验，并从他们宛如孩童般的兴奋与恐惧中得到满足。毕竟虚拟现实是如此特别，任何试图描述其妙处的文字都将是"有隔"的、笨拙的、徒劳无力的。

我更希望你能戴上头盔，亲自进入一个全新的世界。

仿佛应验了威廉·布莱克那著名的诗句："当知觉之门被涤净，万物向人现其本真，无穷无尽。"